KB253568

覇君 패군

설봉 新무협 판타지 소설

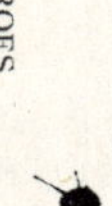

FANTASTIC ORIENTAL HEROES

패군 5

설봉 新무협 판타지 소설

초판 1쇄 찍은 날 § 2009년 12월 15일
초판 1쇄 펴낸 날 § 2009년 12월 24일

지은이 § 설봉
펴낸이 § 서경석

편집장 § 문혜영
편집 § 서지현

펴낸곳 § 도서출판 청어람
등록번호 § 제1081-1-89호
등록일자 § 1999. 5. 31
어람번호 § 제2-1856호

주소 § 경기도 부천시 원미구 심곡2동 163-2 서경B/D 3F (우) 420-822
전화 § 032-656-4452 팩스 § 032-656-4453
http://www.chungeoram.com
E-mail § eoram99@chollian.net

ⓒ 설봉, 2009

ISBN 978-89-251-2021-8 04810
ISBN 978-89-251-1840-6 (세트)

FANTASTIC ORIENTAL HEROES
설봉 新무협 판타지 소설
覇月春
패군
5
비궁행(秘宮行)
청어람

目次

第二十九章
무너지고, 무너지고

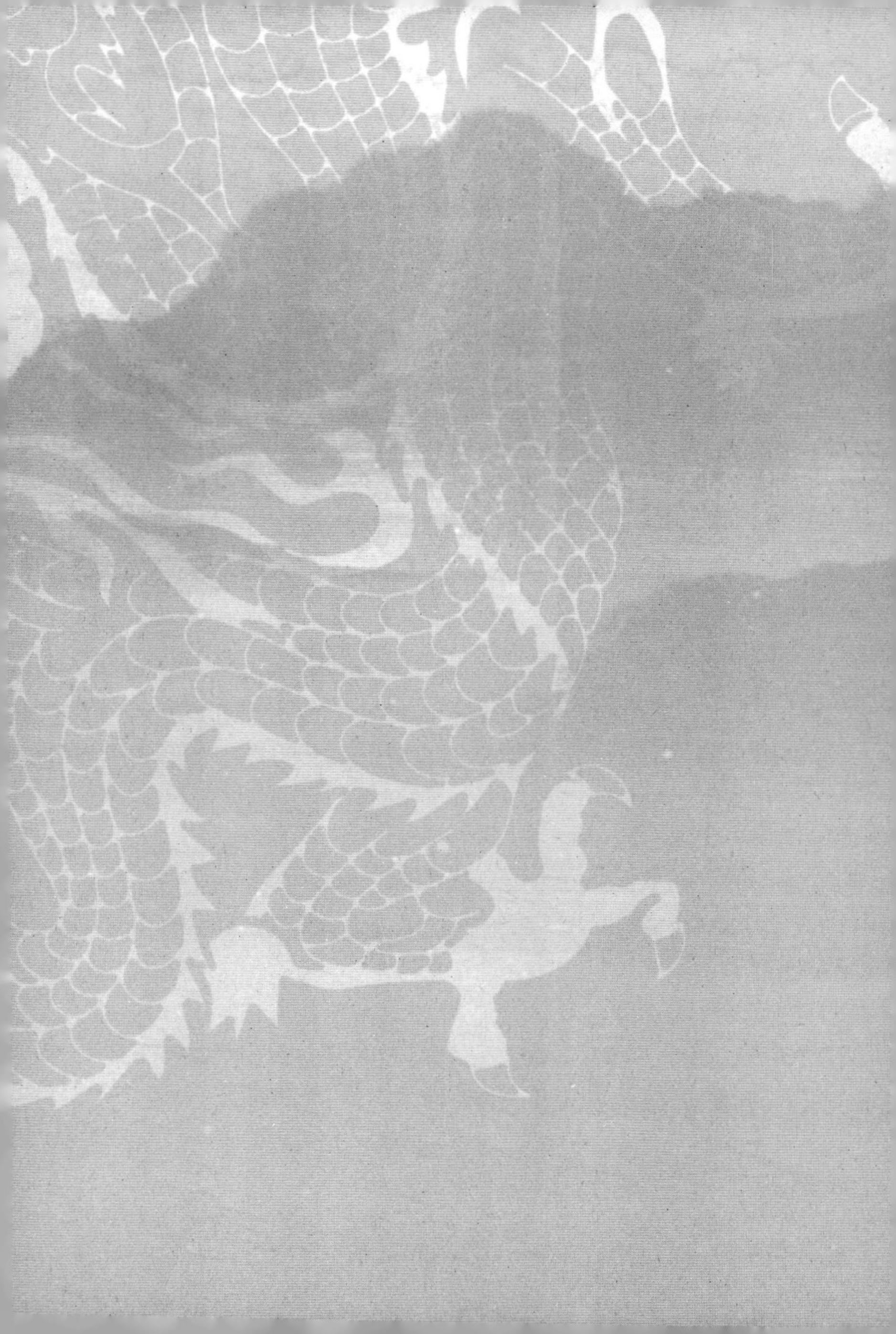

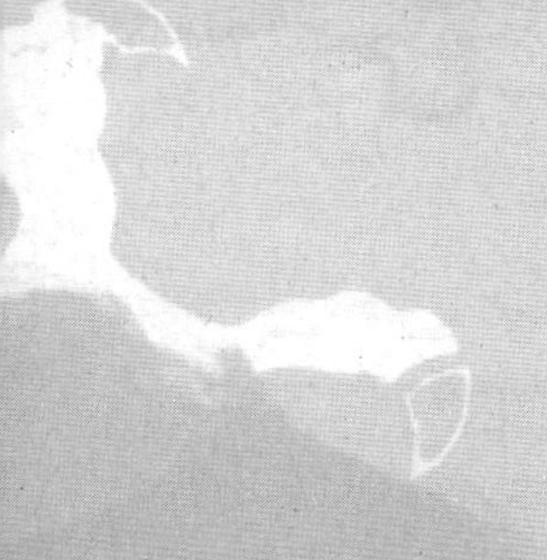

“잘못됐어. 잘못됐어……”

만변천자는 알 수 없는 말을 중얼거렸다.

“입 닥치지 않으면 그 입도 잘못될 거야.”

곁에서 감시하고 있던 사사표풍이 얼음장처럼 차갑게 쏘아붙였다.

만변천자는 신경 쓰지 않았다. 그는 계속 넋 나간 얼굴로 허공을 쳐다보며 자신만 알 수 있는 말을 중얼거렸다.

“잘못됐어…… 후후후! 잘못됐어……”

이렇게 되어서는 안 되는 거였다.

산전수전 다 겪은 호랑이가 하룻강아지에 불과한 풋내기들에게 물리고 말다니.

이게 가당키나 한 말인가.

이들을 상대하는 데는 자자검으로 변장할 필요도 없었다. 정면으로 승부를 걸어도 사명사귀, 계야부…… 그 누구도 자신의 상대가 되지 못했다.

그런데 결과는 다르다.

어떻게 이런 일이 벌어진 것일까?

물론 싸움에서 승패를 장담하는 것처럼 미련한 짓이 없다는 건 누구보다도 잘 안다. 절대고수라고 해도 찰나의 방심 때문에 목숨을 잃는 경우가 허다하다.

자신에게 그런 일이 벌어진 것이다.

그는 몇 가지 실수를 저질렀다.

첫 번째 실수는 계야부의 무공을 두어 단계 아래로 봤다는 것이다.

한 번 죽여봤기 때문일까? 계야부 정도는 마음만 먹으면 언제든 죽일 수 있다고 생각했다. 그리고 그런 여유가 목숨이 경각에 달린 순간에도 서인을 생각하게 만들었다.

'빌어먹을! 개도 물어가지 않을 서인!'

모든 게 자신이 있고 나서의 일이다. 부귀도 공명도 자신이 죽고 나면 아무 소용이 없다. 서인 같은 건 머릿속에서 깔끔히 지우고 사명사귀와 계야부를 제압하는 데 혼신을 다했어야 한다.

두 번째로 거론할 만한 실수라면, 자자검과 사사표풍의 관계를 몰랐다는 것일까?

'빌어먹을!'

만변천자는 속으로 욕지거리를 했다.

어떻게 이런 실수를 할 수 있을까.

변신할 상대에 대해서 완벽하게 파악하지 못하는 실수.

그가 평생을 살아오면서 단 한 번도 저지르지 않은 그야말로 가장 초보적인 실수다.

한데 두 번, 세 번… 반복해서 생각하다 보니 어떻게 된 일인지 대충 짐작이 된다.

개인 대 개인의 싸움일 경우에는 무공만 강하면 된다.

다른 사람은 생각할 필요도 없다. 자신과 마주 선 자보다 일푼이라도 강하면 이긴다.

하지만 집단 대 집단의 싸움일 경우에는 양상이 달라진다.

그럴 경우에는 냉정한 마음을 유지하는 자와 물불 안 가리고 좌충우돌 돌진하는 자가 구분되어야 한다.

한마디로 뒤에서 냉철하게 지켜보며 싸움을 조정하는 자가 있어야 한다. 그의 역할은 상황을 예리하게 분석하여 싸움에서 이길 수 있는 최적의 방안을 찾아내는 것이다.

또한 하명된 지시를 충실히 따라줄 힘도 필요하다. 손과 발이 없다면 아무리 훌륭한 계획이라고 해도 종이쪽에 불과하다.

지금까지 그는 머리였다.

계획을 짜서 손발을 움직일 뿐만 아니라 일의 결과를 보고 진퇴까지 결정했다.

그럴 때, 자신은 냉정했다.

세상이 손아귀에 쥐어진 양 환히 꿰뚫어 볼 수 있었다.

한데 어느 순간부터 세상을 보지 못했다. 환히 본다고 생각했는데 아무것도 보지 못하고 무작정 뛰어다니기만 했다.

머리에서 손발로 전락해 버린 순간이다.

그때가 언제쯤일까?

생각해 볼 것도 없다. 자신이 수립한 계획이 무산되었을 때부터다. 조금 더 정확하게 말하자면 사약란의 납치가 사일도의 죽음으로 이어지지 않았을 때부터 심적으로 쫓겼다.

일을 하지 못하는 자, 도태된다.

이것이 안선의 법칙이다.

자신은 일을 잘할 자신이 있지만 대공(大公)은 그리 보지 않을 것이다.

사실이 그렇다. 아무리 손발이 되어 뛰어다녔다고 하지만 정보가 너무 부재했다. 그래도 명색이 교사였는데 그런 사람에게 자자검과 사사표풍이 심각한 사이라는 기초적인 사실조차 전해지지 않았다면 말 다한 것이다.

이는 안선에서 등을 돌렸을 때나 벌어지는 현상으로 소제 명령이 떨어졌다고 생각해야 한다.

십교사는 어찌 되었을까?

그와 연계된 사람이니만치 둘 중 하나만 소제할 리는 없고…… 보나마나 저승길을 한참 앞서서 걸어가고 있으리라.

소제 명령이다.

십교사나 자신이나 안선에서의 생명은 끝났다.

원래의 계획, 계야부에게서 빼낸 서인으로 사일도를 죽인다면 아무런 일도 없었던 것처럼 지낼 수 있지 않을까 생각했다.

한낱 헛된 희망이다.

자신이 머리 역할을 해봐서 알지만 안선은 어떠한 경우든 결정을 번복하지 않는다. 소제 명령이 떨어졌다면 죽음 이외에 달리 선택할 것은 없다.

안선은 별 힘 들이지 않고 차도살인(借刀殺人)을 훌륭히 해냈다. 계야부라는 칼을 빌어 만변천자를 떨어뜨렸다.

그들은 약간의 노력만 했다.

사사귀를 제물로 썼고, 이십일검작을 죽였으며, 손에 쥔 정보를 주지 않는 아주 작은 노력만 했다.

그것으로 안선의 별이라고 할 수 있는 만변천자를 낙마시켰다.

'그놈…….'

안선은 큰 조직이다. 뛰어난 인재가 모래알처럼 많다. 하지만 자신을 이토록 완벽하게 옭아맬 위인은 그놈…… 간신배처럼 대공 옆에서 히죽히죽대는 그놈뿐이다.

"쿨룩!"

거센 기침과 함께 선혈이 목구멍을 타고 솟구쳤다.

몸을 관통한 상처도 중하지만 안선에서 떨궈졌다는 상실감은 한층 더 컸다.

만변천자의 생포, 육교사의 생포가 의미하는 바는 크다.

그는 분명히 많은 것을 안다.

그림자만 쫓던 무총으로서는 안선의 실체를 거머쥘 수 있는 호기를 잡은 셈이다.

"호칭을 어떻게 해야 할지 모르겠군요. 휴우! 그래도 '만변천자' 하면 한 시대를 풍미했던 걸인(傑人), 노선배님이라고 부를게요."

"후후! 당금 무림을 호령하는 무총 총주의 손녀에게서 노선배 소리를 듣는다? 나쁘진 않군."

"노선배님, 단도직입적으로……."

"하지만 난 그 노선배라는 소리보다도 이대로 편히 보내주었으면 더 좋겠구나."

사약란은 만변천자의 말을 듣는 순간, 그에게서 얻을 게 아무것도 없다는 사실을 깨달았다.

그는 이미 죽었다. 몸은 살아 있지만 마음이 죽었다. 살아 있을 이유가 없다. 살아서 해야 할 일도 없다. 목숨 같은 것에 연연하지 않은 지는 오래되었다.

그런 사람에게 어떤 협박을 할까? 어떤 회유가 먹힐까?

사약란이 그에게서 어떤 말을 들으려면 우선 그가 살아남아야 하는 이유를 말해야 한다. 그가 목숨에 연연하도록, 죽기 싫은 마음이 생기도록 해야 한다.

사약란은 이유를 대지 못했다.

"안선에 대해서 조금이라도 말해주실 수 없나요?"

"안선이라니? 처음 듣는 소리구나."

"저는 포기시킬 수 있어요. 하지만 이대로 보내 드리지는 못해요. 전 노선배님을 무총으로 압송할 것이고, 그곳이라면 선배님 입을 열게 만들 방법이 수천 가지는 있을 거예요."

"후후후! 기대해 보마."

만변천자의 눈가에 웃음이 흘렀다.

사약란은 만변천자를 요리할 방법이 없었다.

삶의 의지가 꺾였다고는 하지만 무총에 대한 인식은 여전히 적대적이다.

그를 소제한 안선보다도 무총을 더 적대시한다.

사람은 변하지 않는다. 삶의 방식도 변하지 않는다. 만변천자는 안선을 위해서 살아왔다. 무총을 거꾸러뜨리는 데 혼신을 다해왔다.

현재 비록 안선이 그에게 등을 돌렸지만 그는 안선을 배신할 수 없는 것이다. 그가 입을 열면 안선을 위해 살아온 지난날이 한낱 물거품이 되어 날아가니까.

"책임지고 무총으로 압송해."

사명사귀에게 명을 내렸다.

*   *   *

그가 원하던 보고가 들어왔다.

"만변천자가…… 소제된 건가."

미련이 남았나? 중얼거리는 음성에 아쉬움이 담겨 나왔다.

만변천자는 대단한 무인이다. 마음만 먹었으면 능히 대문파나 대가문을 일으키고도 남았을 사람이다.

만변천자가 뜻을 같이하기로 했을 때 얼마나 마음이 든든하든지…… 그때 생각만 하면 지금도 가슴이 뿌듯해진다. 마치 커다란 산을 얻은 기분이었다.

이제 상황이 바뀌어 그를 소제한다.

소제 방법은 치사하고 졸렬하다.

그는 그런 식으로 소제되어서는 안 된다. 소제할 때 하더라도 정당한 대우를 해주며 제거해야 한다. 몇백 명…… 그게 안 되면 최소한 몇십 명이라도 목숨을 던져 주어야 한다. 그래야 안선 교사(絞絲)였던 무인에 대해 조금이나마 도리를 한 것이 된다.

만변천자는 바보가 아니다. 아니, 그런 쪽으로 따지자면 산전수전 다 겪은 능구렁이다.

그런 그가 소제 움직임을 읽지 못했을 리 없다.

그의 입장에서, 그의 머리로 무엇을 생각할까? 어떤 선택을 할까?

분명한 것은 교사 정도 되는 직위를 향유한 사람이라면 그만한 직위를 쉽게 놓으려고 하지 않는다는 점이다.

그는 소제당하지 않는 쪽을 택하리라.

방법은 있다. 하려고 했던 일을 마무리 지으면 된다.

그래 봤자 이미 떨어진 명은 거둬지지 않는다. 안선은 명령을 번복한 적이 없다. 잘못된 명령일지라도 입 밖에 나오면 항거해서는 안 되는 절대 명령이 된다.

물론 이런 점은 만변천자도 안다.

하나 그는 미련을 버리지 못한다.

안선주(眼線紬) 정도만 되어도 '죽었다' 싶은 명령을 오히려 교사가 믿지 않는다.

교사이기 때문이다.

먹이사슬의 꼭대기에 자리한 교사이기 때문에 명을 번복할 수 있을 것이라고 믿는다.

그는 계야부에게서 서인을 빼앗을 것이다. 그리고 그것을 이용하여 쥐도 새도 모르게 사일도를 제거하리라.

만변천자는 계야부에게 가는 길밖에 없다.

소제 명령이 떨어지는 순간부터 만변천자가 계야부에게 달려가는 것까지는 외골수다.

척! 하면 착! 일순간에 쭉 이어진다.

그래서 '사사귀' 라는 수단을 소제 명령이 떨어지기 전에 던졌다.

사사귀에게 내린 명령은 두말할 것도 없이 계야부에게서 서인을 빼내라는 것이다.

그들은 웃으면서 길을 떠났다.

자신들에게 죽음의 귀신이 덮씌워졌는지도 모른 채 태연자약 떠나갔다.

그들의 자신감은 충분한 이유가 있다. 사사귀 정도 되는 무인이, 그것도 한 명이 나선 것도 아니고 네 명 전원이 나선 마당에 전장에서 막싸움이나 하던 자조차 누르지 못한다면 만세에 창피거리다.

사사귀 입장에서 생각했을 때 그렇다는 것이다.

후후후!

그들은 절대로 계야부를 누르지 못한다.

계야부에게 귀영십삼식이 있으니 독이 소용없을 것이고, 성오존자라는 목숨만 간당간당하게 붙어 있는 늙은이가 금강반야선공을 내놓았으니 화향호리의 색술도 힘을 쓰지 못할 것이다.

계야부는 십일영자 중 살수왕이라 일컬어지는 류청지의 특별 사사를 받았다.

목숨을 걸고 실전을 벌였다.

한 달이라는 기간에 걸쳐 단둘만의 공간 속에서 싸웠는데, 결과는 무승부다.

사망흑사의 검이 통하지 않을 게다.

계야부는 특별한 신법을 수련했다.

그가 익힌 사전투광신보는 빛살보다도 빠르다. 또한 토노번인의 시구각보는 매우 실전적인 변화를 내포한다. 사전투광신보와 시구각보가 조화를 이룬다면 그 자체만으로도 뛰어난 절학이 된다.

비주화서의 신법도 무용지물이 되리라.

사사귀가 계야부를 이길 방도는 없다.

그럼에도 사사귀를 계야부 곁에 던진 것은 오로지 만변천자를 상대하기 위해서다.

계야부 뒤에는 사명사귀가 뒤따른다.

한데 그들은 계야부가 죽음에 직면하지 않는 한 나서지 않는다. 계야부에게 무슨 일이 벌어지든 뒤에 멀찍이 떨어져서 지켜볼 뿐이다.

왜 그런 행동을 할까? 계야부에게 감정이라도 있는 것인가? 무총의 무인이 한낱 야인을 호위하자니 자존심이 상했을까?

아니다. 그런 점도 없지 않아 있겠지만 사명사귀가 그 정도로 치졸하지는 않다.

그들은 명을 받았다.

사약란의 명이 아니라 무총의 명을 받았다. 아마도 무총의 대소사를 쥐락펴락하는 비공(秘空)의 명을 받지 않았을까 싶은데…… 좌우지간 그 명령 때문에 형식적으로 계야부를 호위하고 있다.

사사귀는 그들을 계야부 곁에 바싹 다가서도록 만드는 도구다.

그러기 위해서 일단 사사귀를 계야부 곁에 붙어보았다. 계야부를 공격하는 척하면서 사명사귀의 움직임을 살폈다.

한데…… 병신들!

이제 무공을 익힌 지 얼마 되지도 않은 오목과 부사영 따위에게 가로막히고 말다니.

차선책으로 북망고검을 노출시키며 무총 이십일검작을 제

거했다.

이십일검작은 아무 때고 제거해야 할 대상이다. 그들을 내버려 둘 경우, 향후 오 년만 지나면 누구도 쉽게 상대하지 못할 무서운 검들이 되어 있을 것이다.

그만큼 이십일검작이 무총에서 차지하는 비중은 크다.

그들이 몰살당할 경우, 그리고 흉수가 사사귀라는 점이 밝혀질 경우, 사명사귀는 어떤 행동을 취할까?

그들은 사사귀를 죽였다. 그리고 그 일이 계야부와 사명사귀가 본격적으로 어우러지는 만남의 장이 되었다.

자! 이제 만변천자를 소제할 바탕이 마련되었다.

사명사귀가 없을 경우, 만변천자가 분(分)할 수 있는 사람은 오목밖에 없다. 오목을 죽이고 변신한 다음에 서인을 빼낼 방도를 강구할 것이다.

여기서 그를 소제할 방도는 없다.

그의 정체를 말해주면 될까? 아니다. 그러면 정면 승부가 되고 정면승부에서 계야부와 사명사귀는 만변천자의 적수가 되지 못한다.

만변천자를 소제하기 위해서는 허를 찔러야 한다.

그래서 계야부 곁에 사명사귀를 붙여놓은 것이다.

사명사귀가 있음으로 해서 만변천자는 한결 수월하게 잠입할 수 있다. 변신할 사람이 오목 외에 네 사람이나 더 생겼으니 선택의 폭이 훨씬 넓어졌다.

만변천자는 즉시 움직인다.

평소 그의 습성을 미루어 사명사귀 중 제물로 선택될 사람은 자자검이다.

과묵한 성격인지라 말을 많이 하지 않아서 좋고, 체형이 흡사하여 변신하기 좋다.

만변천자가 자자검이라는 미끼를 물기만 하면 일차 계략은 성공리에 정리된다.

만변천자는 자신이 알고 있는 것을 모른다.

자자검과 사사표풍이 어떤 관계인지 모른다. 수십 명 속에 섞여 있어도 숨소리만으로 상대를 찾을 수 있는 처절할 정도로 끔찍한 사이라는 걸 까마득히 모른다.

자신도 자자검과 사사표풍이 그런 사이라는 걸 몰랐다면 이런 계획을 세우지는 않았을 것이다.

하물며 만변천자가 그런 사실을 알고도 자자검으로 변신한다는 건 있을 수 없다.

엄밀히 말하면 그는 모든 것을 알고 있어야 한다. 명색이 무림을 통괄하는 입장이었다. 그런 사람이 무림에 대해서 모르는 것이 있다는 건 말이 안 된다.

한데 그런 일이 벌어졌다.

정보를 손에 쥔 사람이 손가락을 활짝 펴지 않고 일부를 남겨놨기 때문이다.

그도 지금쯤은 눈치챘겠지만 이미 물이 엎질러진 후이니 거둬들일 수 없다.

모든 일이 예정대로 되었다.

만변천자는 사사표풍에게 정체가 발각되었고, 사명사귀와 계야부는 여유있게 준비한 끝에 그를 제압했다.

소제는 끝났다.

단지 만변천자가 너무 쉽게 무너졌다는 게 믿어지지 않는다.

만변천자 정도 되는 무인이라면 사명사귀 정도는 저승으로 보냈어야 한다.

그들 중 어느 한 명도 죽이지 못했다는 건 실로 뜻밖이다.

어디서 이런 오차가 일어났을까?

'계야부…… 후후! 역시…….'

역시 계야부다.

변수가 일어난다면 계야부 때문일 것이라고 생각했는데, 그 생각이 맞았다.

계야부를 다소 과소평가했다.

귀영십삼식이 오성 정도에 이르렀을 것이라고 생각했는데, 놈의 성취도는 칠성 내지 팔성 정도 되는 것 같다.

그 차이가 사명사귀의 목숨을 살려주었다.

이래서는 곤란하다.

지금쯤 계야부 곁에는 사약란과 오목만 남아 있어야 한다.

"사약란이 서지단을 떠나 계야부 곁으로 가는 건 이미 예상했던 바이고…… 부사영이 말똥구리들을 데리고 돌아오는 건 보름…… 그전에 귀영십삼식을 대성해야 하는데…… 허!"

그는 가볍게 탄식을 토해냈다.

일을 진행시킬 때는 변수가 발생하지 않도록 심혈을 기울여
야 한다. 아주 자그마한 변수일지라도 커다란 강의 물줄기를
틀어버리는 위력을 가지고 있기 때문이다.

지금이 꼭 그렇다.

예정대로라면 계야부가 만변천자를 고문하고 있어야 한다.

사약란은 만변천자를 다루지 못한다. 하지만 계야부는 다르
다. 그는 전장에서 생존 방식의 일환으로 고문 방법을 배웠다.

두들겨 패고, 찌르고, 베면서 원하는 대답을 얻어내는 것, 지
금쯤 계야부가 만변천자에게 취하고 있을 고문 방법이다.

물론 만변천자가 입을 열 리는 없다. 계야부는 안선에 대해
서 아무런 답도 듣지 못한다.

단지 고문만 하면 된다.

계야부는 칼로 쑤시고 베면서 자신도 모르게 귀영십삼식의
진파를 응용할 것이다. 이미 귀영십삼식의 진파가 몸에 배어
있어서 어떠한 행동을 하더라도 진파를 쓰게 되어 있다.

인간이 고통을 느끼는 부위에 진파까지 내포된 검을 쓰면
어떤 현상이 일어날까?

진파 실린 검이 각 혈도를 찌를 때 일어나는 현상을 똑똑히
봐야 한다. 살결을 울림, 뼈의 진동, 경맥의 뒤틀림을 낚시꾼이
손맛을 느끼듯 절절이 느껴야 한다.

그런 경험은 진파의 운용을 한 단계 발전시켜 주리라.

알겠는가? 살아 있는 사람을 생으로 해부하는 것이야말로
귀영십삼식을 절정으로 이끄는 지름길이다.

사약란은 사명사귀에게 만변천자를 호송시켰다.

계야부가 고문할 기회를 빼앗았다.

만변천자 소제라는 일단계 계획은 성공했으되, 일단계에 이어 계야부로 하여금 사일도를 죽인다는 이단계 계획은 시작도 하지 못하고 좌초되는 형국이다.

"사약란…… 피곤하게 하는군."

그는 중원(中原) 전도(全圖)를 들여다보았다.

사약란은 얕은 수를 두었다.

사명사귀로 하여금 만변천자를 호송케 한다. 당연한 말이지만 만변천자가 무총에 넘어가서는 안 되는 안선으로서는 중도에서 공격을 가할 수밖에 없다.

사약란이 파놓은 함정이다.

그녀는 공격자들을 제압하여 만변천자에게서 듣지 못한 말을 듣고자 한다.

자신이 할 일은 뭔가? 사약란의 계략에 따라주든 역이용하든 궁극적으로 추구하는 것은 계야부의 무공을 극성까지 끌어올리는 것이다.

절정에 이른 귀영십삼식과 서인의 조화는 그를 사일도에게 이끌 것이고, 이 시대의 기린아를 벨 것이다.

이것이 계야부의 원래 용도다.

만변천자가 생각하는 것처럼 그의 용도가 사약란의 납치 정도에 불과했다면 힘들게 군에 있는 자를 끌어내지도 않았다.

군복을 벗을 때…… 그때부터 계야부는 사일도를 죽이기 위한 수순을 정확히 밟아왔다.

"여기서 약간의 변수가 일어났지만, 바로잡아야겠지."

그는 전도를 뚫어지게 응시했다.

계획을 세우되 계획이 아닌 것처럼 하루 만에 끝나는 단기 계획부터 일생에 걸쳐서 진행되는 장기 계획까지 물 흐르듯 유연하게. 그래서 사람이 세운 계획이라는 것을 알지 못하도록.

진정한 병법이란 이런 것이다.

"동정호…… 가는 곳이 여기군. 후후! 좋은 생각. 하면 틀어진 걸 바로잡을 곳도 여기군."

그의 눈길이 동정호에 틀어박혔다.

2

만변천자는 혼자서 움직일 수 없을 만큼 큰 중상을 입었다.

도산검림(刀山劍林)에서 살아온 몸이라 상처라면 이골이 난 몸이지만 계야부에게 당한 상처는 정말 중했다.

겉보기에는 심해 보이지 않았다.

깔끔하게 등을 뚫었고, 뚫고 나온 배 부분의 상처도 자그마했다.

장기도 손상되지 않았다. 가장 중요한 간, 심장, 폐는 건드리지도 않았다.

그런데도 만변천자는 일어나지 못했다. 아니, 시간이 지나면 지날수록 더욱 악화되어 갔다.

검에 찔렸을 당시에는 아무런 일도 없었던 듯 태연자약했다. 사약란이 심문할 무렵에도 호기롭게 웃음까지 흘렸다.

정상적인 상태는 그때까지다.

두 시진이 지나자 의식을 잃었다. 세 시진이 지날 무렵에는 기식(氣息)까지 엄엄했다.

손상된 장기가 없고, 상처도 치료해 주었고, 내공을 운용하여 자진하지 못하도록 점혈까지 해뒀는데…… 그저 낫기만 하면 되는데 무엇 때문에 상처가 깊어지는 것일까?

독심독의가 맥을 잡았다.

“흠! 보자…… 진기 흐름은 순탄하고…….”

독심독의의 그 말 한마디로 만변천자의 몸 상태가 확실해졌다.

그는 아무 이상 없다. 그가 혼절한 것은 계야부에게 당한 상처 때문이 아니다.

진기처럼 몸 상태를 정직하게 말해주는 것도 없다. 진기는 아주 예민해서 고뿔에 걸리기만 해도 흐름이 불규칙해진다. 상처 때문이라면 진기가 순탄하게 흐를 리 없다.

“상처 주변의 봉맥(封脈)도…… 흠! 괜찮아. 풀리지 않았어.”

혼절이 계야부 때문이 아님은 더욱더 확실해졌다.

상처 주변의 맥을 봉쇄하여 의식적인 힘이 가해지지 않도록 조처했다. 이렇게 하면 배를 움직이더라도 상처 부근의 근육은 마치 남의 살인 양 움직이지 않는다.

등도 마찬가지다.

걷는 것과 같이 등의 근육을 많이 사용하는 움직임에도 봉맥된 부근의 근육은 전혀 움직이지 않는다.

봉맥을 시킨 부분은 살이 돌처럼 딱딱하게 굳어진다.

자연 상태에서 약의 성분을 최대한으로, 가장 빠르게 흡수시키기 위한 고도의 의술이다.

또한 봉맥이 좋은 점은 상처를 입은 부위에서 전해지는 통증이 느껴지지 않는다는 것이다.

봉맥이 마취 효과까지 내기 때문이다.

만변천자는 아무 이상이 없어야 한다.

더군다나 그를 치료한 사람이 독보적인 의술을 지닌 독심독의이니 치료에 관한 것은 의심할 필요가 없다.

한마디로 괴이한 현상이다.

"뭔가가 있어……. 이게 뭐지? 허! 내 이날 이때까지 별별 놈을 다 만났지만 이런 경우는 처음일세. 뭐 이런 빌어먹을 경우가 있어? 이걸 뭐라고 말해야 하나?"

독심독의가 미간을 잔뜩 찌푸리며 중얼거렸다.

"허!"

일력광겸이 무의식중에 탄식을 토해냈다.

독심독의 같은 사람도 곤혹스러워할 때가 있나?

상처는 병과 다르다. 병장기에 의한 상처는 둘 중 하나뿐이다. 고치거나 못 고치거나. 또 그런 결정은 굳이 명의가 아니라 할지라도 거의 대부분 상처를 보자마자 선언된다.

고칠 수 있다고 하면 고치는 것이다. 운이 나쁘면 치료해 봤자 살 수 없다는 결정이 내려진다.

그런 결정을 독심독의가 했다.

“한 사나흘 푹 쉬면 운신할 수 있을 게야.”

만변천자의 상처는 심각하지 않았다.

한데 결과적으로 놓고 보면 잘못된 판단을 내렸다. 그것도 명의 중의 명의라는 독심독의가 생각할 필요조차 없는 깨끗한 검상을 보고 잘못된 판단을 내렸다.

더욱 기가 막힌 것은 진맥을 한 지 한 시진이 넘도록 원인을 파악하지 못한다는 것이다.

일력광겸이 침을 꿀꺽 삼키며 물었다.

“뭐가 잘못된 거야?”

“허! 이자…… 몸속에 지진이 일어나고 있어.”

“지… 진?”

“기혈이 용암처럼 끓어댄단 말이지. 혈도는 잠시도 쉬지 않고 경련을 일으키고…… 오장육부, 어느 한군데 가만히 있는 곳이 없어.”

“그런…… 경우도 있나?”

“검상 때문이 아냐. 이건…… 에이! 모르겠다!”

독심독의가 맥을 놓고 일어섰다. 하지만 그는 허리를 채 펴기도 전에 다시 주저앉아 맥을 잡았다.

"뭐냐, 넌. 뭐기에 이런 짓을 하는 거야?"

독심독의의 온 신경이 만변천자의 뱃속을 주시했다.

'진앙(震央)이 없는…… 빌어먹을 증세로다!'

독심독의는 움켜쥐고 있던 완맥을 놓았다.

더 이상의 진맥은 필요치 않다. 원인은 모르지만 만변천자의 현 상태는 확실하게 파악했다.

만변천자의 뱃속은 끊임없이 흔들리고 있다.

사람이 빙 둘러 원을 그리며 서 있다고 치자.

제일 먼저 누군가가 쓰러진다. 쓰러지면서 앞사람을 넘어뜨린다. 본의 아니게 넘어진 사람은 또 앞사람을 쓰러뜨릴 것이고…… 그렇게 쓰러짐은 시작된다.

쓰러졌던 사람은 다시 일어선다. 하지만 이미 쓰러짐은 계속되고 있는 상태다. 제일 먼저 넘어졌던 사람도 이제는 자신의 의지와는 상관없게 쓰러져야 한다.

쓰러지고 일어서고, 또 쓰러지고…….

만변천자의 내부는 이와 같은 상태다.

원인이 어디서 시작되었는지 모르지만 인체의 모든 기관이 연속성을 가지고 흔들린다.

정도가 가벼운 것도 아니다.

정상적인 사람일지라도 큰 충격을 받을 정도의 거센 힘이 연속으로 내부를 진탕시키고 있다.

만변천자가 받는 충격은 상상 이상이다.

일력광겹 같은 역사가 온 힘을 다해 주먹질을 하는 것보다 더 큰 충격을 받고 있다.

그나마 만변천자의 내공이 심후하여 혼절만 한 것이지 어느 사람 같으면 벌써 죽거나 미치고 말았으리라.

진앙지가 어디인지는 짐작된다.

계야부의 검이 관통하면서 무슨 일인가 벌어졌다.

검에 독이 묻어 있을 수도 있고…… 아니다, 독이라면 벌써 알아냈다. 독은 분명히 아니고 균(菌) 종류가 묻어 있지 않았나 싶다. 균은 종류가 무척 많아서 평생을 의술과 씨름한 그도 아는 것보다 모르는 것이 훨씬 많으니까.

다른 가능성도 있다. 계야부 무공의 특수성이다.

계야부는 무공을 펼칠 때 연기처럼 아스라한 막을 피워낸다. 찰나보다 더 빠른 순간에 피었다가 사라져 버린 관계로 자세히 보지는 못했지만 분명히 스멀스멀 피어나는 게 있었다.

몸에서 연기가 피어났다면 검엔들 영향을 미치지 않을 리 없다.

'이런 현상이 귀영십삼식 때문이라면…….'

귀영십삼식…… 정공(正功)이 아니다.

의원 입장에서 볼 때, 정공과 마공의 구분은 인체에 대한 영향으로 대변된다.

몸에 해가 되느냐 안 되느냐 하는 문제도 있겠지만 타인을 살상함에 있어서 수법의 깨끗함도 거론되어야 한다.

병기에 살짝 스치기만 했는데 상처가 덧나고 고통을 안겨주고, 급기야 목숨까지 앗아간다면 결코 정공이라고 할 수 없다.

귀영십삼식이 그런 식이다.

계야부는 어떤 검공을 수련하고 있는 것인가.

독심독의는 만변천자의 상태를 면밀히 관찰하기 시작했다.

그를 치료할 방법이 없는 것은 아니다. 완맥을 놓는 순간, 혼절의 원인을 알아낸 순간 치료 방법을 생각해 냈다.

원을 그린 사람들이 연속해서 넘어지는 형국이라면 어느 한 부분을 빼내면 된다. 원을 형성한 사람 중에 몇 사람만 빼내면 계속해서 쓰러지는 일은 없을 것이다.

몸 안의 상태가 안정된 후에 빼낸 사람을 다시 집어넣으면 치료가 끝난다.

만변천자의 경우에는 기경팔맥을 한 부분씩 막아버리면 된다.

물론 시간차가 무척 중요하다.

봉맥은 위험하기 그지없어서 시간 계산을 조금이라도 잘못하면 영구 장애가 올 수 있다.

만변천자는 자자검을 죽인 놈, 어차피 죽을 놈이니 장애가 생겨도 상관없지만.

독심독의는 치료 대신 관찰을 선택했다.

아픈 사람만 보면 측은한 마음이 들어서 고쳐 주지 않으면 견디지 못하는 의원, 세상은 이런 사람의 인의(仁醫)라고 부른다.

그는 인의가 아니다. 독심독의다.

자신의 의술을 발전시킬 수 있다면 눈앞에서 갓 태어난 아기가 죽어가도 눈썹 한 올 흔들리지 않을 사람이다.

'귀영십삼식에 당하면 이렇게 된다 이거지……'

만변천자는 혼절 중에도 많은 말을 한다.

내부 진탕은 시간이 흐를수록 잦아드는 것이 아니라 더욱 도를 더해간다.

흔들림이 흔들림을 가속시키고 있다.

이러다가는 봉맥할 순간을 놓치지 않나 하고 우려되기도 한다.

"이놈들, 죽어라 공격해 올 줄 알았는데 기분 나쁘게 조용하네. 이놈들은 대가리가 잡혀가도 아무렇지 않은가 보지?"

일력광겸이 풀벌레 소리만 요란한 산야를 둘러보며 말했다.

물론 대답은 들리지 않았다.

사사표풍은 벙어리인 듯 입을 열지 않았고, 독심독의는 만변천자만 쳐다본다.

그들은 자자검이 살아 있을 적에도 각기 따로 놀았다.

그래도 그가 있을 적에는 이 사람 저 사람 가려운 곳을 긁어주기라도 했는데 이제는 그마저도 없으니 전부 남처럼 여겨진다.

"조금만 더 가면 동정호(洞庭湖)인데…… 계속 가야 하나?"

"……"

“제길! 전부 벙어리들이야! 쉰 소리도 좋으니까 뭐라고 말 좀 해봐! 어이! 노인네! 할 말 없어?”

“…….”

“야! 생선가시! 너도 할 말 없냐?”

결국 일력광겸은 혼자 북 치고 장구 치는 격이 되고 말았다.

사사표풍은 자자검이 죽은 충격에서 헤어 나오지 못하고 있는 실정이다. 독심독의는 애써 찾아도 찾지 못할 귀한 공부 재료를 손에 넣었다.

그의 말에 농담이라도 맞장구칠 사람은 없다.

일력광겸은 신경질적으로 땅바닥에 낫을 찍으며 투덜거렸다.

“제길! 제길! 제길이다!”

동정호의 물 냄새가 후각을 자극한다. 천둥오리들이 내뱉는 소리는 천둥소리처럼 고막을 울린다.

푸드드득……!

오리 떼가 날아오른다.

여우나 늑대 같은 들짐승이라도 나타난 겐가.

“쯧! 며칠만 더 있으면 재미있는 현상이 벌어질 것 같은데…… 아깝게 됐군.”

독심독의가 혀를 차며 급히 만변천자의 혈도를 내리찍었다.

만변천자의 상세는 극을 향해 치닫는 중이었다.

얼굴색이 시신처럼 푸르뎅뎅하게 변했다. 눈꺼풀은 연신 경련을 일으켰고, 가끔씩 손발을 들썩이기도 했다.

종기도 났다. 처음에는 붉은 반점이 생기더니 고름이 맺히며 안으로 썩어 들어갔다.

극독에 중독된 상태와 거의 흡사하다.

독심독의는 작은 변화까지도 놓치지 않고 지켜봤다.

붉은 반점이 고름으로 변하고, 안으로 썩어 들어가는 과정을 면밀히 살폈다. 하지만 그보다 더 중요한 것이 있다. 외적인 변화는 내부 변화에 기인한다.

독심독의는 내부 변화를 자세히 느끼기 위해 계야부에게 당한 검상을 치료하지 않았다. 상처를 봉합하기는커녕 정반대로 살이 아물지 못하도록 이완제를 덕지덕지 발랐다.

상처에 손가락을 쑤셔 넣고 안의 울림을 느낀다.

당하는 사람이나 지켜보는 사람에게는 헛구역질이 나올 일이지만 독심독의에게는 늘 일어나는 일 중 하나에 불과했다.

만변천자의 상처는 이제 곧 정점을 넘어선다. 삶과 죽음의 언덕에서 어느 한 방향을 선택하게 된다.

독심독의는 거기까지 지켜볼 심산이었다.

그가 관찰할 수 있는 가장 마지막 보루까지 지켜본 후, 죽음으로 내딛으려는 발걸음을 잡아채면 된다.

의원만이 삶과 죽음의 갈림길에 서 있는 자의 모습을 지켜볼 수 있다.

저쪽으로 한 걸음을 내딛으면 대라신선이라도 살릴 수 없는 죽음, 이쪽으로 한 걸음 내딛으면 어떻게든 목숨만은 구할 수 있는 목숨의 경계.

　의원이라고 생사지경(生死之境)을 다 살필 수 있는 것은 아
니다.

　모래알처럼 득실거리는 의원들 중에 생사지경을 집어낼 수
있는 의원을 꼽자면 다섯 손가락도 남는다.

　생사지경을 정확히 집어낼 때의 쾌감을 아는가?

　한 사람의 목숨을 좌지우지할 수 있는 경계를 찾아낸다는
것은…… 그 순간만큼은 신(神)이 된다는 뜻이다.

　이 사람을 살릴 것인가, 죽일 것인가.

　자신이 마음먹기에 따라서 한 인간이 죽을 수도 살 수도 있
다.

　사람을 때려죽이거나 칼로 찌르거나 독을 먹이는 것처럼 인
위적인 행동에서는 아무런 감흥도 일어나지 않는다. 차분히
생사지경이 되기를 기다렸다가 한순간에 결정을 내릴 때, 솜
털이란 솜털은 모두 곤두서는 짜릿함을 맛볼 수 있다.

　그런 경험을 해보지 않은 자는 허울 좋은 명의가 된다.

　생사지경을 맛본 자는…… 도저히 명의가 될 수 없다. 그때
의 쾌감은 술이나 도박 같은 것과는 견줄 수 없다. 진심으로
갈구하고 또 갈구하게 된다.

　단언컨대 생사지경을 경험한 자는 독심독의가 된다.

　만변천자의 상처는 신기했다. 처음 보는 몸의 변화도 흥미
로웠다. 하지만 그가 기다린 것은 생사지경이다. 뽕도 따고 님
도 보고…… 한 사람으로 두 가지 쾌락을 즐길 수 있으니 좋지

않은가.

한데 그중 하나, 이 세상 무엇과도 바꿀 수 없는 즐거움을 포기해야 한다.

손님이 왔다.

만변천자를 호송하는 내내 손님이 올 것이라고 예상했는데, 드디어 왔다.

망설이지는 않았다. 해야 한다면 서슴없이 한다.

파파팟!

두 손이 현란하게 움직였고, 만변천자는 축 늘어졌다.

"제대로 걸린 것 같은데. 이놈들이 마지막이었으면 좋겠네."

일력광겸이 낮을 번뜩였다.

"처음 손님을 맞이하면서 마지막이길 바라다니 너무 욕심이 큰 거 아냐?"

독심독의가 축 늘어진 만변천자를 들어 사사표풍에게 던졌다.

쉐엑! 좌르르륵……!

사사표풍의 채찍이 만변천자의 몸을 둥글게 감는가 싶더니 거칠게 내동댕이쳤다.

만변천자의 육신은 그녀의 발 앞에 떨어져 데구루루 굴렀다.

마지막 순간, 사명사귀가 지상에서 사라질 순간이 다가오면 만변천자를 정리해야 한다.

죽이는 것이다.

그를 죽이는 데는 무공이 고강할 필요가 없다. 사명사귀 중 누구라도 시신이나 다름없는 만변천자를 요리할 수 있다.

하나 정말 마지막으로 한숨의 진기만 남았을 때, 그 진기를 자신을 위해 사용하지 않고 만변천자를 죽이는 데 쓸 사람은 역시 사사표풍이다.

그녀라면 어떤 상황에서든 반드시 만변천자를 죽일 것이다.

스스스슷!

움직임이 느껴진다.

바람 한 점 불지 않고, 풀벌레 소리조차 숨죽인 정적 속에 살기 실린 쇠붙이의 날카로움이 고스란히 전해진다.

사사표풍은 오른손에 흑사편을 들고 왼손에는 시중에서 흔히 볼 수 있는 삼척장검을 들었다.

자신의 무공인 흑사류를 펼치면서 자자검의 폭검신공까지 사용하겠다는 뜻이다.

이는 좋은 생각이 아니다.

폭검신공이란 진기를 검 안에 불어넣어 단단하게 제련된 쇠붙이를 갈기갈기 찢어버리는 무공이다.

파괴력은 논할 필요도 없다. 화약을 터뜨리는 것보다 더 큰 위력이 있다. 화약은 방향을 정하기 어렵지만, 폭검신공은 모든 폭발력을 목표에 집중시킬 수 있으니 필사(必死)의 무학이라고 할 수 있다.

하나 위력이 큰 만큼 단점도 크다.

막대한 진기 소모…….

일반 무학은 저수지에 고인 물이 물길을 타고 졸졸졸 흘러 내려 가는 것으로 비유할 수 있다.

폭검신공은 둑을 무너뜨린다. 저수지에 고인 물을 일시에 쏟아낸다.

그런 연유로 폭검신공을 쓴 후에는 병기를 들고 있을 힘도 없을 만큼 극심한 탈진 현상을 겪는다.

사사표풍은 그런 점까지 감수하고자 한다.

일력광검과 독심독의도 별다른 말을 하지 않았다. 그들의 내심도 사사표풍과 다를 바 없었다.

'우린… 아마도…… 이곳에서 죽을 거야.'

그는 뒤늦게야 위험을 감지했다.

그와 사명사귀는 무공 차가 컸다. 사명사귀가 죽음까지 각오할 때, 그는 팔자 좋게 늘어져 푸른 하늘을 올려다보고 있었다.

'제길! 이게 뭐야!'

마음 같아서는 몸을 벌떡 일으키고 싶지만, 그러면 더 위험해진다. 일부러 자신을 노출시킬 필요는 없지 않은가.

그는 천천히 심호흡을 하면서 마음을 가라앉혔다.

사명사귀를 에워싼 포위망의 정체는 뭔가?

불행 중 다행인 점은 자신이 포위망에 갇혀 있지 않다는 것이다.

사명사귀와 거리를 벌려놨기 때문인지 발각되지 않아서인지는 알 수 없다. 아마도 거리를 충분히 벌려놨기 때문일 게다. 사명사귀를 발견한 자들이 자신을 발견하지 못했다는 건 너무 안일한 생각이다.

'발견했으되 관계없으니 살려둔다'는 표현이 맞다.

그는 포위망을 구축한 자들이 어떤 자들인지 세밀히 살폈다.

걸음을 떼어놓는 모습에서 일사불란함이 읽힌다. 사명사귀에게 다가가기 위해서는 바위도 넘어야 하고, 웅덩이도 지나쳐야 하는데 어떠한 지형을 만나든 진세(陣勢)에 흐트러짐이 없다.

고도의 수련을 거친 자들이다.

그럼 이제는 판단해야 한다. 사명사귀가 저들의 공격을 견뎌낼 수 있을까? 견뎌낼 수 없다면 얼마나 버틸 수 있을까?

'시작과 동시에 끝나겠는데!'

버티고 말고 할 여력도 안 된다. 좋게 봐주더라도 사명사귀가 버텨낼 수 있는 시간은 최대한 반 각에 불과하다.

무혼(武魂)들…… 무총 총주가 직접 양성한 직계제자들.

그들의 무공은 무척 뛰어나다. 어느 누구와 겨뤄도 꿀림이 없다. 하지만 엄밀하게 살피면 저들이 과연 무총 총주의 직계제자들인가 하는 의심을 지울 수 없다.

총주는 두말할 필요도 없이 현 무림의 최강자다.

그런 분이 손수 양성한 제자라면 천하제일은 못 되더라도

한 지역의 패주 정도는 되어야 한다. 최소한 사사표풍의 발밑
에 널브러져 있는 만변천자 정도는 되어야 한다. 사명사귀가
나섰다면 만변천자는 힘도 써보지 못하고 무너졌어야 한다.

무혼의 무공이 약하다는 게 아니라 총주의 제자치고는 기대
에 못 미친다는 뜻이다.

어찌 된 영문인지는 모르겠지만 현실은 그렇다.

그들의 무공은 기껏해야 이게 갓 무림에 발을 들여놓은 계
야부와 엇비슷한 정도다.

싸움이 벌어지면 사명사귀는 죽고, 만변천자는 저들 손에
넘어간다.

알려야 한다. 멀리서 뒤따르고 있는 계야부와 사약란에게
위급 상황을 보고해야 한다.

그는 화통(火筒)을 꺼냈다. 그 순간!

철컥!

등 뒤에서 기분 나쁜 소리가 들렸다.

'이런!'

생각할 필요도 없다. 위치가 노출되었고, 적이 다가왔으며,
병기를 뽑았다.

그는 냅다 뛰려고 했지만 그러지도 못했다.

스스슷! 파악!

차가운 감촉이 목덜미를 스친다 싶더니 갑자기 숨이 턱 막
혔다.

'크윽!'

튀어나오던 헛바람도 뱃속으로 스며들었다.

대추혈(大椎穴)과 아문혈(瘂門穴)이 동시에 막혔다. 몸은 있으나 움직이지 못하고, 입은 있으나 말하지 못한다.

"후후후! 쥐새끼를 잡는 건 여간 까다롭지 않단 말이야."

"그렇지. 약간만 방심해도 빠져나가니까."

"이놈이 지통이란 놈인가?"

"지통은 무슨…… 약삭빠른 쥐새끼일 뿐이야."

"죽여 버리지 그래? 살려둘 필요 없잖아?"

"그럴까?"

"죽여 버려. 귀찮게 끌고 다녀서 뭐 해."

그는 자신을 제압한 자가 한 명이라고 생각했다. 한데 음성을 들어보니 모두 세 명이다. 세 명이 각기 다른 음성으로 주거니 받거니 말을 나누고 있다.

'이상하다. 내 아무리 방심했기로서니 기척조차 느끼지 못했단 말…… 아냐. 분명히 한 명이었…… 세 명이되 한 명! 삼면광자(三面狂者)!'

자신을 잡고 있는 자의 정체를 알아냈다.

한 몸에 세 개의 다른 정신을 가지고 있는 자, 삼면광자다.

의원은 정신분열증이라고 하고, 무당은 귀신에 씌었다고 하지만 모두 틀렸다. 그가 한 몸으로 세 사람의 역할을 하고 있는 건 그가 수련한 무공 때문이다.

삼력합일마공(三力合一魔功)!

정신을 셋으로 나누어 각기 다른 무공을 수련케 한 다음, 다시 하나로 합치는 마공이다.

얼핏 무당파의 양의심법(兩儀心法)과 비슷하지만 양의심법처럼 필요한 시점에서만 일시적으로 분리하는 게 아니라 시작부터 영원히 분리해 버린다는 점에서 완전히 다르다.

삼면광자는 늘 다수결의 원칙에 따라서 행동한다.

세 사람 중 두 사람이 결정하면 다른 한 사람은 무조건 따른다.

삼력합일마공은 갈라진 세 사람의 정신이 다시 합쳐지지 않으면 펼칠 수 없다. 때문에 어떤 일이든 다른 사람의 의견을 살피는 것이 생활화되어 있다.

그런 뜻에서 지금은 아주 나쁜 상황이 되었다.

한 명은 생포하려는 목적에서 점혈을 했는데, 다른 두 명이 그냥 죽여 버리잔다.

하면 죽는다.

'맙소사!'

그는 눈을 찔끔 감아버렸다.

3

쉭! 쉭! 쉬익!

들리는 것 같기도 하고, 들리지 않는 것 같기도 하고…… 하지만 더할 나위 없이 날카로운 느낌!

하늘 한켠이 번쩍! 섬광을 터뜨리며 갈라졌다.

갈라진 틈을 통해서 검은 그림자가 번뜩였다.

"촬영도진(扎影刀陣)이닷!"

독심독의가 부지불식간 고함을 내질렀다.

그의 손은 고함보다도 빨랐다. 경각심을 느끼는 순간 열 손가락이 활짝 펼쳐졌고, 흑백홍청(黑白紅靑) 사색독무(四色毒霧)가 뿌옇게 피어났다.

촤악! 촤왁!

병기를 쓴 것 같지 않은데 독무가 갈라졌다. 광목을 잘 드는 가위로 쓰윽 잘라내듯 일도양단(一刀兩斷), 정확하게 갈라졌다.

"천섬도법(天閃刀法)!"

이번에는 일력광겸이 말했다.

퍼억! 파파파팟!

한껏 응축되었던 진기가 산산조각 나며 사방으로 흩어졌다. 사사표풍이 폭검신공을 사용하여 검을 날려 버린 것이다.

털썩! 쿵!

여기저기서 피분수가 솟구쳤다. 처음 만나 수인사조차 나누지 않은 사람들이 썩은 짚단처럼 무너졌다.

"다음은 나!"

일력광겸이 낫을 들어 힘껏 땅을 찍었다.

쾅!

지축이 흔들리는 듯 땅이 들썩였다.

퍼억! 팟! 퍼어억……!

그는 검은 그림자 사이를 종횡무진했다.

한 명을 찍어낸다 싶었는데 어느새 다른 자를 찍고 있다.

성난 황소가 두 발 묶인 늑대 무리를 들이받는 것처럼 보인다.

독심독의도 손속을 늦추지 않았다. 품에서 엄지손톱만 한 단환을 꺼내 손바닥 위에 올려놓고 침을 뱉어 뭉갰다.

스스스스스…….

무색(無色), 무향(無香). 하지만 냄새를 맡는 순간 신경이 마비되는 절대독이 스멀스멀 피어나갔다.

촤악! 쒜에엑! 촤아악!

어느 정도 기력을 되찾은 사사표풍이 흑사편을 휘둘렀다.

뱀이 허공을 휘젓는 듯, 유유히 날아간 채찍은 검은 그림자를 휘감았다.

한 번에 두세 명이 걸려든다.

흑사편 끝에 달린 갈고리가 사방을 훑어 옷이며 살이며 가리지 않고 찍어낸다.

흑사편은 허공에 둥실 떠올랐다가 땅에 내리박혔다.

퍽! 퍼억!

흑사편에 걸린 자들은 비명도 지르지 못하고 즉사했다. 뇌수가 터지기도 하고, 목뼈가 부러지기도 했다.

서로가 왜 싸우는지 말 한마디 나누지 않고 시작된 싸움은 사명사귀의 일방적인 승리로 끝나는 듯했다.

반전은 죽은 자들이 움직이면서부터 시작되었다.

스스슷! 퍽! 퍽! 퍽!

죽은 자들이 발길에 걷어채인 듯 들썩였다. 육신을 얻어맞는 소리도 들렸다.

순간, 그들의 몸에 검은 종기가 숏는다 싶더니 작은 폭발을 일으켰다. 그리고 검은 진물을 줄줄 쏟아냈다.

"빌어먹을! 망혼시독(亡魂屍毒)! 괴노독(愧老毒)! 이놈의 할망구가 아직까지 살아 있었구나!"

독심독의가 뒤로 훌쩍 물러서며 고함쳤다.

그는 독을 안다. 독에 관한 한 전문가다. 당연히 독에 대한 반응도 빠르다. 시신들 몸에 검은 돌기가 숏는 순간 그는 이미 몸을 물린 후였다.

하지만 사사표풍과 일력광겸은 그렇지 못했다. 그들 두 사람은 적들 틈에 섞여 있었고, 한참 손발을 놀리느라 죽어 넘어진 육신까지 신경 쓸 틈이 없었다.

돌기가 숏는지 썩어 문드러지는지 알 도리가 없다.

그들이 독심독의의 외침을 듣고 경각심을 돋웠을 때는 이미 독기를 흡취하고 난 후였다.

"윽!"

일력광겸이 짧은 단말마를 토해내며 휘청거렸다.

쒜에엑!

사사표풍이 날린 혹사편도 처음으로 사람을 낚아채지 못하고 허공만 움켜잡았다.

눈이 흐려진다. 사물이 두 개, 세 개로 겹쳐 보인다. 하늘과 땅이 빙글빙글 돈다.

일력광겸이 사력을 다해 한마디 했다.

"여, 영감…… 탱이! 어떻…… 게…… 해봐!"

쿵!

그 말이 마지막이다.

일력광겸은 현기증을 이기지 못하고 뒤로 벌렁 나뒹굴었다.

그의 눈꺼풀이 부들부들 떨렸다. 정신을 차리려고 안간힘을 쓰는 듯했지만 이내 애병 대겸(大鎌)을 놓고 말았다.

그는 곧 잠잠해졌다.

혼절인가, 죽음인가?

사사표풍은 말을 아꼈다.

자세한 사정은 모르겠지만 강호 경험으로 중독되었다는 것을 안다. 독을 쓴 자가 괴노독이라 불리는 노파라는 것도 직감한다. 또한 자신이 할 수 있는 게 아무것도 없다는 것도 안다.

상태가 썩 좋지 않다.

일단 몸을 움직일 수 없다. 두 번째로 자꾸 정신이 멀어져 간다. 안간힘을 다해 이를 악물고 버티지 않으면 곧바로 혼절에 빠지거나 죽음을 맞을 것이다.

그녀는 무릎을 꿇고 앉아 호흡을 조절했다.

부들부들 떨리는 손으로 흑사편을 꼭 움켜잡고 멀어져 가는 정신을 꼭 붙들었다.

육신을 적의 칼 앞에 내놓은 셈이다. 지금과 같은 상황에서는 어린아이라도 그들을 죽일 수 있다. 어려울 게 뭐 있나. 그저 칼을 들어 툭 내려치기만 하면 된다.

사사표풍은 그런 검조차 막을 수 없는 처지다.

단지 죽을 때는 죽더라도 일력광겸처럼 영문도 모른 채 죽고 싶지 않을 뿐이다.

"낄낄! 독심독의…… 못난 목숨, 참 질기구나. 무슨 염치로 아직까지 살아 있누? 사람들이 천하제일의니, 천하제일독이니 하니 정말 그런 줄 아는 가베. 낄낄! 총주란 놈…… 나이로 따지면 한참 아래일 텐데, 그 가랑이 사이로 기어들어 갔다며? 낄낄! 젊은 놈한테 뭘 배울 게 있다고……."

까마귀가 깍깍거리는 듯 무척 귀에 거슬린 음성이 들려왔다. 고막을 틀어막고 싶을 정도로 고음이기도 했지만 손톱으로 쇠를 긁는 듯해서 더 듣기 싫었다.

"괴노독…… 긴 이야기는 나중에 하고, 단도직입적으로 물음세. 이게 노부에게 주어진 숙제인가?"

독심독의는 말을 하면서도 눈길은 어느새 사사표풍과 일력광겸을 쳐다보고 있었다.

"낄낄! 누구 마음대로 숙제부터 풀어? 어디 한번 말해봐. 총주란 놈 밑에 기어들어 가서 배운 게 뭐야?"

"후후! 시간이 없을 텐데? 그 말에 대답하다가는 이들이 죽어. 하면 괴노독 망신 아닌가."

"낄낄! 죽을 날 앞둔 늙은이에게 망신은 무슨…… 세월이 지나다 보면 습성도 변하는 법이여. 독심독의, 대답하던가 말던가 마음대로 해. 빨리 대답하고 손을 쓰는 게 좋을걸? 네놈 말대로 시간이 흐르면 저 연놈들이 죽잖아. 낄낄낄!"

'이놈의 할망구가!'

독심독의는 아랫입술을 잘끈 깨물었다.

버티기로 하면 이길 자신이 있다.

그녀는 별호가 두 개다. 독문(毒門)에서는 괴노독, 일반 무인들은 사갈사파(蛇蝎死婆)라고 부른다.

일반적으로 그녀는 사갈사파라는 별호를 즐겨 사용한다.

무림을 종횡하면서 독문 사람들을 만나 손속을 겨루기란 쉬울 것 같으면서도 어렵기 때문이다.

독문 사람들은 독을 다룬다는 특성상 심신산골에 틀어박혀 있기 일쑤다. 무림에 많이 알려진 사람이라 할지라도 일 년 중 반년 이상은 독물을 찾아 천하를 떠돈다.

사천당문이나 독곡처럼 거처를 정해놓은 문파도 있지만 그렇지 않고 홀로 떠도는 사람이 더 많다.

해서 그들끼리 만나서 싸우는 일은 좀처럼 보기 힘들다.

괴노독은 뱀을 잡아먹는 독사처럼 독문 사람들을 찾아다니며 독을 쓴다.

그녀의 독공은 천하일품이다.

사갈사파로 손을 쓰면 오직 죽음만 존재한다.

해약도 없는 극독을 쓸 뿐만 아니라 해독할 시간도 주지 않는다.

그녀에게 죽은 자들 중 절반 이상은 병기도 뽑아보지 못하고 어떻게 죽는지도 모른 채 죽었다.

사갈사파라는 별호는 그냥 생긴 게 아니다.

하지만 독문 사람들을 만나면 손속이 굉장히 부드러워진다.

일단, 단번에 죽이는 법이 없다.

본인 스스로 중독되었다는 사실을 자각한다. 해독 방법을 생각할 여유까지 준다. 어떤 때는 필요하다는 약초와 영물까지 건네준 적도 있다.

해독하면 산다. 해독하지 못하면 독을 다루는 사람이 그것도 해독하지 못하냐며 개망신을 당한 끝에 죽는다.

창피를 준다는 뜻의 '괴(愧)' 자가 별호에 붙은 이유다.

괴노독은 독심독의에게 망혼시독을 선보였다.

대상은 사사표풍과 일력광겸이지만 그들을 치료하기 위해서는 그들 몸을 만져야 한다. 그렇게 하면 그도 중독된다.

망혼시독을 해독하면 모두 살고, 해독하지 못하면 모두 죽는다.

독심독의는 괴노독이 평생 즐겨온 습성을, 그것도 자신을 상대로 해서 버릴 것이라고는 생각하지 않았다.

시간이 조금 더 흘러서 정말 사사표풍과 일력광겸이 위험해지면 괴노독이 먼저 나서서 해독해 보라고 말할 것이다.

하나 그때는 늦는다. 해독을 할 수 있지만 평생 쌓은 내공 중 절반 이상을 잃는다.

해독하려면 지금 당장 해야 한다.

"할망구 말이 맞아. 이 나이에 총주 밑에 들어가서 무슨 영화를 보겠누. 내가 총주 휘하로 들어간 것은…… 생사지간(生

死之間)의 묘리를 깨닫기 위해서였네. 당금 무림에서 일 촌의 차이로 삶과 죽음을 가를 수 있는 사람이 총주밖에 더 있는가. 반 치만 더 힘을 주면 죽음, 멈추면 삶. 후후후! 삶과 죽음의 경계를 실컷 맛보았다네."

"낄낄! 대충 짐작은 했지. 늙은이의 독술은 총주도 감당할 수 없는 지고한 것. 한데 총주 제자가 되고 난 다음에 한 단계 더 딛고 올라선 느낌이 들었거든."

'오랫동안 지켜보아 왔다?'

괴노독의 말을 듣다 보니 이상한 예감이 들었다.

오랫동안…… 어쩌면 총주와 만나는 순간부터 지금까지 누군가로부터 감시받지 않았나 하는 생각이다.

물론 암암리에 감시한다는 것은 있을 수 없다.

총주 곁에 다가서기 위해서는 십여 개 이상의 장벽을 뚫어야 한다. 멀리서 총주의 그림자를 보는 데만도 최소한 서너 개의 관문은 뚫고 들어와야 한다.

정작 중요한 것은 어느 한 군데라도 소란이 일어나면 총주의 이목을 피하지 못한다는 것이다.

자신이라면 몰라도 총주를 살필 수 있는 사람은 없다.

하면 간자다.

'무총 내부에 간자가?'

이것도 어느 정도는 짐작하고 있던 터이다.

안선이 뚫고 들어가지 못한 조직은 없다. 현 무림의 구석구석에 안선의 입김이 작용하고 있다고 보면 된다. 구파일방, 오대세가에까지 안선이 스며들지 않은 곳이 없다.

하물며 무총은 거대한 집단이다. 같은 건물 안에 있어도 얼굴을 마주치지 않고 지내는 사람이 많다. 무총 문양이 새겨진 의복을 입지 않고 길에서 만나면 같은 무총 사람인 줄 모르고 무심히 지나치는 경우도 허다하다.

그중에 안선이 끼어 있지 말란 법은 없다.

하지만…… 그것도 정도 문제다.

총주의 일거수일투족을 지켜볼 정도라면 핵심 중에서도 최측근이란 소리다.

총주에게 접근할 수 있는 몇 안 되는 사람들 중에 간자가 있다.

이는 대단히 중요한 일이다.

'반드시 살아남아야 되겠군.'

그의 의중을 아는지 모르는지 괴노독이 말을 이었다.

"좋아. 독심독의의 말을 십 할 믿도록 하지. 낄낄! 늙은이, 망혼시독에 대한 해법은 찾았는가?"

"해독해도 된다는 소리로 들리는데……."

"어디… 풀어봐."

숙제가 떨어졌다.

망혼시독은 지독한 독이다.

독성만 가지고 논한다면 중원 오대절독(五大絶毒) 중의 하나로 당당히 자리매김할 것이다.

망혼시독은 엄밀히 말하면 독이 아니라 균(菌)이다.

시신이 부패하기 시작하면서 뿜어내는 독기는 인체에 큰 영향을 주지 않는다. 동물이나 생선이 부패할 때처럼 냄새가 고약하고 처참한 모습에 인상이 찡그러질 뿐이지, 그것만 참고 넘기면 아무렇지도 않게 보고 만져도 된다.

하지만 거기에 백여 가지의 독물을 첨가하면 이야기가 달라진다.

부패는 그 자체로 병균을 만들어낸다. 보고 만지는 것은 아무런 이상이 없어도 입 안으로 들어가면 당장 탈이 난다.

부패하는 시신에 첨가하는 독물은 부패를 가속화시킨다. 병균을 더욱 강력하게 키우고, 지독하게 만들며, 시간이 지남에 따라서 원래의 특성을 잃어버리고 전혀 다른 균으로 변종된다. 이른바 망혼시독이 되는 것이다.

이것이 일반적으로 알려진 망혼시독 제련법이다.

독문 사람들은 좀 더 상세하게 안다.

처음에 투입하는 열 가지 독물은 부패를 가속화시킨다. 한 달에 걸쳐서 완전 부패할 시신이라면 단 사흘 만에 뼈를 추려낸다. 겨울과 같이 부패가 더딘 계절에도 사나흘 정도면 완전 부패를 이끌어내야 한다.

다음에는 하루에 하나씩 사십 일에 걸쳐서 마흔 가지의 독을 투여한다.

여기서 유의할 점은 하나뿐이다.

독성을 배가(倍加)시키는 것.

투입하는 독이 시균의 독성을 배가시킬 수 있느냐 없느냐만 고민하면 된다.

이렇게 해서 만들어진 시균은 변종 단계를 향해 치닫는다.

복용을 해야 효과를 나타내는 일반적인 균에서 만지기만 해도 절명하고 마는 극독으로 넘어가는 것이다.

균은 살아 있다. 살아 있는 생물이다. 그러므로 사용하는 독도 살아 있는 생물이 화를 내서 악마로 모습을 탈바꿈하는 데 주안점을 두고 선택한다.

말은 쉽다. 하지만 만들기는 무척 어렵다.

난다 긴다 하는 독문 사람들도 두 번째 단계, 독성을 배가시키는 단계에서 거의 대부분 포기하고 만다.

말이 쉬워서 독성 배가이지, 실제로 매일매일 어제보다 배는 강한 균을 만들어낸다는 건 독성(毒聖)의 경지에 오른 사람도 골치깨나 아픈 일이다.

하물며 그렇게 만들어진 균을 다시 오십여 일에 걸쳐서 전염성 강한 맹균으로 탈바꿈시킨다는 건…… 생각만 해도 숨이 막힌다.

망혼시독을 만들어냈는가? 그에게 천독(天毒)의 명예를 주어도 아깝지 않다.

망혼시독은 이런 독이다.

그리고 현 무림에서 괴노독만이 유일무이하게 망혼시독을 만들어냈다.

독심독의는 한달음에 달려와 사사표풍의 맥을 짚었다.

‘생사지간!’

그가 그토록 즐기던 생사지간이 늘 함께 지내던 동료의 몸에서 발현되었다.

그는 생사지간을 즐기지 못했다.

이제 자신까지 망혼시독에 중독되었다. 사명사귀가 모두 죽음으로 향해 달리고 있다. 그중 자신을 제외한 두 명은 일다경(一茶頃)이 지나기도 전에 싸늘한 시신이 되고 말 것이다.

시간이 없다.

“잘 가시게.”

독심독의는 사사표풍의 귀에 대고 속삭였다.

사사표풍이 알아들었는지 새까맣게 타버린 입술을 달싹거렸다.

괴노독에게는 자신있는 듯 말했지만…… 독이라면 모르는 것이 없다는 그조차 망혼시독은 손댈 엄두가 나지 않는다.

지난날, 그도 어느 독인들처럼 망혼시독 제련에 도전해 본 적이 있다.

성공하지 못했다.

두 번째 단계까지는 넘겼는데, 세 번째 단계에서 실패하고 말았다. 시균을 다른 종으로 변종시키는 과정에서 독성이 너무 강해지는 바람에 어쩔 수 없이 포기해야만 했다.

그렇다. 이것도 그만이 아는 사실이다. 대부분의 독인들은 세 번째 단계에서 시균의 독성을 균일하게 유지시키지 않으면 결코 변종이 일어나지 않는다는 점조차 모른다.

그가 만든 망혼시독은 독성이 너무 지독해서 시전조차 할
수 없었다. 닿는 것이 살이라면 녹여 버렸고, 나무라면 태워 버
렸으며, 물일 경우에는 수증기로 증발시켜 버렸다.

시전자가 부릴 수 없는 절대독이 되고 만 것이다.

당연한 말이지만 해독법도 함께 연구했다.

독을 제련하면서 해약까지 염두에 두는 것은 기본 중의 기
본이다.

결론부터 말하면 해약 연구도 실패했다.

후후! 자신이 만든 망혼시독조차 해독할 수 없는데, 괴노독
이 만든 진짜 망혼시독이야 말해 무엇 하나.

해독은 처음부터 염두에 두지 않았다.

그가 해독한다는 핑계로 사사표풍에게 가까이 다가선 것은
그의 발밑에 만변천자가 누워 있기 때문이다.

사사표풍은 그를 죽이지 못한다. 망혼시독이라는 뜻밖의 복
병을 만나는 바람에 움직이지 못하는 목석이 되고 말았다.

모두 죽는다. 하나 만변천자만큼은 죽이고 죽는다.

자신이 독술이 약해서 괴노독에게 당했다는 생각은 하지 않
는다.

괴노독에게 망혼시독이 있다면 자신에게도 해약이 전혀 없
는, 이 세상에 오직 자신만이 제련할 수 있는 절대독이 두 개나
있다.

독인들끼리의 싸움은 언제나 그렇듯, 누가 먼저 선수를 쳤
느냐에 따라서 승패가 갈라진다.

자신은 괴노독의 존재를 몰랐고, 그는 자신을 지켜봤다.

승패는 독에서 갈라진 것이 아니라 공격자와 수비자의 위치 때문에 갈라진 것이다. 지금은 당했지만…… 만약 두 사람의 위치가 바뀌었다면, 그때는 괴노독이 절명했을 것이라고 확신한다.

'할망구…… 너도 풀 수 없는 독…….'

독심독의는 자신이 가진 절대독 두 개 중 하나를 꺼냈다.

젊은 날, 설산(雪山)을 뒤지다가 우연히 빙령초(氷靈草) 한 포기를 캐냈다.

불면 날아갈세라, 만지면 부서질세라…… 아끼고 아꼈다.

빙령초는 그 자체만으로는 한기를 지닌 풀에 지나지 않는다. 엄밀히 구분하면 독보다는 약에 가깝다.

약은 관심 밖이니 열외로 하고…… 어떻게 하면 빙령초를 독으로 만들 수 있을까 하고 절치부심(切齒腐心)했다.

얼음 굴에서 수분을 빼냈다.

서둘지는 않았다. 십 년에 걸쳐서 천천히…… 천천히…… 한기를 유지시킨 채 바삭바삭할 정도로 바짝 말렸다.

다른 독물은 섞지 않았다.

바짝 말려져서 손만 대도 부스러지는 빙령초 자체가 천하제일의 극독이다.

빙령초 가루를 흡입하면 당장 체온이 급격하게 내려간다.

이건 시작에 불과하다. 피가 얼어 움직임을 멈춘다. 당연히 심장도 정지한다. 뇌도 언다. 사람이 동태처럼 꽁꽁 얼어

버린다.

해약이 있을 수 없다. 빙인(氷人)이 되는 과정을 늦출 방도도 없다.

쓰지 않으면 살고, 쓰면 죽는다.

독심독의는 자신의 절대독으로 대변되는 빙령초분과 괴노독의 절대독으로 지칭되는 망혼시독의 차이가 바로 자신과 괴노독의 차이라고 생각했다.

괴노독은 만독을 다스린다. 만독의 제왕이다.

자신은 자연이 지닌 특성을 고스란히 살린다. 약한 것은 없애고 강한 것만 살린다. 그래서 자연 스스로 절대독이 되게끔 한다.

괴노독의 독은 독물에 대한 지식으로 만든다. 반면에 자신은 인내와 정성으로 만든다.

"빙령초분! 이놈의 영감탱이가!"

괴노독이 쩌렁 고함을 질렀다.

하지만 그뿐. 노괴는 다가서지 못했다. 빙령초분을 아는 만큼 독성의 무서움도 알기 때문이다.

"그만두지 못해!"

"끌끌……!"

독심독의는 웃었다.

사람들은 왜 항상 정도인은 사람 목숨을 구한다고만 생각할까? 죽일 사람과 살릴 사람이 있으면 왜 살리는 쪽으로만 생각할까? 정도에 몸을 담그면 독의(毒醫)도 인의(仁醫)가 되는 것인가.

괴노독쯤 되는 독인이라면 마지막 반격 정도는 예상했어야지.

독심독의는 빙령초분을 만변천자의 콧속에 쏟아부었다.

하얀 가루가 물이 되어 스르륵 스며든다. 그리고 곧 만변천자의 얼굴이 새하얗게 질려간다.

'됐어. 여한은 없다.'

독심독의는 자신의 생사지간을 지켜보았다.

선승이 제삼자의 눈으로 마음의 흔들림을 지켜보듯, 객관적인 입장에서 죽음의 여정으로 지켜보았다.

자신의 죽음을 본다는 것이 이토록 평화로울 줄이야.

그는 미소를 머금었다.

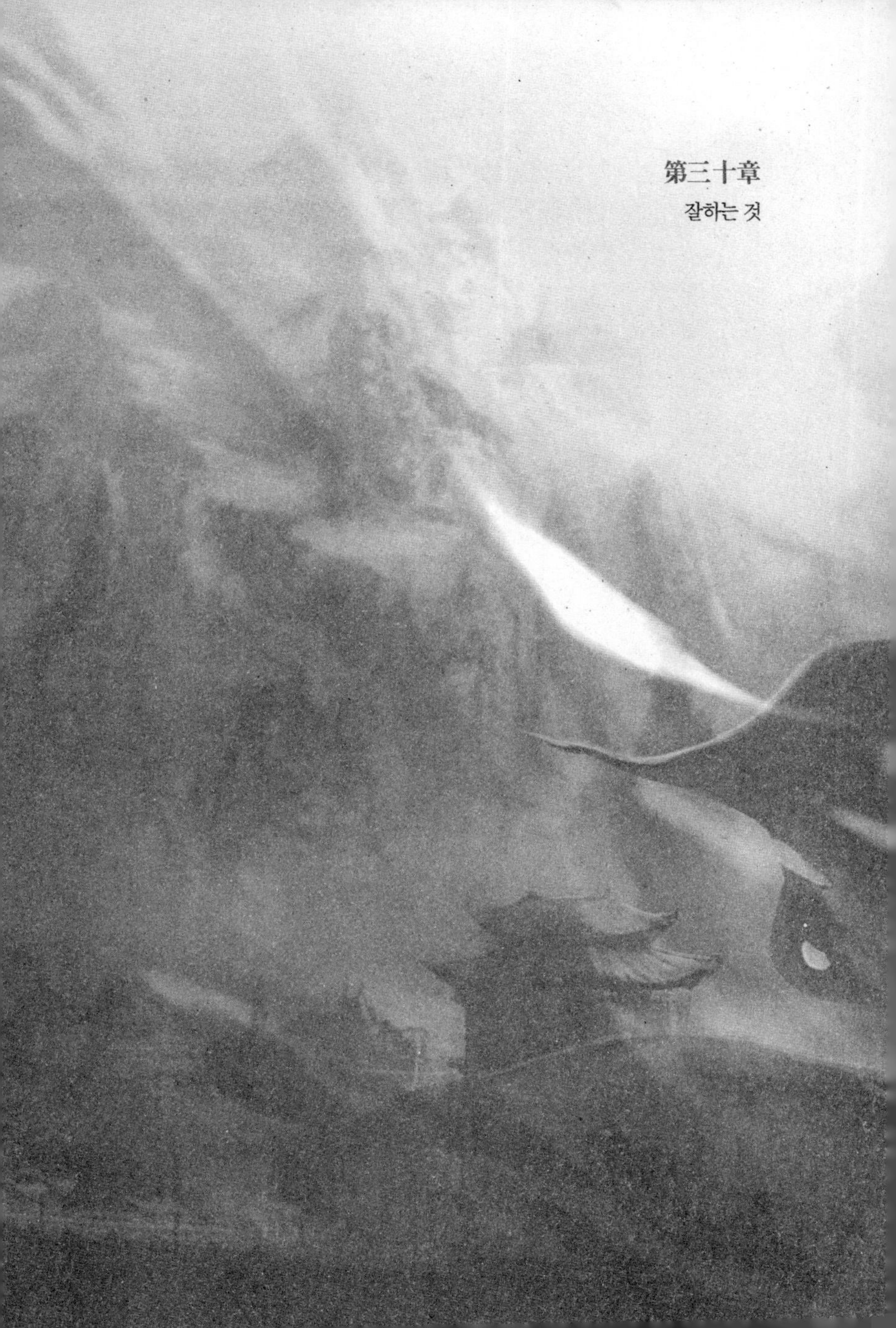

第三十章

잘하는 것

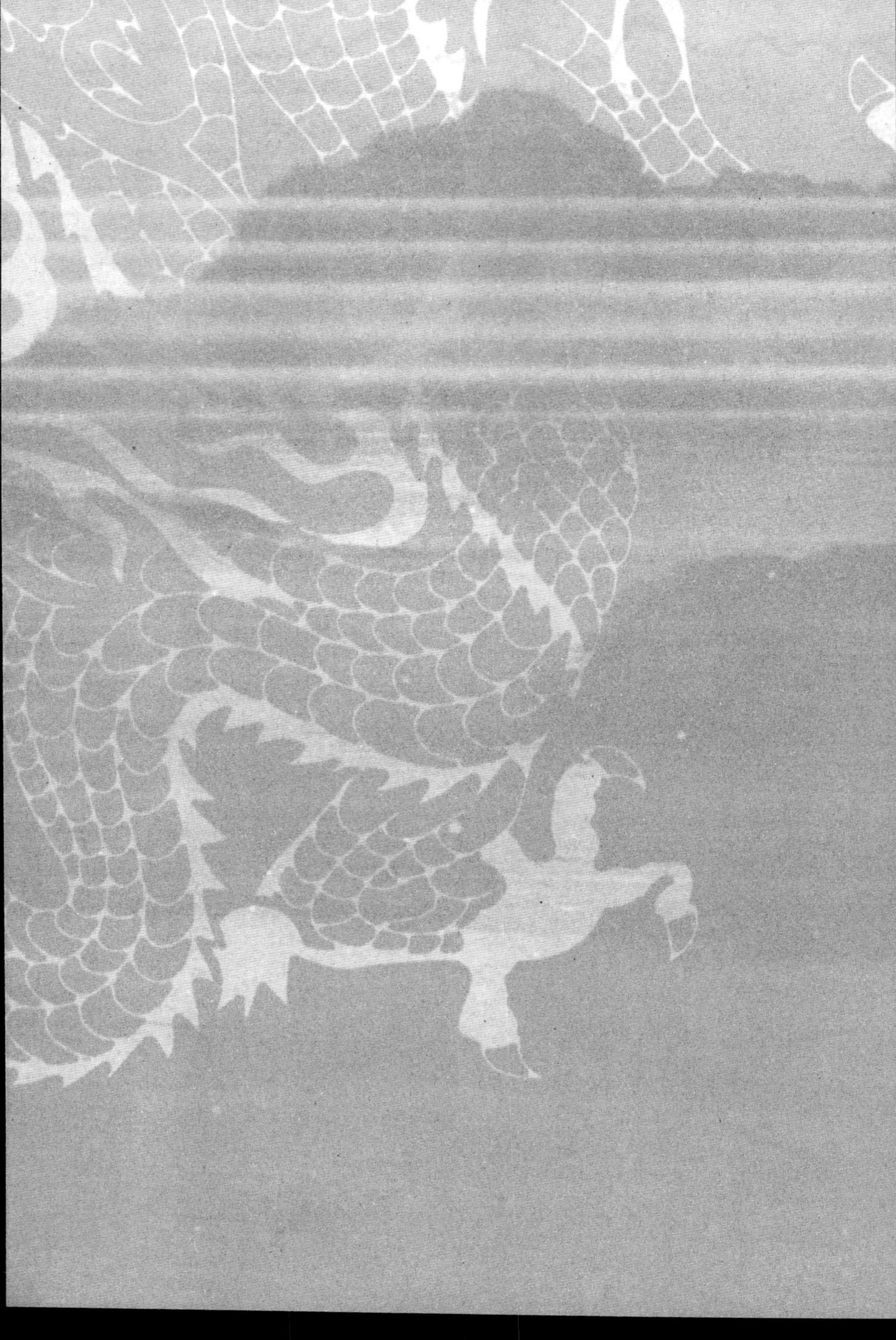

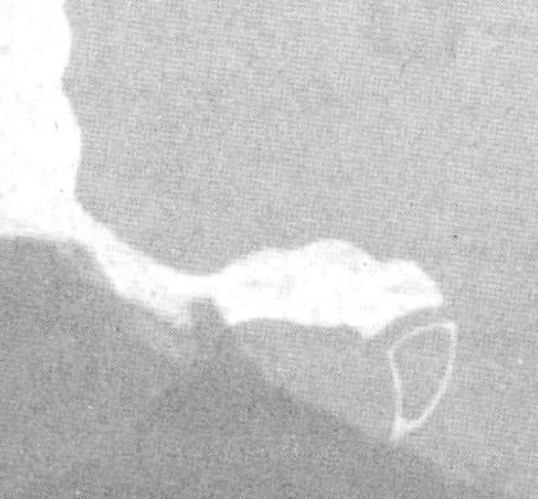

독심독의는 잘못 생각한 것이 있다.

"낄낄! 어리석은…… 노신이 괜히 괴노독이더냐. 낄낄!"

괴노독이 갈까마귀 우짖는 소리를 흘리며 다가섰다.

뜻밖에도 그녀는 깡마른 음성과는 전혀 다른 용모였다.

살이 데룩데룩 쪄서 몸이라고는 온통 배밖에 보이지 않는다. 목은 살에 파묻혀 거의 보이지 않았고, 동그란 몸에 작은 공을 올려놓은 것 같다.

얼굴 윤곽도 두루뭉술하다. 입은 그나마 쉽게 찾을 수 있는데, 눈과 코는 한참을 쳐다봐야 어디 붙어 있는지 파악된다.

키는 작았다. 아주 작았다. 기껏해야 열 살 정도의 어린아이 정도밖에 되지 않는다.

그녀는 기형적으로 짧은 팔을 들어 허공을 휘저었다.

후우욱!

뿌연 분말이 가득히 뿌려졌다.

분말은 바람도 없는데 이리저리 날아다녔다. 독심독의, 사사표풍, 일력광겸…… 그리고 만변천자의 얼굴에도 소복소복 쌓였다.

치익! 치지직……!

다른 사람은 아무런 반응을 보이지 않은 반면에 만변천자는 불에 달군 쇳덩이에 물이 닿은 듯 섬뜩한 기음을 흘려냈다.

"낄낄! 독심독의…… 네놈이 빙령초에 정성을 쏟고 있다는 사실은 모르는 사람이 없는 터, 노신이 아무 준비도 안 했을 것 같았나? 낄낄! 어리석기는……."

독심독의는 혼절하지 않은 상태였다. 두 눈을 감고 있으되, 자신의 죽음을 지켜보는 중이었다.

그는 괴노독의 발자국 소리를 들었다. 독분이 분분히 휘날리는 것도 감지했고, 뒤이어 혼잣말처럼 흘리는 조롱도 들었다.

'빙령초를…… 해독할 수 있다고? 빙…… 빙령초를!'

그는 번쩍 눈을 떴다.

온갖 정성을 다해서 빙령초를 다듬어왔지만 독성의 아름다움에 반했을 뿐, 해약을 만들 수 있다고 여긴 적은 없다.

빙령초분은 약효가 눈 깜빡할 순간에 일어난다.

뿌려질 수는 있지만 거둘 수 없다. 하얀 가루가 손에서 벗어나 허공을 나는 순간 살아 있는 생명에게는 이 세상에서 가장 강력한 무기가 된다.

그걸 해독한다고?

괴노독의 말은 허언이 아니었다.

만변천자의 얼굴에 화색이 감돌기 시작했다. 분명히 빙령초 분의 독성이 사라지는 현상이다. 꽁꽁 얼었던 얼음이 봄눈 녹 듯 살살 녹아내리고 있다.

"컥!"

독심독의는 입으로 피를 쏟아냈다.

심화(心火)가 핏덩이를 물고 쏟아져 나왔다.

이제는 인정하지 않을 수 없다. 확실히…… 괴노독은 자신보다 두어 수 윗길의 고수다.

"하아! 하아!"

피를 토해낸 독심독의는 거친 숨을 몰아쉬었다.

가슴이 쥐여 짜이는 듯 답답하다. 숨이 빠져나가기만 하지 들어오지 않는다.

"낄낄! 괴롭나?"

어느새 괴노독이 코앞까지 다가왔다. 그녀는 쭈그려 앉으며 얼굴을 맞대듯 그를 바싹 들여다보며 말했다.

"하아! 하아!"

"낄낄! 흔히들 망혼시독에는 해약이 없다고 하지. 틀린 말. 앞으로 반 각이면 몸에 들어박힌 시균이 모두 빠져나올 거야. 낄낄!"

그녀가 재미있다는 듯 웃어 젖혔다.

이번에도 그녀의 말이 맞았다.

숨을 쉴 수 없는 현상은 시간이 지날수록 점점 감소되었다.

일다경쯤 지났을 때는 한결 숨쉬기가 편해졌다.

폐 속에 틀어박힌 시균이 모두 빠져나갔다는 증거다.

온몸에 붉은 반점이 생겼다. 오돌토돌…… 그리고 반점은 이내 진물이 되어 줄줄 흘러내렸다.

망혼시독이 완전히 빠져나오고 있다.

전염성이 없는 일반적인 진물이 되어 흘러내린다.

시신의 몸에 피었던 검은 반점과 비교하면 망혼시독의 변화를 쉽게 알 수 있다.

검은 반점은 시작이다. 붉은 반점은 종말이다. 검은 반점에서 흘러내린 진물은 천하제일독이지만, 붉은 반점의 진물은 혼탁한 물에 지나지 않는다.

"망혼시독……."

독심독의는 자신도 모르게 중얼거렸다.

이 세상에서 망혼시독을 만든 유일한 사람, 괴노독.

빙령초분으로는 안 되는 것인가. 자연이 화를 내면 그것보다 무서운 것이 없다고 여겼거늘, 한낱 인간의 지혜로 만들어 낸 망혼시독이 자연의 분노보다 강한 것인가.

몸이 점차 정상으로 돌아왔다.

사사표풍은 어깨를 들썩이며 큰 숨을 들이켰다. 일력광겸은 여전히 혼절 중이지만 독액이 진물로 변해 줄줄 흐르고 있는 점으로 봐서 거의 나았다.

세 사람 모두 반 각도 안 되는 아주 짧은 시간 동안에 죽음의 늪에서 벗어났다.

이래서 독의 세계는 신비롭다.

병장기에 상처를 입으면 회복하기까지 오랜 시간이 걸린다.

서둔다고 낫지 않는다. 천하의 명약을 먹고 발라도 상처가 아물 때까지는 불편함을 감수해야 한다.

독은 다르다.

정상적인 것을 비정상으로 뒤틀기만 하면 된다.

독이라고 해서 꼭 오장육부를 뒤틀어 버리고, 피를 콸콸 쏟아야만 되는 건 아니다.

간이 안 좋은 사람에게 간을 혹사시키는 음식을 먹이면 그게 바로 독이다.

어떻게 죽는지도 모르고 죽는다.

해독의 개념도 간단하다. 비정상으로 뒤틀린 것을 정상적으로 돌려놓으면 된다.

가장 보편적으로 쓰는 것이 나쁘게 뒤틀어 버린 요소를 제거하는 것이다.

독약을 무력화시키는 것이면 뭐든 상관없다. 극독이라도 먼저 투입된 독과 섞여서 중화 작용을 일으킨다면 그것이 바로 약이다.

몸에 투입된 독이 제거될 경우, 회복은 무척 빠르게 이루어진다.

쉽게 말해서 아주 간단하게 낫는다. 때로는 며칠씩 걸리기도 하지만 대부분 해독제를 복용하기만 하면 잠시 쉬는 정도로 운신이 가능하다.

독심독의의 눈에 괴노독의 모습이 비쳤다.

그녀는 만변천자의 완맥을 움켜쥐고 상세를 살피고 있었다.

모두 글렀다.

만변천자는 괴노독의 손에 넘어갔고, 사명사귀는 이 땅에 뼈를 묻는다.

그녀는 다시 손을 쓸 것이다. 그리고 이번에 쓰는 손속에는 사정이 담겨 있지 않을 것이다. 독심독의의 독공을 시험하는 손속이 아니라 죽이고자 하는 살심만 담겨 있으리라.

독심독의는 품을 더듬었다.

그에게는 아직 한 가지 절독이 더 남아 있다.

남만(南蠻)에는 아주 무서운 마의(螞蟻)가 산다.

수백, 수천만 마리가 우르르 달려들어 코끼리든 표범이든 단숨에 먹어치우는 무서운 개미떼다.

남만 사람들은 이 개미를 일컬어 혈마의(血螞蟻)라고 부른다.

혈마의는 약탈자가 아니다. 평상시에는 나뭇잎이나 죽은 곤충들을 물어 나르는 보통 개미에 지나지 않는다. 어디서나 볼 수 있는 흔한 개미떼다.

하지만 의혈(蟻穴)을 건들게 되면 일시에 상황이 변한다.

어느 구멍에 그 많은 개미가 숨어 있었는지 모를 정도로 새까맣게 달려나와 육신을 덮어버린다. 그리고 숨 몇 번 들이켤 순간에 뼈만 남기고 모두 먹어치운다.

독심독의는 혈마의를 가져와 독의(毒蟻)로 길렀다.

깨알 같은 이빨에 물리기만 해도 사지가 마비되리라. 껍데기는 철갑처럼 단단해서 웬만한 압력은 견딜 수 있고, 독으로 둘러싸인 곳을 헤집고 다닐 수 있도록 면역력을 높였다.

의혈을 건드려야만 폭발하는 성질도 바꿨다.

지금은 눈에 띄는 것은 무엇이든 물어뜯는다.

혈마의에서 독의로 변신하기까지 인간으로 말하면 약 사십대(四十代)에 걸쳐서 일어날 진화를 겪어야만 했다. 인간의 세월로 따지면 무려 천 년에 이른다.

이것 역시 해약이 없다.

독심독의도 풀어놓을 수는 있지만 거둘 수는 없다.

이놈들을 풀어놓으면 인근 삼십여 리는 이놈들 세상이 될 것이다. 그리고 점차 세력을 늘려 종내에는 인간은 모두 사라지고 이놈들 세상이 될 것이다.

이놈들은 인간을 말살시킬 수 있는 유일한 독물이다.

독심독의는 품을 만지작거리다가 고개를 설레설레 내저으며 손을 내렸다.

괴노독을 이기는 것도 중요하고, 만변천자를 죽이는 것도 중요하지만 그렇다고 독의까지 풀 수는 없는 노릇이다.

독의는 자신과 함께 생을 마쳐야 한다.

'애당초 태어나지 말았어야 할 마물…….'

"헐! 내 새끼들에게 독을 썼어. 죽일 늙은이."
"참아. 저 늙은이를 죽이려면 우리도 죽어야 해."
"그래, 맞아. 애새끼들 죽은 건 아깝지만 겨우 한 조에 불과
하잖아. 다음부터 저 늙은이와 같이 움직이지 않으면 돼. 오늘
은 참자고. 언젠가는 손봐줄 날이 있겠지."
삼면광자가 눈에 독기를 담아 괴노독을 노려보며 걸어왔다.
그에게 멱살이 잡힌 지통은 발버둥도 치지 못하고 질질 끌
려왔다.
순식간에 이상한 상황이 되어버렸다.
일력광겸은 정신을 차렸다. 하지만 낫을 들지는 못했다. 그
도 키 작은 뚱뚱보 노파가 누구이며, 자신에게 무슨 짓을 했는
지, 무엇을 할 수 있는지 알고 있기 때문이다.
낫을 들면 죽는다.
사사표풍이라고 다를 리 없었다. 그녀는 일력광겸보다도 더
또렷하게 모든 상황을 지켜봤다.
고양이 앞의 쥐 신세다.
상대는 겨우 두 명, 미친놈 하나에 뚱뚱보 노파 하나뿐인데
사명사귀가 옴짝달싹하지 못한다.
칼을 들고 나선 몸, 언젠가는 임자를 만날 것이라고 생각
했지만 이토록 터무니없이 당할 것이라고는 생각지 못했다.
장렬하다거나 치열하다거나 마지막 투혼을 담은 일수 정도

를 생각했지 멍하니 앉아서 죽음을 기다릴 줄은 꿈에도 몰랐
다.

저항할 생각조차 못하게 만드는 힘, 그런 힘이 뚱뚱한 노파
괴노독에게는 있었다.

"이놈들, 귀찮다. 다 죽인다."

"다 죽이라는 명령이다. 다 죽여야 한다."

"가만, 가만…… 늙은이가 어떻게 하는지 구경부터 하고."

삼면광자가 혼잣말로 중얼거리며 한켠으로 물러섰다.

괴노독이 만변천자의 완맥을 놓고 일어섰다.

만변천자의 안색이 부드러워지고 호흡도 편해진 것으로 봐
서 이상은 없는 듯했다.

이제 죽음은 확실해졌다.

삼면광자는 세 사람 만장일치로 사명사귀와 지통의 죽음을
재촉했다. 또한 괴노독도 중독시켰다가 해독시킨 독인을 살려
보낸 전례가 없다.

독심독의는 입가에 옅은 웃음을 지으며 눈을 감았다.

어차피 자신의 죽음을 지켜보며 죽어가던 터였다. 지금은
다른 방법으로 죽게 되겠지만 단지 시간만 조금 연장되었을
뿐, 죽는다는 데는 변함이 없다.

다를 게 없다. 그저 죽음이 오는 순간을 지켜보면 된다.

문득 궁금해진다.

타인의 생사지간은 감지할 수 있었는데, 자신의 생사지간도
알아챌 수 있을까? 암흑과 광명의 경계선인데…… 찰나에 불

과한 짧은 틈을 잡아낼까?

사박! 사박!

괴노독의 발자국 소리가 들렸다.

"노괴, 이제나저제나 기다렸는데, 정말 안 쓸 거야?"

"……."

"독혈마의 말이야. 안 쓸 거면 내가 가지려고."

독심독의는 눈을 부릅떴다.

갑자기 마음이 들끓는다. 간신히 차분하게 가라앉혔는데 느닷없이 고막을 뒤흔든 한마디가 평정심을 깨버린다.

"뭐라고!"

"망혼시독을 썼어. 하니 그만한 대가를 받아야지? 독혈마의라면 크게 손해보는 것 같진 않아서. 낄낄!"

"괴노독! 이놈의 할망구가!"

"늙은이야, 아직도 모르겠나? 쓰지 않을 독은 만드는 게 아냐. 만든 독은 반드시 쓰이게 되어 있어. 늙은이가 쓰지 않아도, 내가 쓰지 않아도 누군가는 쓰겠지. 낄낄낄! 한 수 아래인 줄 알았더니 한참 아래구나. 넌 너무 구차하게 살았다. 그만 가는 게 좋겠다."

"부탁인데…… 독혈마의만은…… 건드리지 마라."

"그만 죽어. 나머지는 산 사람들의 몫이야. 남은 사람들이 뭘 하든 말든 신경 쓸 것 없어."

그 순간, 독심독의는 마지막으로 망설였다.

독혈마의를 쓰고 살 것이냐, 아니면 이대로 죽을 것이냐.

'지금 이걸 쓰면 십 년 안에 이 땅에 사는 모든 사람들이 죽
는다. 그럴 수는…… 없지.'

예전의 그였다면 독혈마의를 썼을 것이다.

지금은 쓰지 않는다. 자신이 죽고 난 후, 독혈마의는 괴노독
의 손에 들어갈 터이지만 그래도 쓰지 않는다. 최소한 자신의
손으로 인간을 멸종시키는 일은 없을 것이다.

이런 마음은 괴노독의 말을 빌리자면 자신보다 한참 어린
총주에게 배웠다.

그는 괴노독에게 거짓말을 했다.

총주에게 배운 것은 생사지간만이 아니다. 그보다 더 근본
적인 것, 활독(活毒)의 경지를 염탐했다.

총주가 내민 한 권의 독경(毒經), 활타미심경(活陀彌心經)의
유혹을 뿌리칠 수 없었다.

동서고금을 통틀어 유일하게 독성(毒聖)으로 불리는 미독(美
毒) 장광자(長廣子)의 유일한 독경을 들이미는데 그까짓 허울뿐
인 무혼이 대수인가.

활타미심경을 탐독하면서 팔십 평생 헛살았다는 것을 깨달
았다.

그가 연구하고 수련하고 발전시킨 것은 어린아이 장난에 불
과했다. 무색, 무취가 독의 전부가 아니다. 방금 거둔 햅쌀도
독이 될 수 있다는 그런 류의 차원이 아니다.

활타미심경은 대자연을 노래한다.

성난 파도가 만들어내는 노래, 땅이 미쳐 가며 내지르는 함

성, 나뭇잎의 절규…….

인간이 할 수 있는 것은 아무것도 없다. 그냥 옆에서 조금 더 성질을 북돋는 역할밖에 못한다.

장광자는 그것만으로도 미독이란 별호를 얻었다. 죽은 지 오백 년이 지난 지금도 유일한 독성이라 일컬어진다.

빙령초분도 그렇고, 독혈마의도 그렇고…… 그가 활타미심경을 토대로 만들어낸 첫 야심작이다.

총주를 너무 늦게 만났다.

활타미심경을 너무 늦게 봤다.

'독혈마의가 성질을 부릴 수 있는 곳도 이 땅뿐. 이 땅에 풀리는 것도 순리…….'

딸깍!

면전에서 뚜껑 열리는 소리가 들렸다.

츠츠츠츳……!

모래가 우수수 쏟아지는 소리도 들렸다.

'이, 이, 이 소리는!'

독심독의는 이 소리를 안다. 너무 많이 들어서 귀에 익어버린 소리다. 귀머거리가 되어 세상 소리를 못 듣게 되더라도 이 소리만은 분별할 수 있다.

'독혈마의!'

그는 눈을 번쩍 떴다.

맙소사! 독혈마의가, 검은 개미떼가 먹이를 쫓아 쏜살같이 기어오고 있다.

자신의 독혈마의가 아니다. 괴노독이 만든 새로운 독혈마의다. 자신이 만든 것은 온통 흑색 일색인데, 풀밭을 기어오는 놈은 녹색 반점이 점점이 묻어 있다.

"어, 어떻게 독혈마의를!"

"독혈마의에게 죽는 것을 영광으로 알아라. 이 독혈마의는 네놈 것처럼 세상 무서운 줄 모르고 날뛰는 놈들이 아니라 사냥감만 처리하고 다시 돌아오는 놈이니. 이놈아, 주인이 제어하지 못하는 독물은 만드는 게 아니야. 그런 건 만들었다고 하지도 못하는 거야. 쯧! 독심독의라기에 뭔가 한 수 있는 줄 알았는데."

독심독의는 이제야 알았다.

그는 괴노독에 견줄 수 없다. 자신이 거목이라면 괴노독은 태산이다. 당금 무림에서 독으로 그녀를 상대할 수 있는 사람은 없다. 아마도 활타미심경을 지은 장광자 정도가 되어야 그녀와 맞상대할 수 있을 것이다.

"괴노독…… 당신 손에 죽는 건 영광이오."

독심독의는 최대한 정중하게 말했다.

기적은 그때 일어났다.

[독심독의, 독혈마의를 푸시오. 두 종류의 독혈마의. 태생이 다른 놈들이니 서로 적으로 간주하여 상잔(相殘)할 것이오.]

독심독의의 귀에 굵직한 음성이 들려왔다.

'계야부!'

독심독의는 퍼뜩 깨닫는 바가 있어, 급히 독혈마의를 풀었다.

딸깍! 츠츠츠츳!

옥갑(玉匣)에서 풀려난 독혈마의는 과연 생각대로 녹색 반점의 독혈마의를 공격하기 시작했다.

개미와 개미의 싸움이 풀밭 한가운데서 벌어졌다.

두 눈을 부릅뜨고 자세히 쳐다보지 않으면 알아볼 수도 없는 작은 집단의 싸움이다.

"응? 낄낄낄! 이 늙은이가……."

괴노독이 어처구니없다는 듯 웃었다.

그때, 사사표풍이 일어섰다. 일력광겸도 풀밭에 떨어진 낫을 주워 들었다.

그들의 표정에는 다급함이 없었다. 조금 전까지만 해도 상대할 수 없는 벽을 대하는 표정이었는데, 지금은 얼마든지 상대할 수 있다는 자신감이 떠올라 있다.

'전음을 받았어!'

독심독의는 그들에게도 모종의 전음이 전해졌다는 것을 직감했다.

탁! 쐐에엑!

사사표풍과 일력광겸이 동시에 짓쳐 나갔다.

사사표풍의 흑사편은 괴노독을 노렸다. 일력광겸은 정면으로 삼면광자와 맞부닥뜨렸다.

"헛!"

괴노독이 헛바람을 내지르며 뒤로 주르륵 물러섰다.

독에 관한 한 천하제일인이라 할지라도, 병장기의 싸움에 휘말리면 지금처럼 밀리는 경우가 생긴다. 상대가 독에 큰 영향을 받지 않으면 사태는 최악으로 치닫는다.

그래서 사천당문은 독과 더불어 암기술도 병행 수련한다.

사실 사천당문이 무서운 것은 독공과 암기술의 비중이 거의 절반에 이를 만큼 팽팽한 균형을 이루고 있기 때문이다. 독을 막으면 암기가, 암기를 막으면 독이…… 그들은 상대에 따라 선택할 수 있는 방법이 많다.

반면에 괴노독은 독에만 치중했다.

독심독의가 독공으로 상대하지 않고 무공을 사용했다면 이리 쉽게 무너지지는 않았을 것이다.

또 이것은 독으로는 천하무적인 괴노독이 별로 큰 도움이 될 것 같지 않은 삼면광자와 함께 온 이유이기도 하다.

무공으로 괴노독을 상대하라!

2

"선불 맞은 멧돼지네."

"때려잡아야지?"

"어차피 죽일 것, 속전속결."

파파파팟!

혼잣말을 중얼거릴 때는 꼭 미친놈 같더니 행동 방침이 정해지자 느닷없이 도신(刀神)의 위용을 드러낸다.

"이진(二陣), 발(發)! 삼진(三陣), 척(刺)! 사진(四陣), 참(斬)!"

명령 소리도 호쾌했다.

이 사람이 과연 삼면광자인가?

일력광겸은 처음에는 혼자 뭘 중얼거리나 싶어서 손을 쓰지 못했다. 기껏 공격해 들어갔는데 싸울 생각은 하지 않고 혼잣말로 중얼거리고 있으니 정말 싸워도 되겠나 싶었다.

그러던 사람이 느닷없이 변신을 하여 멀쩡한 사람이 되자 기가 콱 막혔다. 어처구니없기도 하고…… 좌우지간 뭐 이런 놈이 다 있나 싶었다.

한데 그러고도 그는 삼면광자를 치지 못했다.

사방에서 불쑥불쑥 튀어나온 도객(刀客)들에게 길이 막혔다.

첫째 줄 다섯 명, 두 번째 줄 다섯 명, 세 번째 줄 여덟 명, 도합 열여덟 명으로 짜여진 도진이다.

독심독의는 이 도진을 일컬어 찰영도진이라고 말했다.

일력광겸은 찰영도진을 모른다. 독심독의가 '찰영도진'을 외쳤을 때도 별 희한한 것도 다 있다고 생각했다.

찰영도진뿐만이 아니다. 그는 진법 자체를 신뢰하지 않는다.

진을 만들 때는 우선적으로 어떤 공격을 취할 것인가부터 생각해야 한다. 전체적인 윤곽을 그려놓고 거기에 맞춰서 인원과 병기를 취사선택한다.

그렇게 해서 만들어진 것이 사상진(四象陣)이니, 오행진(五行陣)이니 하는 것들이다.

결국 치밀하게 짜여진 연수합격진일 뿐이다.

무공 약한 것들이 강자와 싸울 수 있는 최선의 방책이겠지만 그래 봤자 그들은 약자다. 정말 강해지고 싶거든 진법을 연구할 게 아니라 고된 수련을 해야 한다.

도진이든 뭐든 앞을 가로막으면 깨부순다. 열 명이든 스무 명이든 모두 부숴 버린다.

"흐흐흐!"

일력광겸은 잔소(殘笑)를 흘리며 낫을 고쳐 잡았다.

그때 그의 귀에 그를 일어서게끔 만들었던 전음이 다시 들려왔다.

[촬영도진과 천섬도법은 도왕(刀王) 갈백숭(葛伯崇)의 절기요. 결코 가벼이 여겨서는 안 될 것이오.]

계야부의 음성이다.

그의 첫 번째 음성은 빨리 교전 상태를 취하라는 것이었다. 할 수 있다면 단 일 격에 삼면광자를 죽이라는 말까지 했다.

그게 명령이라면 그는 첫 번째 명령을 이행하지 못했다.

삼면광자가 어떤 행동을 하든 단번에 찍어 죽였어야 하는데, 잠깐의 방심이 촬영도진까지 불러내게 만들었다.

이번 전음은 저들을 무시하지 말라는 것이다.

그게 하고 싶은 말의 전부였을까? 아니다. 말은 하지 않았지만 기습 공격을 취하라는 속뜻이 담겨 있다.

고수에게 하수를 상대로 기습 공격을 가하란다.

싸울 준비도 안 된 삼면광자를 죽이라는 명령도 그렇고, 도진이 발동하지도 않았는데 기습 공격을 가하라는 말도 그렇고…… 온통 자존심 상하는 말뿐이다.

그는 이번 전음을 계야부의 것으로 듣지 않았다.

전음은 계야부가 보낸 것이 맞지만 말을 한 사람은 사약란이다. 그녀의 해박한 지식, 상책(上策)만 고집하는 군사(軍士)의 특성이 이런 명령을 내리고 있는 것이다.

일력광겸이 도진이 발동할 때까지 기다렸다.

사실, 진세를 구축한 도객들의 움직임은 빈틈을 찾아볼 수 없을 만큼 날렸다. 그들은 즉시 진세를 구축했으며, 자신의 위치에 맞게 기수식을 취했다.

일력광겸에게는 기습 공격을 가할 순간도 찰나밖에 없었던 것이다.

이제 그 기회는 깨끗이 날아갔다.

도객들이 진세를 구축하고 도를 겨누자 천지를 양단하는 듯한 날카로움이 살을 베어왔다.

순간, 일력광겸은 퍼뜩 깨달아지는 바가 있었다.

이들에게 포위를 당했을 때 결코 빠져나갈 수 없겠구나 하는 생각을 했다. 힘껏 싸우기는 하겠지만 결국은 죽고 말 것이라는 예감이 강하게 들었다.

그리고 실제로 그렇게 되었다.

자칫했으면 영문도 모른 채 중독사할 뻔했다.

아직도 뚱뚱보 할망구가 왜 변심을 하여 중독을 풀어주었는지 모르겠지만 자칫했으면 지금쯤 염라대왕과 마주하고 있을 것이다.

정신을 차린 다음에도 괴노독을 상대할 방법이 떠오르지 않았다.

그녀를 죽이려면 어떻게든 몸을 움직여야 하는데, 아무리 빠른 신법을 펼친들 손가락을 까닥하는 것보다 빠를 수 있겠는가. 소리없이 허공에 번지는 독가루를 막아낼 수 있겠는가.

참으로 난감한 노릇이었다.

한데 계야부가 전음으로 괴노독은 독심독의와 사사표풍이 상대할 것이니 안심하라고 했다.

그 말대로 되었다.

독심독의는 괴노독의 독을 상대했고, 사사표풍은 기다란 흑사편을 휘둘러 작은 땅딸보 노파를 물러서게 만들었다.

하면 이제 주의해야 할 사람은 없는 셈이다.

그렇지 않다. 처음 느꼈던 공포감은 괴노독이 흘린 게 아니다. 이들, 도객들이 발산한 살기였다.

찰영도진, 천섬도법이 무엇인지 모르지만 그거야말로 십분 주의를 기울여도 모자랄 것이었다.

'앗차!'

후회는 아무리 빨라도 늦다.

패앵! 쩌억!

눈앞에서 무엇인가 번쩍 불꽃을 튀거냈다.

일력광겸은 반사적으로 몸을 흔들어 번개를 피해냈다.

살기는 눈앞에서 쏘아내고, 공격은 사각(死角)에서 시작한다. 때문에 위험하다는 느낌을 받았을 때는 무조건 피하기부터 해야 한다. 자칫 맞상대하려다가는 한 수 늦는 결과를 초래할 수도 있다.

패앵! 번쩍!

또다시 눈앞에서 불똥이 튀었다.

괴노독이 혼란스러워하고 있다. 기회는 지금! 수단 방법을 가리지 말고 일격에 괴노독을 죽여라.

명령은 간단했다.

망혼시독을 능가하는 독혈마의가 독심독의의 독혈마의와 상잔하는 모습은 괴노독에게 큰 충격을 안겨주었다.

독혈마의는 사용했다고 해서 잃어버리는 독이 아니다. 다시 거둬들여 몇 번이고 사용할 수 있는 영물 중의 영물이다. 그런 영물이 갈기갈기 뜯겨 나간다.

괴노독은 뜻밖의 충격에 아무 생각도 못하는 일시적 공황상태에 빠졌다.

사사표풍 같은 고수에게는 잠시 눈을 돌리는 정도의 시간만 주어져도 충분히 제거할 수 있다. 하물며 괴노독처럼 충격에 빠져 있는 상태라면 손도 안 대고 코 푸는 격이다.

사사표풍은 평범하게 움직였고, 기습적으로 공격했다.

한데 실패했다. 괴노독이 물러나면서 마구 손을 흔들었는데, 그게 꼭 독을 살포하는 것처럼 보였다.

독인과 싸워본 경험만 있었더라도 하독하는 손짓과 헛손질을 구분해 냈을 것이고, 하면 벌써 괴노독의 수급을 취했을 게다.

원래 두려움 같은 것은 모르던 그녀였다. 방금 전에 죽음 직전까지 치몰리지만 않았어도 두려움을 느껴 움찔거리는 행동은 취하지 않았으리라.

자신도 모르게 취해 버린 행동, 몸이 시킨 본능의 몸부림이 괴노독을 살려주었다.

그리고 지금…… 그녀는 도객 십팔 명에게 에워싸여 도기(刀氣)를 맞고 있다.

도객은 모두 쉰네 명이다.

일력광겸에게 일 조가 붙었고, 자신에게 일 조가 붙었으며, 독심독의에게 일 조가 붙었다.

그리고 보니 먼저 죽은 도객들이 모두 열여덟 명.

이들은 네 개 조로 일흔두 명이 왔다.

그녀는 채찍을 축 늘어뜨린 채 도객들을 쏘아보았다.

*　　　*　　　*

"위험해 보이는데 도와주지 않아도 되나?"

오목이 인상을 찡그리며 말했다.

"큭큭! 지통 저놈, 저기서도 찬밥이네. 칼 든 놈들이 우르르 몰려들어 에워쌌는데 저놈만 내버려 두고 있잖아. 저놈 저거 숨어서 지켜보는 재주밖에는 없나 봐?"

누구의 대꾸를 바라고 하는 말이 아니다. 그냥 입이 근질거려서 아무 말이나 하고 있다.

"조용히 해줘요."

사약란이 그 말마저 막았다.

그녀는 미간을 잔뜩 찡그린 채 전장을 주시했다.

"삼면광자가 뭐라고 했죠? 다시 한 번 말해줘요."

"이진(二陣), 발(發). 삼진(三陣), 척(刺). 사진(四陣), 참(斬)."

계야부가 차분한 음성으로 말했다.

"이진은 일어나고, 삼진은 찌르고, 사진은 베라? 누가 찌르고 누가 벨 것 같아요?"

"그 말에도 무슨 뜻이 있는 거예요? 급하니까 아무 말이나 내뱉은 것 같은데……."

오목이 중얼거렸다.

"쉿! 참 말귀를 못 알아듣는 사람이네요. 조용히 하라면 조용히 좀 해요."

어쩔 수 없이 계야부와 동행하게 된 사색신녀가 못마땅한 듯 통박을 주었다.

오목이 마치 남편이나 되는 듯 옆에 찰싹 따라붙는 것이 싫다. 이것저것 챙겨주는 것도 싫다. 작은 키, 얍삽한 얼굴 생김새도 싫다. 결정적으로 그가 하오문 배수 출신이었다는 게 정말 싫다.

환수든 아니든 상관없다. 비천하게 태어나 비천한 곳에서 이를 박박 갈며 살아온 인생이 싫다.

자신이 그렇게 살아왔기에 새로 맺는 인연만은 그렇지 않기를 바랐다. 잠깐 스쳐 지나가는 인연이라면 거지라도 상관없고, 나병환자라도 선심 못 쓸 리 없지만 평생을 같이 살 사람이라면 이런 남자는 절대 안 된다.

한데 이들과 함께 움직이다 보니 모두들 자신이 못난이의 배우자라도 되는 듯 밀어붙인다.

그까짓 관계 한번 가진 것이 뭐 그리 대수롭다고 평생 같이 살지 않으면 안 되는 것처럼 행동한다.

계야부와 사약란은 그럴 수 있다. 그들의 머릿속에 틀어박힌 정조 관념은 어지간히 고리타분하다. 하지만 오목은 다르다. 밑바닥 생활을 하면서 창기들의 생활이 어떤지 똑똑히 보아왔다.

그런 자가 시치미를 뚝 떼고 순진한 자들의 행동을 모르는 척 받아들이는 것이 비위 상한다.

"쉿! 쉿! 그래, 쉿! 조용히 하라니까 조용히 해야지."

오목이 그녀를 보며 씩 웃었다.

그때다. 지금까지 사약란의 뜻을 좇으며 잠잠히 있던 계야부가 불쑥 말했다.

"오목, 우측을 쳐라. 안으로 파고들지는 말고 바깥 놈들만 쳐. 하면 독심독의가 알아서 치고 나올 거야."

단호한 명령이다.

그는 사약란이 합류한 후부터 알게 모르게 명령권을 사약란
에게 주었다.

그는 사약란이 하는 말만 좇았다. 그녀가 묻는 말에는 충실
히 대답해 주었지만 자신의 의견을 말해본 적은 없다.

지금은 너무 단호해서 누구도 이의를 달 수 없다.

"저놈들 피독주(避毒珠)라도 지닌 것 같은데 독심독의가 치
고 나올 수 있을까?"

"신녀, 가운데를 쳐! 역시 바깥만 공략하고. 유마심안에 삼
양절맥지라면 틈을 벌릴 수 있을 것."

이 말 역시 의외다.

그는 사색신녀에게 하대를 한 적이 없다. 그녀를 수하처럼
부린 적은 더더욱 없다.

"뭔가 잘못 생각……."

사색신녀는 발끈해서 되받아치려고 했지만 계야부의 싸늘
한 얼굴을 대하자 입을 꾹 다물어 버렸다.

계야부의 얼굴이 너무 진지하다. 긴장감이 잔잔히 흐른다.
눈에서는 불꽃이 튄다.

그는 벌써 싸우고 있다. 몸은 멀리 떨어져 있지만 마음은 검
을 휘두르고 있다. 그렇기 때문에 그의 앞을 가로막거나 저지
하려고 하면…… 다친다.

본능적인 느낌이었다.

"약란, 여기 있어. 모든 탈출로는 여기로 이어질 것. 여기서
쉰 명 넘게 받아쳐야 하니까 방진(方陣)을 구상해 줘."

"아… 알았어요."

사약란도 얼떨결에 대답했다.

쉬익!

계야부는 두말할 필요도 없다는 듯 쾌속하게 신형을 날렸
다.

될 것인가 안 될 것인가 고민하지 않는다. 생각이 미치면 무
조건 행동에 옮긴다.

말똥구리들에게는 익숙한 적진에서의 행동 요령이었다.

세 사람 중 전장에 가장 빨리 도착한 사람은 계야부였다.

그의 사전투광신보는 귀영십삼식의 진파를 응용하기 시작
하면서 비약적인 발전을 이뤘다.

쏴앙!

그가 신형을 움직일 때마다 공기가 압축되었다가 폭발하는
듯한 소리가 울렸다.

"뭐야?"

"적이닷!"

"역시 계야부 저놈이 뒤따라왔군. 함정일 줄 알았다니까.
앗! 이놈들아! 죽이면 안 돼!"

삼면광자가 화급히 도객들에게 고함쳤다.

일력광겸을 상대하던 도객들은 계야부의 출현을 알고 그를
상대하기 위해 여덟 명이 돌아섰다.

절반에 가까운 도객들이 일시에 촬영도진에서 빠져나온 것

이다.

그럼에도 촬영도진은 전혀 흔들리지 않았다. 단지 모양만 조금 바뀌었다. 안으로 집약되던 힘이 서로 등을 맞댄 채 좌우의 적을 맞아하는 진세로 바뀌었다.

파파파팟!

여덟 가닥의 도기가 일시에 터졌다.

도왕의 절기였다는 천섬도법은 군더더기를 일절 배제한 실전 도법이었다.

일직선으로 날아오던 신형이 밑으로 뚝 떨어졌다.

도객들의 눈에는 갑자기 안개가 몰아쳐서 풍광을 흐릿하게 감싸더니 이내 사람 몸뚱이를 먹어치운 것처럼 보였다.

"웃!"

앞장서서 도를 쳐왔던 도객이 잠시 주춤거렸다.

그는 확실하게 공격할 대상을 잃어버렸다. 순간,

슈악!

길게 가로지른 검광이 그의 복부를 쩍 갈라놓았다.

계야부는 도객의 죽음도 놓치지 않고 이용했다.

피는 최대한 많이 뿜어 나오도록 상처를 크게 냈다. 검이 그의 몸을 완전히 빠져나오자 발을 들어 상체를 걷어찼다.

촤아악!

갈라진 복부에서 뿜어진 핏줄기가 허공 가득히 뿌려졌다.

피 색깔은 강렬하다. 단번에 시선을 끌어당긴다. 눈앞에서 핏줄기가 흩뿌려지면 보지 않으려고 해도 볼 수밖에 없다.

실전을 통해서 체득한 것이니 믿어도 좋다.

써걱! 싸아악!

도객 두 명이 먼저 죽은 자를 뒤따라갔다.

그는 안으로 파고들지 않았다. 철저히 바깥을 맴돌면서 도진의 외곽만 건드렸다.

그 즈음 오목도 도착했다.

파파파팟!

단숨에 십팔수를 쏟아내는 접연십팔타가 맹렬하게 펼쳐졌다.

쒜엑!

그에 맞서 도광이 뻗어왔다.

"헉! 뭐야, 이거! 보기완 다르잖아!"

그는 마주치지 않고 물러섰다.

접연십팔타도 가공하지만 천섬도법도 만만치 않다.

그는 직접 도기를 접하고 나서야 비로소 총주의 제자라는 무혼들이 쩔쩔매는 이유를 알았다.

이들 중 그 누구도 만만한 자는 없다.

"좋아! 어디 정식으로 싸워볼까?"

오목은 버럭 고함을 내지르며 치달려나갔다.

쒜에엑!

이번에도 어김없이 도기가 마주쳐 왔다.

"히히! 그거 매섭네."

오목은 이번에도 장난스럽게 말하며 뒤로 물러섰다.

그는 눈치가 빠르다. 계야부의 명령을 듣자마자 자신의 역할이 무엇인지 정확하게 깨달았다.

적을 칠 필요가 없다. 치는 척 위협만 가하면 된다. 외곽을 구성한 여덟 명이 진세에 집중하지 못하도록 심기만 건드린다.

처음에는 몇 명쯤 죽일 생각으로 달려들었다. 하지만 천섬도법을 겪어보자 생각이 달리해야만 했다.

아직은 무리다. 지금 상태로는 계란으로 바위 치기다. 조금 더 실전 경험을 쌓은 후에 맞서야 할 도진이다.

상대할 수 있는 자와 양보해야 할 자를 구분하는 건 오목보다 정확한 사람이 없을 것이다.

츠츠츳!

독심독의가 움직였다.

그를 상대하기 위해 포진한 도객들은 오목의 추측대로 해독약을 미리 복용한 상태다. 독에 중독되더라도 즉사는 면한다. 그러면 도진을 운용하는 데 지장이 없고, 독심독의를 제거할 수 있다. 연후, 괴노독이 해독해 주면 된다.

하지만 괴노독도 생각하지 못한 것이 있다.

독혈마의의 싸움이다.

독심독의는 도객들에게 독을 쓰지 않고 독혈마의에게 썼다. 물론 독에 길들여진 독혈마의가 중독될 리는 없다. 하지만 맛난 먹이를 만났으니 조금이라도 자극된다.

독심독의는 도객들을 향해 독로(毒路)를 만들었다.

츠츠츳! 츠츠츠츳!

독혈마의들이 독로를 따라 서로 물고 뜯는다.

독심독의는 여유있게 도객들을 살폈다.

사색신녀는 마지못해 도객들을 향해 걸었다.

두 다리가 후들후들 떨렸다. 도객들의 칼바람 소리가 목을 향해 쳐오는 것 같아서 다가설 수가 없다.

사색신녀는 이를 꽉 악물었다.

유마심안은 세상에 나와서는 안 되는 마공이다. 삼양절맥지는 말할 것도 없다. 둘 중 하나라도 수련한 것이 발각되면 그 순간부터 뭇 사람들의 공격에서 헤어나지 못하게 된다.

한데 계야부가 공격 명령을 내렸다.

명령…… 명령…… 그의 명령을 받을 필요는 없지만, 받아야 할 이유는 있다.

내키지 않는 걸음을 떼어놓으면서 생각해 봤는데, 그의 명령을 아주 고맙게 받아들여야 할 것 같다.

그는 명령을 내리면서 유미심안과 삼양절맥지를 쓰라고 분명히 말했다.

무총 총주의 손녀사위가 마공을 써도 좋다고 허락한 것이다.

달리 말하면 자신이 마공을 쓰면 사약란도 책임을 져야 한다는 뜻이 된다. 또한 무총을 떠났다고 하지만 혈연관계를 어쩔 수 없는 것, 사약란의 책임은 무총 총주의 책임도 된다.

그녀가 밝은 세상으로 나설 수 있는 절호의 기회다.

그녀는 이런 기회를 놓치고 싶지 않았다.

'언제까지 창기로 살 수는 없어. 하루를 살더라도 무림에서, 무림인으로…… 불을 보고 뛰어드는 불나방 같은 행동일지라도…… 후회없어. 후회 안 해!'

촤아아앗!

그녀는 진기를 모아 심안(心眼)에 몰아넣었다.

그녀의 두 눈에서 자색 광채가 뿜어져 나왔다.

"쯧! 죽여서 안 될 놈이 있고, 싸움도 시원찮고……."

"길게 끌어서 좋을 게 없겠어."

"안 되면 빠져야지. 기회가 지금뿐인가."

세 명이 일심으로 후퇴를 결정했다.

"후퇴한다! 퇴각해!"

삼면광자는 명을 내리기 무섭게 몸을 돌려 빠져나갔다.

도객들이 일사불란하게 물러났다.

계야부는 길을 비켜주었다. 굳이 가로막을 이유가 없다.

공격해 오는 자를 낚아채어서 안선에 대한 정보를 얻고자 했지만 지금은 상황이 만만찮다. 멀찍이 물러서서 멀뚱멀뚱 싸움을 지켜보고 있는 괴노독이 망혼시독이라도 뿌리는 날에는 곤란해질 사람이 많다.

"만변천자!"

사사표풍이 절대 놓칠 수 없는 원수의 별호를 외쳤다. 그리

고 한달음에 달려가 만변천자의 목덜미를 흑사편으로 휘감았
다.

　사실 그럴 필요도 없었다. 만변천자는 얼굴에 화색을 띠고
는 있지만 여전히 혼절 상태에서 벗어나지 못하고 있었다.

　"낄낄! 재수 좋네, 늙은이. 다음에 또 보자고."

　괴노독이 여유있게 손을 흔들며 물러섰다.

　그녀는 무인들로부터 십 장 이상 떨어져 있다.

　사사표풍에게 위협을 당한 이후로 항시 그 거리를 유지했
다.

　자신의 안전을 지키면서 모두를 몰살시킬 수 있는 거리다.
그리고 그녀는 그럴 수 있었다. 그녀에게 독혈마의가 또 있다
면 독을 밀어낼 수 있는 계야부도 자신하지 못한다.

　이쪽이나 저쪽이나 서로 승산을 자신하지 못하는 싸움이었
다.

　모두들 빠져나간 자리, 독심독의만 부지런히 움직이며 독혈
마의를 밟아 죽였다.

3

　"미안."

　계야부가 쑥스러운 듯 말했다.

　"뭐가요?"

　"괜히 나선 것 같아서……."

"아녜요. 아주 잘하셨어요."

사약란은 방긋 웃었다.

그녀는 찰영도진의 비밀을 어느 정도 풀었다.

삼면광자가 진을 가동시키며 내린 명령은 실전지침이었다.

이진(二陣), 발(發), 독심독의를 에워싼 도진은 섣불리 공격하지 말고 대기하라는 소리다.

삼진(三陣), 척(刺)은 사사표풍에게 해당된다. 흑사편을 뚫고 들어가서 찌르라는 말이다. 그래야 피해가 최소화된다. 흑사편이 휘둘러지려면 넓은 공간이 필요하다. 박투(搏鬪)처럼 바싹 다가선 상태에서는 흑사편의 묘용을 발휘할 수 없다.

사진(四陣), 참(斬)은 일력광겸을 상대하는 수법이다.

일력광겸의 천력은 겸을 맞은 후에도 여전히 발휘된다. 무방비 상태로 십팔도를 맞았다고 해도 단 한 번 휘두르는 낫질로 모두를 죽일 수 있는 거력을 지녔다.

때문에 그는 멀찍이 떨어져서 벤다. 베고 물러나고, 또 베고자 달려든다.

당연히 찰영도진의 진세는 발, 척, 참에 따라 달리 운용된다.

포위하는 도진, 베는 도진, 찌르는 도진이 각각 따로 있다고 보면 된다.

사약란은 거기까지 읽었다.

다음은 대응책이다.

발척참의 묘용으로 운용되는 찰영도진을 살핀 후에 남아 있는 사람, 계야부와 오목과 사색신녀를 어떻게 쓸지 결정해야 한다.

물론 하나 더하기 하나는 둘이라는 식으로 오래 생각할 짬은 없다. 머릿속에서 순식간에 도식을 그려낸 후, 파해법을 찾아내야 한다. 그리고 그 정도의 일은 무총 서지단 군사 직을 수행하던 사약란에게는 소꿉장난이나 다름없다.

반면에 계야부는 동물적인 감각으로 흐름을 읽었다.

지금 투입해야 한다. 시간을 지체하면 사명사귀가 당한다.

그는 그런 판단을 내렸고, 지체없이 명을 내린 후 달려들었다.

그런 행동 속에는 찰영도진에 대한 이해나 천섬도법에 대한 대응책이 들어 있을 리 없다. 막연히 이 사람이라면 이 정도 싸움을 해낼 수 있을 것이라는 직감만 가지고 움직였다.

한데 묘하게 들어맞았다.

오목은 포위만 하는 진세를 직격(直擊)하지 않았다. 그도 주위를 맴돌며 기세만 올렸다.

일부러 그런 것이든, 상대가 안 되어서 그럴 수밖에 없던 것이든 어쨌든 그는 발에 해당하는 찰영도진을 효율적으로 견제했다.

계야부는 가장 급박하게 싸우는 사람, 사사표풍을 거들었다.

그는 그야말로 찰영도진을 향해 돌진해 들어갔다. 닥치는 대로 베고 찔렀다.

난전(亂戰)이다.

흑사편을 사용할 수 없게끔 거리를 죽인 척의 찰영도진은 박투술을 연상시킨다. 바짝 얼굴을 맞대고 권격을 가하는 경우와 흡사하다. 도객들은 열여덟 개의 칼을 쥐고 있는 반면에 사사표풍은 휘두를 수 없는 흑사편을 지녔다는 게 다를 뿐이다.

물론 사사표풍도 쉽게 당하지 않는다. 무인치고 박투에 능숙하지 않은 무인은 없다.

계야부는 그들 틈에 끼어들어 그들이 원하는 난전으로 싸웠다.

사색신녀를 투입한 것은 의외다.

사실 어쩔 수 없어서 그녀와 함께 동행하고 있지만 그녀를 무인으로 취급한 적은 없다. 그녀가 수련한 유마심안과 삼양절맥지도 사내의 정혈을 갈취할 도구일 뿐, 싸움에 사용될 것이라고는 생각해 본 적이 없다.

계야부는 그녀 또한 정식 무인으로 인정하여 싸움에 투입시켰다.

싸움꾼이 싸움꾼을 알아봤다고 할까?

도왕의 절기로 똘똘 무장한 도객들 앞에 강호초출이나 다름없는, 그것도 여인을 서슴없이 밀어 넣을 수 있는 배짱, 안목은 어디서 나온 것일까?

분석하고 계산해서는 이런 그림을 그릴 수 없다.

그는 싸움꾼이다. 무인은 아닐지 몰라도 싸움꾼은 맞다. 전략은 모르겠는데, 전투는 귀신이다.

사약란은 계야부의 가장 큰 장점을 알았다.

그녀는 미안해하는 계야부에게 미소를 지으며 말했다.

"앞으로 큰 그림은 제가 그릴게요. 싸움에 관한 그림은 가가(哥哥)께서 그려요. 전략과 전술이 일치하지 않을 때는 가가 뜻을 밀고 나가세요. 제가 따를게요."

"약란."

"삐치거나 그래서 하는 말이 아녜요, 서로 잘하는 부분을 잘하는 사람에게 맡기자는 거예요."

"약란의 뜻이라면……."

"호호호!"

사약란은 기쁘게 웃었다.

사약란은 싸움터에서 움직이지 않았다.

명분은 독혈마의가 한 마리라도 살아남아서는 안 된다는 거였다. 독심독의가 '마의 몰살'을 선언할 때까지 기다리기로 했다.

독심독의는 풀밭을 샅샅이 뒤졌다.

자신이 풀어놓은 독혈마의뿐만이 아니라 괴노독의 독혈마의까지 몰살을 확인해야만 했다.

독혈마의가 한 마리라도 빠져나간다면 무서운 속도로 증식

할 것이고, 곧바로 대재앙으로 이어지리라.

다른 사람들은 시신을 묻기도 하고, 운공조식으로 피로도 풀면서 시간을 보냈다.

사약란도 가부좌를 틀고 앉아 운공조식을 취했다.

모양새만 그렇다.

그녀의 머릿속은 운공조식과는 전혀 상관없이 풀어야 할 문제들로 분주했다.

이 싸움에 몇 가지 의문점이 있다.

먼저 삼면광자와 도객들의 조합이 어쩐지 어울리지 않는다는 생각이 든다.

삼면광자는 강자다. 뛰어난 무공을 지녔다. 하지만 도객들도 그에 못지않게 강하다.

그는 찰영도진을 깰 수 있을까?

이 부분에서 고개가 갸웃거려진다.

그도 사명사귀처럼 고전할 것 같다.

꼭 승부를 갈라야 한다면 삼면광자보다는 도객들의 손을 들어주고 싶다.

무리를 이끄는 자가 꼭 무리보다 강하라는 법은 없다. 사약란이 의아해하는 것은 괴노독이 그만한 고수들을 열여덟 명이나 거침없이 죽였다는 것이다.

자신의 독공을 증명하기 위해서 뛰어난 일류고수들을 소모품으로 이용한 행위는 아무리 생각을 거듭해도 이해가 되지 않는다.

더욱 기가 막힌 것은 삼면광자의 태도다.

그는 괴노독을 향해 기분 나쁘다는 투로 말했지만 화내는 정도가 약했다.

도왕의 절기를 이어받은 자들이다. 그들 열여덟 명이라면 웬만한 문파쯤은 하루아침에 멸문시킬 수 있다. 사명사귀를 곤혹스럽게 만들 정도이니 눈여겨봐야 한다.

그런 수하들이 보잘것없이 죽었는데 겨우 몇 마디하고 말아?

사전에 도객들의 죽음을 인지하고 있었다고밖에 생각할 수 없다.

하면 그들을 왜 죽었는가? 아니, 왜 죽음을 택했는가.

사약란은 죽은 도객들이 스스로 음독했다고 단정했다.

아무리 괴노독이라 할지라도 도객 전부를 적으로 돌리지 않는 한 함부로 절독을 뿌려댈 수는 없다. 죽이려면 전부 죽여야 하고 그렇지 않으면 시도조차 하지 말아야 한다.

명령 체계가 뚜렷해서 절대 상명하복(上命下服)한다?

그것도 어느 정도다. 도객들 정도 되면 서로 토의하고 합의한 끝에 절독을 내놓았다고 봐야 한다.

도객들이 스스로 독을 먹고 독심독의에게 달려들었다.

그 결과 모든 사람이 망혼시독에 중독되었다. 독심독의, 사사표풍, 일력광겸, 만변천자…… 만변천자!

그렇다! 모든 일의 중심에 만변천자를 놓고 생각해야 한다.

사명사귀는 당연히 동귀어진(同歸於盡)을 선택할 것이고, 사사표풍과 일력광겸이 손을 쓸 수 없으니 독심독의가……

'빙령초분과 만변천자? 만변천자에게 빙령초분을 쓰게 하기 위해서 일부러?'

괴노독은 독심독의가 어떤 독을 소지하고 있는지 안다. 그렇다면 막바지에 몰린 독심독의가 취할 행동도 어느 정도는 꿰뚫어 볼 수 있었을 게다.

중상을 입은 만변천자에게 빙령초분을 복용시키면 어떤 일이 벌어지는가.

독혈마의는 생각할 것 없다.

그것은 서로가 살기 위한 대비책일 뿐이다. 독심독의가 독혈마의를 쓰면 괴노독도 쓰고, 쓰지 않으면 그도 안 쓴다. 만일을 위해 가지고 온 것뿐이다.

이번 공격의 핵심은 혼절해 있는 만변천자에게 빙령초분을 사용케 만드는 것이다.

그녀는 번쩍 눈을 뜨고 다급히 외쳤다.

"만변천자! 만변천자를 주시해!"

사약란에게 말하지 않은 것이 있다.

도객들을 죽일 때의 흥분이 아직도 지속되고 있다. 파육(破肉)의 감촉이 아직도 잔잔하게 남아 있다.

옛날… 첫 살인을 할 때 이랬다. 두 번째, 세 번째 살인 때도 죄책감 때문에 잠을 이루지 못했다.

그러던 것이 어느 순간부터 자신이 죽인 시신 옆에서 태연히 식사를 할 정도로 감정이 말라 버렸다.

흥분? 그런 것 없다. 솔직히 죽은 자의 얼굴도 기억나지 않는다.

한데 지금은 심장이 두근거린다. 뜨거운 열기도 가시지 않는다. 아직도 심장은 적을 죽이고 있을 때처럼 뜨겁게 뛴다.

계야부도 심장의 두근거림을 신경 쓰지 않았다. 이번에 좀 거칠게 싸워서 그런가? 조금 쉬면, 마음이 진정되면 심장의 쿵쿵거림도 가라앉겠지 하고 단순하게 생각했다.

한데 싸움이 끝난 지도 한참 지났는데 여전히 심장이 거칠게 뛴다.

이상 증세다.

그는 가부좌를 틀고 앉아 운공조식을 취했다.

진기를 머리끝부터 발끝까지 면밀히 휘돌리며 이상 징조가 나타나는 부분을 점검했다.

경맥, 혈맥, 신경…… 모든 부분이 정상이다.

딱 한 군데, 심장만 거칠게 뛴다.

오래 고민하지 않았다. 고민할 필요가 없는 문제다. 일행 중에 의도가 하늘에 닿았다는 사람이 있는데 무엇을 걱정하랴.

그는 독심독의를 향해 걸었다.

"에구! 허리야. 이놈들, 어지간히도 질긴 놈들이구나. 그만큼 싸웠으면 죽을 때도 됐거늘 아직도 싸움질이니."

독심독의는 한데 뒤엉켜 물고 뜯는 마의들을 나무젓가락으로 집어 올렸다.

녹색 반점의 마의 세 마리가 독혈마의를 집중 공격하고 있었다.

독혈마의는 거칠게 대항했지만 다리가 세 개가 떨어져 나가고 더듬이도 잘렸으며, 가느다란 허리도 끊어지기 직전이었다.

독심독의는 집어 올린 마의를 석갑(石匣) 안에 집어넣었다.

놈들은 석갑 안에서도 싸움을 벌일 것이다. 먼저 들어가 있는 놈들과 힘을 합쳐 한쪽이 전멸할 때까지 물고 뜯을 것이다.

불행 중 다행은 이를 두고 하는 말인가?

독혈마의가 풀밭에 풀린 것은 세상의 종말을 가져올 만한 대사건이지만 다행히도 두 종류의 독혈마의는 상대를 인정하지 않는다. 상대의 냄새가 풍기는 한 풀밭을 떠나지 않고 적을 찾아 헤맨다.

독혈마의와 녹색 반점의 마의를 각기 한 마리씩 미끼로 내놓았다.

그놈들이 냄새를 풍기고 있는 한, 풀밭에 있는 마의들은 모두 기어올 것이다. 냄새가 풍기는데도 오지 않는 놈은 싸움 중이거나 아니면 이미 죽은 놈이다.

독심독의의 눈과 귀는 풀밭에 틀어박혀 떨어질 줄 몰랐다.

걸음을 멈췄다. 저절로 멈춰졌다.

'만변천자……'

죽은 듯이 누워 있는 만변천자에게서 이상한 기운을 느꼈다. 뭐랄까? 아주 가까운 사이라서 두 손이라도 마주잡아 주지 않으면 안 되는 그런 느낌이랄까?

만변천자는 참으로 재수없는 사람이다.

그는 아주 단순한 검상을 입었다. 독심독의도 꺼려하는 묵림검의 독기를 뒤집어쓰고도 멀쩡했던 그가 단순한 관통상에 혼절을 할 줄은 본인도 몰랐을 것이다.

이것이 귀영십삼식의 무서운 점이다.

진파가 실린 검은 이미 단순한 검이 아니다. 검신이 살을 파고들면서 진파까지 옮겨놓는다. 마치 독검이 독을 뿌리듯 극심한 떨림을 던져 놓고 물러난다.

떨림은 미약하게 시작한다. 하나 시간이 흐를수록 강렬해져서 오장육부는 물론이고 뇌까지 뒤흔든다.

처음에는 멀쩡했던 만변천자가 호송 도중에 혼절해 버린 이유다.

그러던 차, 망혼시독에 중독되는 변고를 당했다. 그것뿐인가. 망혼시독만으로도 죽음이 확실한데, 독심독의는 천하절독으로 분류되는 빙령초분을 한 봉지 몽땅 털어 넣었다.

비록 괴노독이 해독해 놨지만 아직도 빙령초분의 빙기가 몸 안에 있는 듯 얼굴색이 좋지 않았다.

계야부는 만변천자의 코밑에 손가락을 대고 호흡을 살폈다.

끊어질 듯 이어진다. 아직은 살아 있다. 하지만 숨이 워낙 미약해서 오래 살지는 못할 것 같다. 길어봤자 하루나 이틀 정도면 명을 달리할 것 같다.

'결국……'

한 무인이 죽는다.

죽음이 안타까운 것은 아니다.

무인으로 살았으니 언제 누구에게 죽어도 당연하다. 그 상대가 자신이었을 뿐이다.

만변천자를 통해서 안선에 대한 정보를 캐내려고 했는데 허사로 끝났다.

그를 무총으로 압송할 생각은 처음부터 없었다.

압송하는 척만 했다. 하면 안선은 그를 구하고자 사람을 보낼 것이고, 오는 자를 치다 보면 안선에 대한 윤곽이 더 많이 드러나지 않을까 싶었다.

물이 너무 맑아서 볼 수 없다면 흙탕물을 만들어보면 어떨까. 마구 휘젓다 보면 무언가 걸려드는 게 있지 않을까? 많은 사람이 북적이다 보면 그중 한두 명은 뭐라도 흘리지 않을까?

이제 겨우 첫 번째 공격이 시작되었을 뿐인데, 상당히 고전했다.

생각을 바꿔야 한다. 이대로는 안 된다. 군산(君山)이 지척이니 곧장 군산으로 가서 틀어박혀야 한다. 부사영이 말똥구리들을 데리고 올 때까지. 몇 명이나 올지 모르지만 지금보다야 운신의 폭이 크지 않겠나.

계야부라면 그렇게 했다.

사약란은 어떤 결정을 내릴까? 전략적인 부분은 그녀가 나으니 분명 자신보다는 더 좋은 생각을 짜낼 것이다.

무총에게서 버림받고, 안선으로부터 공격받고, 뭇 무림인들의 표적이 될 것이고…….

어느 사람 같으면 삶을 포기했을지 모른다.

계야부는 오히려 투지가 들끓는다. 어떤 거력이 몰아쳐도 반드시 뚫고 나가보겠다는 의지가 불타오른다. 그래서 부사영에게 말똥구리들을 데려오라고 시켰다.

그들을 죽을 자리에 세우지는 않는다. 여태까지 그렇게 살아오지 않았다. 죽을 자리로 가라는 명령을 받았어도 자신이 데려간 자들은 반드시 살아서 귀환시켰다.

앞으로도 그럴 것이다.

말똥구리들의 힘이 필요해서 데려오라고 했지만, 그들을 죽이지 않겠다. 반드시 살려서 늙어 죽는 모습을 보고야 말겠다.

"후우!"

계야부는 깊은 한숨을 내쉬었다. 그때,

츠츠츠츳!

손가락을 타고 차가운 기운이 스며들었다.

'빙기(氷氣)!'

정말 얼음처럼 차가운 기운이다. 꽁꽁 언 철판을 만질 때처럼 너무 차가워서 살이 달라붙는다.

계야부는 당황하지 않고 진파를 일으켰다.

팟! 파앗! 파파팟!

단전에서 일어난 진파가 곧장 손가락으로 쏘아져 빙기와 부덮쳤다.

　‘이 정도 빙기는……’

　쉽게 밀어낼 수 있다. 독이나 춘약도 단숨에 밀어내지 않았나.

　한데 아니다. 진파를 맞은 빙기는 탄력 좋게 튕기더니 다시 밀고 들어왔다.

　‘웃!’

　깜짝 놀랐다. 빙기가 마치 살아 있는 것 같지 않은가.

　다시 한 번 진파를 쏘아냈다. 이번에는 보다 정확하고 강력하게 밀어냈다.

　퍼억! 퍼퍼퍼퍽!

　수십 가닥의 진파가 빙기를 두들겼다.

　빙기는 때라는 대로 모두 맞았다. 피하지도 않았고, 그렇다고 물러서지도 않았다. 진파를 맞을 때만 잠시 주춤했을 뿐, 곧 다시 움직이기 시작했다.

　‘이런!’

　이토록 곤혹스러울 수가 있나.

　빙기를 밀어내지 못한 것보다 더 곤혹스러운 게 있다.

　서인이 빙기를 끌어당긴다.

　미간 정중앙에 틀어박힌 서인과 손목까지 올라온 빙기는 강력한 철삭(鐵索)으로 연결되어 있다.

　그게 느껴진다.

　서인은 끌어당기고, 빙기는 마구 달려온다.

어떻게 해서 이런 현상이 일어나는 것일까? 서인과 빙령초
분은 어떤 연관이 있을까?

좋지 않은 현상이 분명한데 어쩔 도리가 없었다.

"만변천자! 만변천자를 주시해!"

사약란의 음성이 쩌렁 울렸다.

매우 다급한 음성이다.

독심독의는 무슨 일이라도 일어났나 싶어서 만변천자가 누
워 있는 곳을 쳐다봤다.

계야부가 벌써 만변천자를 살펴보고 있다.

'내버려 둬도 도망도 못 갈 위인……'

그는 무심히 풀밭으로 고개를 돌렸다.

독혈마의는 거의 다 잡은 것 같다. 아직도 가끔 가다가 한두
마리가 나타나곤 하는데, 거친 싸움 탓인지 성한 놈이 없다.

'하루 정도 더 지켜봐야겠어. 휴우! 어쩌자고 이놈들을 풀었
는지……'

괴노독이 자극하지만 않았어도 독혈마의만은 풀지 않았으
리라.

그는 거의 죽어가는 독혈마의를 발견하고 젓가락으로 집어
석갑에 넣었다.

그때, 불현듯 계야부의 얼굴이 떠올랐다.

두 눈 사이에서 요사하게 빛나는 붉은 점, 하얗게 질린 안색,
부들부들 떨리는 손……

'서인이 왜 빛을…… 비, 빙, 빙령초분! 이런 육시랄!'

그는 독혈마의고 뭐고 고개를 휙 돌려 계야부를 쳐다봤다.

혹시나 했는데 역시나다. 미간에 틀어박힌 홍점은 피를 칠해놓은 듯 새빨갛게 변했다. 만변천자를 잡고 있는 손은 빙기에 얼어붙어서 하얗게 탈색되었다.

원래 빙령초분과 서인은 서로 아무런 작용도 하지 못한다.

굳이 상호작용할 수 있는 부분을 꼽으라면 양기와 음기의 정화(精華)라고 말할 수 있다.

서인은 양기로 이루어진 꽃이다. 음기의 여체에 들어가 양화(陽花)를 드러낸다.

얼음덩이 위에 핀 불꽃이다.

양기가 똘똘 뭉쳐서 응축된 불꽃을 피워낸다. 하지만 불꽃의 양이 너무 미미해서 여체가 지닌 본연의 음기에는 아무런 영향도 주지 않는다.

수궁사라는 것이 본래 홍점(紅點) 하나만 표시하면 되는 것이기 때문에 많은 양을 사용할 필요가 없다.

반면에 빙령초분은 너무 강렬한 음의 정화다.

서인이 작은 불꽃 하나라면 빙령초분은 사방을 둘러보아도 얼음뿐인 동토(凍土)라고 할 수 있다.

연관성은 고사하고 상대조차 되지 않는다.

삭풍이 몰아치는 동토 한가운데서 작은 불꽃 하나가 무엇을 하겠는가.

그래서 독심독의는 계야부와 빙령초분을 연관짓지 않았다.

하지만 상황이 달라질 수 있다. 적갈(赤蝎)의 신(腎)을 가루 내어 빙령초분과 섞으면 빙기가 일시 소멸된다. 적갈의 신은 양기의 정화, 빙령초분의 유일한 상대다.

두 영물을 정확히 반반으로 배합하면 서로 성질을 잃어버린다.

화기도 빙기도 드러나지 않는다. 어떠한 색깔도 나타내지 못한다. 그래서 빙령초분의 유일한 해약으로 적갈의 신을 쓴다. 다만 전신이 불붙은 것처럼 새빨간 적갈은 발견하기가 하늘의 별 따기처럼 어려우니 해약이 없다고 말하는 것이다.

괴노독은 배합을 정확하게 쓰지 않았다.

적갈의 신을 절반이나 적게 썼다.

만변천자의 얼굴에 화색이 돌았던 것은 빙령초분이 적갈의 영향을 받아 잠시 기운을 잃었기 때문이다. 그러던 것이 시간이 지나자 적갈의 불길을 모두 꺼버리고 다시 삭풍을 일으키고 있다.

이때는 서인도 중요한 역할을 한다.

아주 미미한 양이지만 서인도 분명히 양기의 정화다. 양기는 양기를 알아본다는 이치로, 빙령초분 속에서 꺼져 버린 적갈의 흔적을 찾아낸다. 그리고 어떻게든 적갈의 불꽃을 다시 피우기 위해 발버둥친다.

어떻게든? 그렇다. '어떻게든'이다.

서인은 그 방법의 하나로 주변에 있는 양기를 끌어모아 빙령초분을 상대한다.

바로 계야부가 지닌 원정(元精)의 양기를 사용하는 것이다.

빙령초분과 서인이 만나면, 계야부의 양기와 빙령초분의 빙기가 대충돌을 일으킬 것이고, 몸속에서 일어난 대폭발은 계야부의 몸뚱이를 산산조각 낼 것이다.

경맥이란 경맥은 가닥가닥 끊길 것이다.

혈맥은 모두 터질 것이며, 뼈마디는 구멍이 뻥뻥 뚫려서 조그마한 충격에도 부러져 나갈 게다.

"이런 욱시랄!"

독심독의는 한달음에 달려가려다 말고 멈칫 섰다.

아주 중요한 점을 간과했다.

빙령초분과 서인이 충돌하면 계야부는 산송장이 되겠지만 서인은 소멸되지 않는다는 점이다.

이때 서인은 피부를 밀어내며 혹처럼 불룩 솟아오른다.

수증기가 찬 성질을 만나면 얼음이 되듯이 빙령초분의 빙기에 고형화되는 것이다.

누구든 도검으로 혹을 잘라내기만 하면 서인을 가질 수 있다.

삼면광자와 괴노독이 완전히 물러가지 않고 주변에 숨어서 지켜보고 있다면…… 사약란의 음기가 배어 있어서 사일도를 손쉽게 죽일 수 있는 살인병기가 세상에 흘러나간다.

독심독의는 놀란 표정을 지우고 곤혹스럽다는 표정을 지었다.

"도대체 이놈의 괴노독! 무슨 짓을 한 거야!"

그는 고개를 돌려 괴노독이 사라진 방향을 쏘아봤다.
사약란을 받들기로 했지만, 그렇다고 사일도를 죽일 수 있는 서인을 세상에 내놓을 수는 없다. 그러느니 차라리 계야부를 죽이고 말리라.

第三十一章
파각(跛脚)

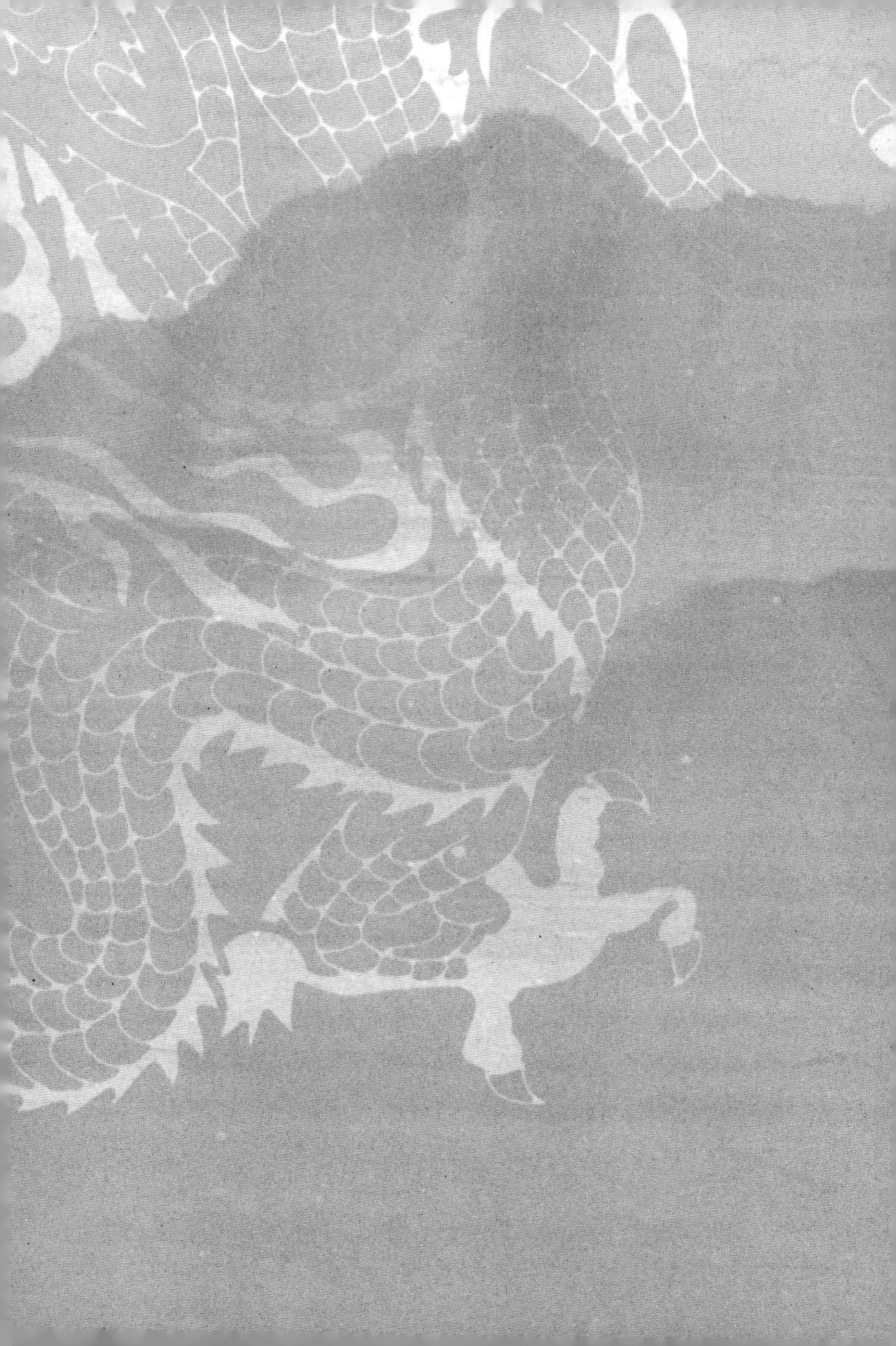

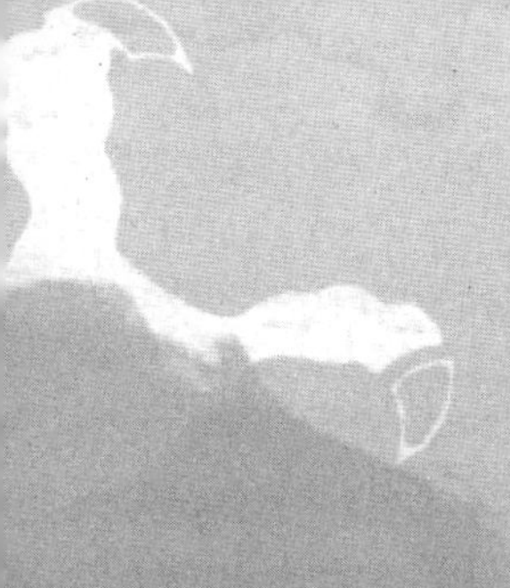

"독심독의!"

사약란의 눈매가 날카롭게 변했다.

'제길!'

독심독의는 속내가 발각되었다는 사실을 눈치챘다.

군사라는 요직은 수집한 정보를 바탕으로 가장 효율적인 전략을 짜내는 것이다.

모두들 그렇게 알고 있다.

하지만 독심독의처럼 세상을 오래 산 사람들은 최상의 전략이란 단지 질 좋은 정보를 많이 수집했다고 해서 짤 수 있는 게 아니라는 걸 안다.

그런 식으로 따진다면 개방이나 하오문이 천하제일방파가

되어 있어야 한다. 모든 문파가 무공을 포기하고 정보를 수집하기 위해 혈안이 되어 있어야 한다.

최상의 전략은 인심수람(人心收攬), 사람의 마음을 읽고 흐름을 파악하는 데서부터 시작한다.

사약란은 사람을 볼 줄 안다.

그녀가 잡초나 다름없는 계야부에게 마음을 빼앗긴 것도 계야부가 어떤 사람인지 뼛속까지 읽었기 때문이다.

계야부는 무엇이든 될 수 있다.

살인마도 될 수 있고, 영웅도 될 수 있다.

그가 어떤 길을 추구하느냐에 따라서 무명초가 되어 스러질 수도 있고, 천세에 이름을 남길 수도 있다.

그는 막 시작하는 풋내기다.

현재 이름을 날리고 있는 위인들도 처음 출발은 계야부처럼 풋내기에서 시작했다.

풋내기가 길을 걷는다. 특정한 족적(足跡)을 남길 것이고, 사람들을 발자국을 분석하여 그의 인간됨을 파악한다.

이것이 일반적이다.

사약란은 아무 족적도 남기지 않은 풋내기를 보고 그가 어떤 길을 걸을지 파악할 수 있다. 어떤 성품을 지녔으며, 어떤 길을 걸을 것이며, 어느 정도의 위인이 될 것인지 추측해 낸다.

그런 능력이 있기에 사람을 부릴 줄 알고, 인적 자원을 바탕으로 효율적인 전략을 짜내는 것이다. 그런 안목이 있기에 계야부를 연인으로 선택하는 누구도 이해하지 못할 행동을 할 수 있는 것이다.

그녀의 인적 자원 속에는 독심독의도 포함되어 있다.

거짓말을 할 때와 진심을 말할 때 표정이나 말투가 어떻게 다른지 이미 알고 있다.

독심독의는 계야부의 맞은편에 쭈그리고 앉으며 말했다.

"이놈의 괴노독 할망구! 무슨 짓을 한 거야……."

무슨 짓인지는 한눈에 읽었다.

앞으로 진행될 일도 예측된다.

빙기를 빼앗긴 만변천자는 죽는다. 빙기를 쏟아내면서 내부가 심하게 진탕되기 때문이다. 이는 인체에 주화입마(走火入魔)를 당할 때보다도 더 큰 충격을 안겨주니 요행히 목숨을 구한다 해도 불구가 되기 십상이다.

차라리 빨리 죽는 게 낫다.

계야부도 죽는다. 심맥(心脈)이 얼어버리니 조용히, 지금 이 상태 그대로 숨이 끊어진다.

진행을 막을 방책은 무엇인가?

만변천자를 죽여 빙령초분의 근원을 끊어버린다. 계야부의 팔도 끊어내야 한다. 빙기가 팔꿈치 어림까지 올라갔으니, 어깨 부근을 절단한다.

'끌끌! 이것도 빨리 하지 않으면 안 되지.'

시간이 지날수록 위험도는 높아진다. 빙기는 계속 팔을 타고 올라간다. 빙기가 어깨를 지나 심장으로 흘러들면 대라신선이라고 해도 살릴 수 없다.

‘휴우!’

독심독의는 속으로 한숨지으며 계야부의 미간을 쳐다봤다.

홍점이 돌출하기 시작했다.

빙기의 영향을 받아 서인이 얼어붙고 있다는 증거다.

빙기가 팔꿈치밖에 미치지 못했는데 이럴 정도면 정작 어깨를 지날 무렵에는 붉은 앵두처럼 톡 튀어나올 것이다.

‘살려? 말아?’

그는 잠시 갈등을 겪었지만 이내 마음을 굳혔다.

계야부를 죽인다.

서인 때문에 사일도가 위험할 수는 없다. 서인에 관한 일은 여기서 종지부를 찍는다.

물론 사약란과는 나쁜 관계가 되겠지만…… 애당초 좋은 관계를 원한 적도 없고, 그럴 필요도 없다.

무총에 적을 둔 것은 활타미심경 때문이다.

활타미심경을 달달 외워 버린 지금은 무총에 한시도 있고 싶지 않다. 무혼, 사명사귀…… 다 귀찮다. 홀몸으로 툭 떨어져서 심심산천 독물을 찾아 마음껏 쏘다니고 싶다.

서인을 제거하여 사일도를 죽음의 위협에서 구해주면 무총에 대한 은원은 갚은 셈이다.

홀가분하게 일행을, 사명사귀라는 틀에서 벗어날 수 있다.

그의 마음이 이럴진대, 사약란의 눈초리쯤 무서워하랴.

“독심독의, 물러서.”

뒤에서 내려다보던 사약란이 싸늘하게 말했다.

“헐!”

“잘못 말했군요. 독심독의, 물러서세요. 서인만 제거하면 되는 줄 아는 분에게 너무 무례했네요. 서인을 제거해도 독의 께는 드리지 못해요. 제 곁에 머물 이유도 없어요.”

‘이건 귀신 찜 쪄 먹는……’

독심독의는 깜짝 놀랐다.

그는 딱 행동 두 개, 말 한마디만 했다.

괴노독이 무슨 짓을 한 거냐는 말과 만변천자를 쳐다본 것 하나, 그리고 계야부를 쳐다본 것 하나.

이 세 가지 행동으로 사약란은 그의 마음을 읽어냈다.

진작부터 그의 내심을 꿰뚫어 보고 있었다. 그의 독공을 손 바닥 들여다보듯이 알고 있었다. 그렇지 않고는 숨겨진 말과 행동을 알아챌 수 없다.

“헐! 소저, 지금 이들은……”

사약란은 독심독의에게 기회를 주지 않았다. 그녀는 독심독 의를 밀치고 앉아서 계야부를 쳐다봤다.

계야부의 눈길과 그녀의 눈길이 부딪쳤다.

심언(心言)이라도 주고받는가?

‘그래 봤자 할 수 있는 것은 아무것도 없…… 엇!’

느긋하게 물러서던 독심독의는 깜짝 놀라고 말았다.

사약란이 불쑥 손을 내밀어 계야부의 손가락 위에 자신의 손을 포갰다.

삶도 함께, 죽음도 함께.

계야부는 꽁꽁 얼어붙어 간다. 그런 그를 보는 사약란의 눈가에는 안타까움보다는 부드러운 웃음이 물들어져 있다. 계야부가 가는 길이라면 죽음도 함께하겠다는 의지가 조용하게 흘러나온다.

'미친 짓!'

독심독의는 두 눈만 끔뻑거렸다.

사태는 이미 벌어졌다. 만변천자의 빙기가 두 갈래로 나뉘어 사약란까지 침습한다.

사약란은 계야부와 전혀 다른 반응을 나타낼 것이다.

계야부는 싸워야 한다. 한 치의 양보도 없는 전투다. 양과 음이 격렬하게 부딪친다. 그래서 이긴 쪽만 살아남는다. 현재는 빙령초분의 빙기가 우세하다.

사약란은 싸우는 게 아니라 흡수, 병합하는 과정을 거친다. 그녀의 본신 음기와 빙령초분의 빙기가 뒤섞인다. 섞이고 섞여 제삼의 음기를 창출해 낸다.

그렇다고 '죽음'이라는 결과까지 다르지는 않다.

어떠한 경우든 외부에서 흘러들어 온 기는 원기를 손상시키지 않아야 한다. 원래의 기운에 덧보태져서 힘을 북돋아주는 기운은 보기(補氣)가 된다. 하지만 조금이라도 손상을 가한다면 아무리 좋은 기운라 할지라도 악기(惡氣)다.

빙령초분은 손상시키는 선에서 그치지 않는다. 원기를 변형시켜 제삼의 기운으로 탈바꿈시킨다. 그런 일을 하기에 충분한 힘을 가지고 있다.

이보다 더 나쁠 수는 없다.

"뭐 해! 어떻게든 해봐!"

일력광겸이 우직한 손으로 툭 쳤다.

독심독의는 힘에 떠밀려 휘청거렸지만 안색만 하얗게 질릴 뿐 손을 쓰지 못했다.

손을 쓰기에는 이미 늦었다.

처음부터 손을 대면 안 되는 거였다. 빙기가 침습하기 시작한 순간부터 상황은 끝났다.

'의원이 어찌할 단계는 넘었다네.'

'하지 마.'

'벌써 했어요. 늦었네요.'

'손 떼!'

'손이 떼어지지 않아요.'

'그러니 처음부터 하지 말았어야지!'

'방금 전에 말했잖아요, 이미 늦었다고. 우리 시간도 얼마 없는데 싸우지 말아요.'

'당신이란 여자는 정말……'

'정말 뭐요? 착하다고요?'

'독하다고.'

'제게 그런 면이 있었나요? 하긴 그런 것 같기는 하네요. 그러니까 계야부란 사내를 사모하게 됐죠. 정상적인 여자라면 가가 같은 사내…… 거들떠보지도 않을 거예요.'

‘그 말은 누워서 침 뱉기 아닌가?’

‘어때요? 이제는 살고 싶은 생각이 들어요?’

‘당신을 살려야 하니까…… 살아야겠군.’

계야부는 환상을 보았다.

사약란이 눈앞에 앉는 순간부터 극심하던 차가움이 사라지고 아름다운 풀밭만 남았다.

그곳에 그녀가 있었다.

그는 그녀와 사랑의 밀어(蜜語)를 속삭였다.

말의 내용은 현실이었지만 주고받는 느낌은 오직 사랑만 가득했다.

—살아야 한다. 그렇지 않으면 둘 다 죽는다.

죽음이 자신의 문제가 아니라 두 사람의 문제로 확대되었다. 죽음에 굴복하면 자신의 육신만 포기하는 게 아니라 사약란까지 저승길에 올라야 하는 것이다.

츠츠촛! 츠츠츠츠촛!

진기를 일으켰다.

귀영십삼식은 사용하지 않았다. 본능적으로 일어나려는 진파를 꿀 눌러 앉혔다. 대신 수태음폐경(手太陰肺經)으로 치달려간 진기는 빙령초분을 공손하게 맞이해 안으로 끌어당겼다.

협백(俠白), 천부(天府), 운문(雲門), 중부혈(中府穴)까지 물을 빨대로 빨듯 쭉 빨아들였다.

밀쳐 내는 것은 고려 대상이 아니다.

진파로 몇 번 튕겨봤지만 실패만 거듭했다. 설혹 성공하더라도 지금은 그런 방법을 쓸 수 없다.

자신이 튕겨낸 빙기는 사약란에게 집중된다.

사약란을 얼려 죽일 수는 없다.

'죽더라도 나 혼자⋯⋯.'

어째서 그런 생각이 떠올랐는지 모르겠다. 의식적으로 떠올린 생각은 아니다. 사실 의식이 혼미해서 깜빡깜빡 정신을 잃고 있는 상황인지라 생각을 정리한다는 건 불가능했다.

아마도 본능이 시키지 않았나 싶다.

그의 본능은 늘 삶을 향해 열려 있었다.

이번에는 죽음을 향해 열렸다. 빙기를 빨아들인다는 것은 죽음을 향해 한 발짝 더 가까이 간다는 것. 그럼에도 빙기를 빨아들이자 마음이 편안해진다.

죽음을 향해 열린 본능을 쓰다듬어 주고 싶다.

기해혈에 이른 빙기는 잠시 숨을 고르는가 싶더니 이내 족태음비경(足太陰脾經)으로 흘러들었다.

주영(周榮), 흉향(胸鄕), 천계(天谿), 식두(食竇)⋯⋯.

'휴우⋯⋯!'

비로소 한숨 돌릴 수 있게 되었다.

빙기가 족태음비경으로 흘러들지 않고 심장을 향해 나아갔다면 손써볼 틈도 없이 죽었다.

그렇다고 아직 안심하기는 이르다. 그의 의도는 빙기를 빨아들여 기해혈에 가둬놓는 것인데, 빙령초분이 여느 독들처럼 기해혈에 갇힐지 의문이다.

성공한다면 극한의 음기를 기해혈에 가둬놓고 살게 될 것이 며, 실패한다면 한겨울에 얼음 얼듯 꽁꽁 얼어버릴 것이다.

빙기를 족태음비경에서 기해혈로 뺄 수 있는 곳은 세 군데 다.

복결혈(腹結穴)에서 사경(斜徑)하는 방법이 있고, 부사혈(府舍穴)에서 직각으로 꺾는 방법이 있으며, 마지막으로 충문혈(衝門穴)에서 끌어올리는 방법이 있다.

시행하기는 복결혈이 가장 쉽다. 흘러내리는 물줄기를 살짝 방향만 틀면 되니 이보다 쉬울 수는 없다.

부사혈부터는 인위적인 유도가 필요하다.

특히 충문혈은 밑으로 내려간 물줄기를 다시 끌어당겨야 한 다.

시도는 할 수 있지만 거의 불가능하다. 다만 복결혈에서 놓 치고, 충문혈에서도 실패할 경우, 최악의 방책으로 남겨놓을 뿐이다.

슈우욱!

빙기는 곧장 내려갔다. 아니, 치달려갔다. 벼락이 내리치듯 번쩍! 하는 사이에 족태음비경의 절반인 복애혈(腹哀穴)을 통 과했다.

계야부가 생각했던 것보다 서너 배는 빠르다.

생각할 겨를도 없이 복결혈에 제동을 걸었다. 복결혈에서 부사혈로 내려가는 길목을 차단했다.

한데 이번에도 늦고 말았다. 복애혈을 통과한 빙기는 그가 미처 제동을 걸기도 전에 복결혈을 지나쳤고, 충문혈까지 통과했다.

상반신을 완전히 관통해 버린 것이다.

'훗!'

절로 경악성이 튀어나왔지만 놀라고만 있을 틈이 없다.

기문혈(箕門穴), 혈해혈(血海穴)…… 빙기가 넓적다리를 통과해 무릎까지 치달려 내려갔다.

외기(外氣), 그것도 치명적인 빙기가 전신을 일주하기 시작했다.

몸 안에 들어온 빙기만 문제가 되는 게 아니다. 아직도 만변천자와 사약란의 몸에는 빙령초분의 빙기가 남아 있다.

그것들이 활로(活路)라도 찾았다는 듯 밀물처럼 밀고 들어온다.

독심독의는 만변천자만은 반드시 죽인다는 각오로 작심하고 빙령초분을 사용했다.

그 자신이 망혼시독에 중독되어 살 수 있는 가망도 없었다.

나도 죽고 너도 죽는다.

빙령초분을 아낄 이유가 전혀 없었다.

워낙 빙기가 강한지라 조금만 뿌려도 즉사가 분명했지만 두번 다시 사용할 수 있는 것도 아니고, 조금만 사용했다가는 혹시 괴노독에게 해독 기회를 줄 수 있을지도 모르고…… 이판

사판이라는 심정에서 가지고 있는 것을 몽땅 사용했다.

이제 와서 말하지만 능히 백 명은 즉사시킬 수 있는 양이다.

그것이 모두 계야부의 몸속으로 흘러들었다.

'방법은 하나!'

계야부는 이를 악물었다.

결단을 내려야 한다. 다리를 잘라야 한다.

빙기는 정강이를 타고 내려가 삼음교(三陰交)를 거칠 것이다. 그리고 곧장 발바닥까지 내려가 용천혈(湧泉穴)을 통과한 후, 위로 치솟기 시작한다.

임맥(任脈)으로 들어서려는 것이다.

그가 손을 쓸 수 있는 곳은 무릎 뒤쪽의 음곡혈(陰谷穴)이다.

빙기의 속도를 알았으니 어설프게 용천혈이나 복류혈(復溜穴) 같은 데서 막을 수는 없고, 아예 음곡혈을 차단해 버려야 한다.

음곡혈에서 막힌 빙기는 혈을 뚫기 위해 발악을 할 것이다.

꾹 막아둔다. 뚫리면 끝이다.

그동안 만변천자와 사약란의 몸에 깃든 빙기를 모두 빨아들인다.

이것도 빨리 해야 한다. 자칫 음곡혈을 뚫지 못한 빙기가 역류할 가능성도 있다. 외기를 받아들인 경험이 전혀 없는지라 어떤 일이 벌어질지 예측할 수 없다.

'모든 가능성에 대비해야 한다.'

온몸을 뒤틀며 바동거렸기 때문일까? 간발의 실수라도 저지를까 봐 온 신경이 곤두선 탓일까?

혼미해졌던 정신이 또렷하게 되살아났다.

맑은 정신으로 되돌아보니 너무 엄청난 일을 저질렀다. 이 난의 몸으로는 도저히 받아들일 수 없는 기운을 끌어들이고 있다.

이 시점에서 그나마 조금이라도 도움이 될 만한 것이 있다면 사약란이 만변천자의 몸에서 손을 떼는 것이다. 빙기가 빠져나간 즉시 손을 떼면 된다.

만변천자까지 살릴 이유는 없다.

사약란이 손을 떼면 자신도 손을 뗀다. 더 이상 빙기가 밀려들지 못하도록 차단한다. 그리고 몸속에 들어온 빙기만 제거하든지, 가두든지 한다.

만변천자의 몸에 있는 빙기, 빙령초분 전부를 빨아들인다면…… 버틸 자신이 없다.

그는 간절함을 담아서 눈빛을 보냈다. 한데,

'이런!'

한 가닥 기대도 날아가 버렸다.

사약란은 삶을 완전히 포기했는지 눈을 감고 있다.

이제 남은 길은 오직 하나뿐이다. 끝까지 빙기를 빨아들인다. 그리고 죽이 되든 밥이 되든 알아서 처리한다.

'일단 차단부터!'

팟! 파파팟!

진파를 일으켜 음곡혈을 강타했다.

두 번, 세 번, 네 번…… 음곡혈이 완전히 망가졌다는 확신이 들 때까지 계속 때렸다.

'이제 앉은뱅이 신세는 면치 못하겠군.'

고통은 없었다. 빙령초분에 저항할 때는 죽을 듯이 괴로웠는데, 받아들이기로 작심하자 약간 시원한 물이 흐르는 정도의 한기밖에 느껴지지 않았다.

음곡혈 위로 치솟지도 않았다.

물은 길을 따라 흐른다. 그러다 가로막는 것이 있으면 조용히 정지한다. 뚫고 나가려고 발버둥치지도 않는다. 물이 모이고 모여서 가로막는 것을 넘어서면 그때서야 또 조용히 흐른다.

빙기는 꼭 물처럼 차분하게 기다렸다.

진파에 대항하여 뚫고 올라오려고 안간힘을 쓰던 모습은 찾아볼 수 없었다. 마치 '이미 몸 안으로 들어왔으니 이제 싸움은 끝난 것이다' 라고 말하는 듯했다.

고통이라도 없으니 천만다행이다.

마지막 한 방울까지 모두 빨아들였다.

올라오는 곳은 음곡혈에서 내려가는 곳은 혈해혈(血海穴)에서 틀어막았다.

오른쪽 허벅지 아래로는 맥이 꽉 막혔다.

지금 당장은 움직일 수 없는 선에서 그친다. 하지만 이런 상태로 오래 지속되면 살이 썩기 시작할 것이다. 정체된 피는 독이 되어 살과 뼈를 공격하리라.

빠른 시일 내에 다리를 잘라내야 한다.

'목숨을 구한 것으로 만족해야지.'

그는 쓰디쓰게 웃었다.

한쪽 다리로는 사전투광신보를 펼칠 수 없다. 변화가 많은 시구각보는 쳐다보지도 못한다.

무인으로서의 생명이 끝났다.

외다리로 무림을 횡행하는 사람도 있기는 하다. 하지만 그 것은 또 새로운 무공이다. 자신이 그런 무공을 사용하기까지 는 숱한 세월을 인내 속에서 보내야 한다.

지금처럼 독심환마라는 마인의 오명을 뒤집어쓴 상태에서 는 한 발도 나아갈 수 없다.

계야부는 짧은 시간 동안에 많은 생각을 했다.

"괜찮아요?"

사약란이 바싹 다가앉으며 물어왔다.

그녀는 무공을 모르지만 그렇다고 어떻게 된 영문인지 모를 정도로 문외한은 아니다. 자신의 몸으로 스며들던 빙기가 주 르륵 밀려 나갈 때부터 심상치 않은 느낌을 받았다. 그리고 기 현상의 원인이 계야부에게 있다는 건 눈을 뜨자마자 알았다.

"빙령초분의 빙기가 응축되어 있는 상태이니 건드리지 않 는 것이 좋네."

독심독의가 고개를 좌우로 내두르며 말했다.

세상에 이해할 수 없는 일이 많다는 건 안다. 하지만 계야부 가 벌인 기적만큼은 도무지 알지 못하겠다. 당연히 얼음덩이가 되어 죽었어야 할 사람이 어찌 멀쩡할 수 있단 말인가.

"휴우! 영감은…… 가는 게 좋겠어."

일력광겸이 땅이 꺼져라 한숨을 내쉬며 말했다.

계야부가 도움을 필요로 할 때, 독심독의는 손을 잡아주지 않았다. 사약란이 간절히 원할 때도 그는 외면했다.

사약란과 계야부는 더 이상 그에게 도움을 청하지 않는다.

계야부의 상태는 썩 좋지 않다. 그 정도는 누가 봐도 안다. 얼음장 같은 기운을 물씬 빨아들이고도 상태가 좋을 사람은 이 세상에 아무도 없다.

그런데도 독심독의에게 진맥을 청하지 않는다. 어찌 된 영문인지 묻지도 않는다. 독심독의가 먼저 손을 내밀어 말을 해줘도 대꾸를 하지 않는다.

그는 사약란의 마음에서 지워졌다.

지워지고 말고 할 사안도 아니다. 사약란의 말을 거역하는 순간부터 그는 스스로 수하 되기를 포기한 것이다. 또 사약란이 분명히 수하가 아님을 선포했다. 곁에 머물 이유가 없다고 분명히 말했다.

"이 늙은이는 빙령초분을 해독하지 못한다오. 내가 해독하지 못한 것, 남도 해독하지 못할 줄 알았는데…… 빠른 시일에 괴노독을 찾으시오. 그만이 해독할 수 있소. 운이 좋다면 다리를 자르지 않아도 될 터…… 허허!"

적인 괴노독이 해독을 해줄까? 괜히 서인만 빼앗기는 건 아닐까? 그자가 만변천자의 몸을 빌어 꿍꿍이를 벌였는데 이제

와서 해독해 줄 리는 없을 텐데…….

해주고 싶은 말이 많다. 하나 하지 않았다. 사약란의 두뇌라면 얼마 가지 않아서 이면의 것들을 깨달을 것이기 때문이다. 자신이 생각하고 말한 것보다 훨씬 깊은 것을 파악할 것이다.

독심독의는 일어섰다. 그리고 누구에게도 눈을 마주치지 않은 채 터벅터벅 걸어갔다.

2

사약란은 부들부들 떨리는 손으로 계야부의 다리를 잡았다.

옷 위로 살짝 만졌을 뿐인데 차디찬 얼음을 만진 것처럼 냉기가 파고든다.

"괜찮아요?"

"괜찮아. 견딜 만해."

"감각이 없죠?"

"허벅지 아래로 봉혈을 해둔 상태로 알 수 없지."

계야부가 히죽 웃으며 말했다.

꼭 천진난만한 어린아이 같다. 다리 하나를 잘라야 할지도 모를 판국에 웃음이 나오나.

웃고 싶지 않으리라. 머리를 감싸 안고 끙끙거려도 모자라리라. 하지만 자신을 위해서 웃는다. 자신의 마음을 편하게 해주려고 헛웃음을 흘린다.

"다리 좀 볼게요."

“좋지는 않을 거야.”

“그렇겠죠.”

두 사람은 남의 일이라도 되는 듯 담담하게 말을 주고받았다.

바지를 걷어올렸다.

‘아!’

사약란은 새어 나오려는 아픔을 꾹 눌러 참았다.

너무 아프다. 가슴이 미어지는 것 같다. 날카로운 칼이 심장을 찌르는 것 같다.

계야부의 다리는 동상에라도 걸린 것처럼 푸르뎅뎅했다. 아니다. 검은색 다리에 하얀 종이를 올려놓았을 때처럼 검푸르다. 칼로 약간만 상처 내면 썩은 진물이 주르륵 쏟아져 내릴 것 같다.

빙령초분을 모조리 빨아들였을 때부터 좋지 않을 것이라고는 생각했지만 이 정도일 줄은 몰랐다.

‘잘라내야 해. 그것도 빨리.’

언뜻 머릿속을 스쳐 간 생각이다.

의술도 모르고 빙령초분에 대해서도 아는 바가 없지만 다리를 잘라내야 한다는 생각은 쉽게 할 수 있다. 계야부의 다리를 보면 그녀뿐만이 아니라 그 누구라도 그런 생각을 할 것이다.

“봉혈을 해서…… 아픔을 모른다고요?”

“후후! 아픔을 모르는 게 다행인 것 같군.”

계야부도 자신의 다리를 두 눈으로 보고는 할 말을 잃은 듯

했다.

사약란은 엎드리며 그의 다리를 품에 꼭 껴안았다.

꽁꽁 언 바위를 껴안는 느낌이다.

그녀는 얼어붙은 다리를 자신의 체온으로 녹여보겠다는 듯 품에 부둥켜안고 눈을 감았다.

다리를 잘라야 한다면 독심독의가 있어야 한다.

이 자리에 있는 사람들은 사약란만 빼고 누구라도 다리 정도는 쉽게 잘라낼 수 있다. 특히 일력광겸은 사지육신(四肢肉身)을 원이 없도록 잘라왔다.

단순히 자르기만 한다면 아무 문제도 없다.

계야부는 고려해야 할 점이 있다. 두말할 것도 없이 빙기다.

육신은 해(害)가 되는 변화에 대단히 민감하다. 칼이 살을 파고들 경우, 머리끝부터 발끝까지 온 신경이 일시에 곤두선다.

어린아이도 아는 사실이지만 다리를 자를 때는 고통이 극심해진다. 맥을 끊고, 혈관과 뼈를 잘라내기 때문에 단순히 살을 베는 정도의 아픔과는 비교조차 할 수 없다.

그만한 고통이 전신을 뒤흔들게 되면 봉혈이 풀릴 가능성도 배제하지 못한다.

일반적인 경우에는 봉혈이 풀리는 시간보다 다리를 잘라내는 시간이 훨씬 빠르기 때문에 생각거리도 되지 않는다.

하나 지금은 다르다. 빙기는 순식간에 치고 올라올 것이고,

지금까지의 속도로 봐서 허벅지 위로 올라설 가능성이 매우
높다.

계야부는 빙기의 성격상 즉사한다고 봐야 한다.

다리를 자르더라도 빙천화분을 잘 아는 사람이 잘라야 한
다.

"이렇게까지는 생각하지 못했어요, 이렇게 꽁꽁 얼려 버릴
거라고는. 독심독의를 데려올게요."

"그럴 것 없어."

계야부는 손을 뻗어 일어서는 사약란의 손목을 잡았다.

"독심독의가 아니면……."

"후후! 독심독의도 이건 어떻게 못해."

"그래도……."

"됐어. 수장(首長)이 판단해서 내보냈는데 힘이 필요하다고
해서 다시 부른다는 건 말이 안 돼. 그래서는 영(令)이 서질 않
아. 장의 명령은 어떠한 경우에도 절대적이어야 해. 그만큼 생
각하지 말고 명에 따르라고 해도…… 잘 보냈어."

"……."

사약란은 말을 못하고 입술만 꽉 깨물었다.

계야부의 다리는 원인을 알지만 해결책을 모른다. 그녀는
물론이고 그 누구도 이런 상처를 치료해 본 경험이 없다.

독심독의가 치료해 줄 수 있는 유일한 사람이었다. 그런 그
를 사약란이 쫓아버렸다.

계야부 입장에서 보면 야속하게 보일 수도 있는 처사다.

그러나 그러지 않을 수 없었다.

"무혼은… 무혼은 조부님의 제자예요. 무공 한두 수 가르쳐 주고 제자라는 명분을 씌웠죠. 무림에서 사제지간(師弟之間)처럼 끈끈한 관계는 찾아볼 수 없죠."

그녀가 가슴속 말을 한꺼번에 후다닥 쏟아냈다.

변명에 불과할지 모르지만 당장 독심독의의 손길이 필요한데, 그걸 알면서도 보낼 수밖에 없는 마음을 전해주고 싶었다.

"무인은 혈육은 버려도 사문은 못 버려요. 그래요. 무혼들은 조부님의 충복이에요. 누가 어떤 식으로 압박과 통제를 가해도 할아버님 손에서 벗어날 수 없는 사람들이요."

그녀 곁에 무혼이 있다.

일력광겸과 사사표풍이 사약란의 등 뒤에 위치를 잡고 앉아 그녀의 말을 듣고 있다.

사약란은 그들을 아랑곳하지 않았다. 옆에 없는 사람으로 취급하고 말했다.

"제가 잠시 착각했어요. 제 말을 들어줄 것이라고 생각했거든요. 제 말을 듣지 않고 절 호위할 수는 없으니까요."

그거였다. 아직도 총주의 명령은 살아 있다.

사약란을 지켜라!

일력광겸과 사사표풍은 사약란의 좌우, 오른쪽과 왼쪽에 자리를 잡고 앉았다. 암암리에 호법을 서고 있는 것이다.

독심독의에 관한 말이 나와도 침묵, 직접 자신들을 거론해도 침묵, 어떤 말이 나오든 묵묵히 듣기만 했다.

대화 내용은 아무래도 상관없다. 무혼이 때려죽일 인간들이라고 해도 감수한다. 한 귀로 듣고 한 귀로 흘려보내면 그만이다. 아니, 아예 들을 필요도 없다.

사약란을 지키라는 총주의 명령을 충실히 수행하면 되는 것이다.

사약란은 이 점을 혼동하면 안 되는 거였다.

그녀를 위해서라면 죽음도 불사하지만 계야부를 위해서는 피 한 방울 흘리지 않을 사람들이라는 것을 명확히 알았어야 한다. 그녀를 지키라는 명령 외에는 어떠한 명령도 듣지 않을 사람들이라는 걸 잊지 말았어야 했다.

사실 잊지는 않았다. 알고 있었다. 그래서 그들에게 생각하지 말고 명을 쫓으라는 다짐을 받았다. 그런 후에야 수하가 됨을 허락하여 옆에 두었다.

모두가 헛일이다.

결정적일 때, 무혼은 총주의 명을 쫓게 되어 있다.

우선적인 명령은 사약란을 지키는 것이다. 두 번째 우선순위는 총주를 위하는 것이고, 세 번째는 무총에 해가 되는지 여부다. 그다음이 기타 등등에 관한 것들이다.

계야부는 사약란이 인정한 정인이지만 솔직히 그녀의 행복은 상관할 필요가 없다. 계야부와 무총이 상충할 때, 그들의 선택은 당연히 무총으로 기울어진다.

독심독의는 그런 점을 몸으로 보여주었다.

사약란은 알고 있었으면서도 자신의 눈앞에서 그런 일이 벌어지자 분기를 참지 못하고 내쳐 버렸다.

독심독의만 쫓을 것이 아니라 사명사귀를 전부 쫓았어야 하지만 명을 어긴 사람은 독심독의뿐이다. 일력광겸과 사사표풍은 명을 어기지도 않았을 뿐만 아니라 독심독의가 홀로 떠나간 후에도 떠나갈 생각을 하지 않고 옆에서 호법을 선다.

자존심이고 명예고 모두 버리고 사약란을 지키라는 총주의 명을 지겹게도 따른다.

그들에게 이곳은 방금 싸움이 끝난 곳, 언제 도객들이 다시 뛰쳐나올지 모를 곳, 그러기에 한시도 방심할 수 없는 곳일 뿐이다. 사약란과 독심독의 사이의 일은 상관하지 않는다.

그들은 인상조차 찡그리지 않은 채 눈빛만 빛냈다.

"약란, 말하지 않아도 돼. 난 정말 괜찮아."

"괜찮지 않잖아요."

"독심독의가 있어도 마찬가지야. 아무것도 못해. 떠나면서 말했잖아. 자신은 해독할 능력이 없으니 괴노독을 찾아가라고."

"괴노독을 찾아갈 수 없으니 하는 말이죠."

"하하하! 정말 괜찮대도. 우선 다리에 몰아넣는 건 성공했으니까, 나머지는 시간을 두고 천천히 생각해 봐야지. 이거… 내 공으로 충분히 몰아낼 수 있어."

계야부가 사약란의 마음을 십분 이해한다는 듯 입가에 웃음을 머금고 두 손을 마주 잡았다.

일력광겸과 사사표풍은 계야부나 사약란과 같이 행동하는
것이 가시방석에 앉은 것처럼 불편할 것이다.

사명사귀의 행동 방침은 처음부터 명확했다.

사약란에게 닥치는 신체적 위험에만 신경 쓴다. 다른 것은
일체 상관하지 않는다.

그들은 만변천자를 호송했다.

사약란에게서 떨어져 나와 무총으로 길을 잡았다.

그런 일은 그들의 행동 방침과 모순되는 행동이 아닐까?

아니다. 그들은 사약란이 뒤쫓아오고 있다는 것을 알았다.
그렇지 않았다면 절대 호송하지 않았을 것이다. 만변천자를
호송하면서, 그들의 촉각은 뒤에서 따라오는 사약란에게 집중
되었다.

자신들의 안위가 아니라 사약란의 안위가 문제였다.

독심독의는 떠나갔다.

정말로 갔을까? 가라는 말 한마디에 훌훌 떠나갈 정도라면
총주에게 목숨을 맡긴 무혼이라고 할 수 없다.

그는 뒤따라오고 있다.

보이지 않고, 찾을 수도 없지만 분명히 뒤따라온다. 하지만
부를 수 없다. 불러봤자 도움도 되지 않는다.

계야부는 그런 점을 일찍 알았다.

사명사귀에 대해서 구구절절이 말할 필요가 없었다.

지금은 죽고 없지만 옆에 사사귀가 있고, 사명사귀도 은밀

히 뒤따르고 있었다.

그들 여덟 명이 옆에 있다고 생각하면 든든하지 않을 사람이 없다.

천하로부터 공격을 받을지라도 한판해 보자는 심정만 높아지지 두려움 같은 게 있을 리 없다.

계야부는 그 시점에서 말똥구리들을 데려오라며 부사영을 보냈다.

그들을 데려와서 어디다가 쓸까?

전장에서 사람 좀 죽여봤다고 무림을 우습게 여기다가는 큰 코다친다.

언제 죽는지도 모르고 황천길을 걷는다.

계야부나 부사영처럼 빠르게 적응하는 사람도 있지만 대부분은 몇 번 싸워보지도 못하고 죽거나 병신이 된다.

무림은 무인들의 세계다. 아예 그렇게 인정하고 얼씬거리지 않는 편이 낫다. 누구는 뱃속에서부터 무공을 배워 가지고 나왔냐며 항변할 수도 있지만 실력 차가 워낙 많이 나는 것을 어쩌겠는가.

계야부가 그런 점을 모를 리 없다.

자신이 겪어봤던 무인과 말똥구리들을 비교해 보지 않을 수 없다.

서로 맞붙었을 때 어떤 결과가 나올지 예측하는 것은 당연한 수순이다. 그리고 냉정하게 전력을 비교하면 말똥구리들의 전멸을 그려보는 건 어렵지 않다.

한데도 그들을 불렀다.

딱히 어떤 대안이 있기보다는 미약한 그들의 힘이나마 간절히 필요했기 때문이다.

즉, 그는 사사귀나 사명사귀를 믿지 않았다. 그들이 자신을 위해 목숨을 던져 줄 것이라고는 눈곱만큼도 기대하지 않았다. 아니, 자신을 위해서 싸워줄 것이라는 생각조차 하지 않았다.

그는 부사영을 믿는다. 오목도 믿는다. 하지만 사사귀나 사명사귀는 믿지 않는다.

사약란도 사명사귀에 대한 입장을 정리했다.

그들에게 기대를 하지 않는다. 수하로 대하지도 않을 것이다. 하지만 그들이 서주는 호법까지 거절할 필요는 없다. 그 일은 그들의 진짜 주공인 총주의 명으로 행해지는 것이며, 그 일만은 목숨 걸고 해낼 것이니까.

옆에 있지만 있지 않은 것처럼 여기면 된다.

계야부는 어떻게 할까?

그는 혼자 걸을 수 없어서 수요차(手搖車)를 만들었다.

얼기설기 만든 나무의자에 바퀴만 붙인 조악한 수요차였지만 혼자 움직일 수는 있다.

성(城) 정도의 큰 도읍에나 가야 제대로 된 수요차를 만들 수 있다. 그전까지는 이걸로 버텨야 한다.

싸움은 할 수 있을까?

불가능하다고 봐야 한다. 억지로 검을 휘두를 수는 있다. 기습 공격 한두 번쯤은 먹힐지도 모른다. 운까지 따라준다면 한 두 명쯤 죽일 수 있을지도 모른다.

그걸로 끝이다. 현재로서는 그를 죽일 수 있는 사람이 헤아릴 수 없을 만큼 많아졌다.

다리에 고인 빙기는 어떨까?

계야부는 내공으로 밀어낼 수 있다고 했지만 그런 말에 속을 어린아이는 없다. 내공으로 밀어낼 수 있을 것 같으면 얼굴 한구석에 어두운 그림자를 드리우지도 않았다.

그는 정말 거짓말을 못한다.

계야부 자신에게 해답이 없고, 외부에서도 도와줄 수 없는 상황이다. 독심독의는 괴노독을 찾으라고 했지만 그를 찾는다고 해도, 지금 당장 눈앞에 있어도 치료를 해줄지 의문이다.

하면 무공으로는 괴노독을 상대할 수 있을까? 괴노독과 삼면광자가 도객들을 이끌고 다시 나타나면 어떤 상황이 전개될까?

견디지 못할 것 같다.

계야부 한 명 주저앉았을 뿐인데 이토록 달라졌다.

'큰 사람이었어.'

계야부가 큰 사람으로 보인다.

그동안 계야부는 아무것도 하지 않은 것 같다. 사약란이 나타난 후에는 한 걸음 뒤로 물러서서 묵묵히 자신에게 주어진 역할만 수행했다.

한데도 그가 차지하는 비중은 컸다. 상당히 컸는데 그걸 모로고 있었다.

그는 우두머리였다. 목숨이 오가는 전장에서 수하들을 이끌었다. 그런 경험이 지금도 은연중에 드러나고 있다.

독심독의를 보낼 때만 해도 그렇다.

절대적으로 필요한 사람임에도 말리는 시늉조차 하지 않았다. 현재 자신들에게 가장 필요한 것은 약간의 실질적인 도움이 아니라 절대적인 명령이다.

사람 몇 명 되지 않으면서 무슨 명령 타령이냐고 말할 수도 있지만 그럴수록 더욱 체계적인 조직이 필요하다. 말 한마디에 목숨을 던질 줄 알아야 한다.

이것이 계야부의 주문이다.

부사영에게 심부름을 시킬 때부터 줄곧 이것만 말해왔다.

명령만 살아 있으면 나머지는 쉽다.

그는 몇 명 안 되는 소수정예만 이끌고 적진을 넘나들었다.

실전으로 터득한 삶의 방식을 말해주고 있는 것이다.

군사인 사약란이 이런 점을 모를 리 없다. 간과하지도 않았다. 사명사귀를 만났을 때부터 수하 여부를 확인하고, 반말까지 해가며 명령 체계를 세우려고 했지만 되지 않았을 뿐이다.

계야부가 통솔하는 조직은 어떤 모습일까?

부사영이 말똥구리들을 데리고 돌아오면 보게 될 것이다.

'기대돼요, 가가.'

그러나저러나 이제 어디로 가야 하나?

사약란은 두 갈래 길에서 고민했다.

계야부가 독심환마라는 별호를 얻었고, 마인으로 낙인찍혔다.

이제 천하의 공분이 그에게 쏠릴 것이다. 제일 먼저 허영심에 들뜬 무인들이 그를 죽여 이름이나 얻겠다고 달려들 게다.

그들을 죽이면, 또 다른 자들이 온다. 그들마저 죽이면 그때는 정말로 천하가 적이 된다.

역시 군산으로 가야 한다. 더군다나 군산은 지척이다.

또 한 군데, 가고 싶은 곳이 있다.

무총이다.

원래 무총은 염두에 두지 않았다. 무총으로 가는 것은 마인 독심환마를 압송하는 격이 된다.

안선의 계략 때문에 계야부가 독심환마로 둔갑했지만 무총은 사실 확인도 해보지 않고 곧바로 인정했다.

계야부가 독심환마로 둔갑할 필요가 있다는 뜻이다.

하면 지금 시점에서 계야부를 데려가면 무총은 어떤 식으로든 취조하지 않을 수 없다. 또한 무총이 이미 마인으로 둔갑해버린 계야부를 어떤 식으로 다룰지도 알 수 없다.

역시 무총으로는 갈 수 없다.

하지만…… 천빙초분의 빙기를 다스릴 수 있는 곳은 그곳이 유일한데…… 할아버지라면 어떻게든 몰아낼 수 있을 텐데.

독심독의가 괜히 무혼이 된 것이 아니다. 미독 장광자의 활타미심경이 전해졌기 때문이 아니다. 독심독의가 즐기는 생사지간을 짚어내는 묘미도 일세의 독인을 무혼으로 만들지는 못한다.

조부이신 무총의 총주는 무공뿐만이 아니라 독공에서도 상당한 성취를 이루었다. 독으로만 논해도 활타미심경을 지은 장광자와 버금가지 않을까 하는 게 중론이다.

할아버지가 괜히 활타미심경을 가지고 있겠는가.

세인들에게는 알려지지 않았지만 이미 알 만한 사람은 다 알고 있는 진실이다.

할아버지라면 계야부를 고칠 수 있다.

다리 하나를 잃을 각오로 군산행을 결심하느냐, 아니면 나중의 일이야 어떻든 당장 치료할 수 있는 곳을 찾아가느냐.

'물어보는 게 낫겠어.'

사약란은 독단적으로 결정을 내릴 수 없었다.

"빙기를 몰아낼 수 있는 곳이 있어요."

"그 생각하느라고 골똘히 앉아 있었던 거야? 천천히 생각하자고. 당장은 괜찮아."

"무총으로 가요. 할아버지께서 해독해 주실 거예요."

"하하하! 내가 독심환마라는 사실을 잊었어?"

"우리에게는 만변천자가 있어요. 만변천자가 안선의 교사다. 그가 우리 손에 있다. 우린 그를 무총에 넘겨주려고 한다. 그가 교사인만큼 많은 것을 토설할 수 있을 것이고……."

"하니 무총에 넘겨줄 때까지는 시시비비를 가리지 말자?"

"할아버님과는 제가 조율할게요. 만변천자를 넘겨주면서

해약을 얻을 거예요.”

계야부는 고개를 저었다.

“우리 중 두목이 누굴까?”

“두…… 목요?”

“…….”

계야부는 말을 하지 않고 활활 타오르는 눈빛으로 그녀의 눈을 처다봤다.

사약란도 말을 하지 못했다.

일행 중에 두목이 될 수 있는 사람은 두 사람뿐이다.

자신과 계야부다.

한데 계야부는 앞에 나서지 않는다. 모든 일을 사약란에게 맡긴다. 하다못해 어찌어찌 하자는 의견조차 내놓지 않는다.

절대적인 명령, 그리고 복명.

그는 그녀를 우두머리로 받든다.

이는 사랑 때문이 아니다. 그녀를 너무 사랑하기에 모든 일에서 양보하는 차원이 아니다. 그녀의 지혜와 서지단에 쌓은 폭넓은 안목을 존중하여 스스로 물러선 것이다.

전략은 사약란이 짠다. 그녀가 생각하고 결정한다. 그에 필요한 전술과 전투는 자신이 한다. 그것마저도 사약란에게 맡길 수 있으면 맡긴다.

왜? 무리에서 명령을 내리는 사람은 한 사람이어야 하기 때문이다.

사약란은 그런 점을 알고 있었다.

"난 많은 놈들을 이끌고 적진으로 넘어갔어."

"알아요."

"그중에 절반 이상이 적진에 남겨졌어."

"……."

"죽었는지 살았는지 생사조차도 몰라. 죽었을 것이라고 짐작만 할 뿐이지."

"최선을 다했잖아요."

"내 최선은 살아 돌아가는 게 아니었어. 어떻게 해야 임무를 완수할까였지. 임무 완수. 그게 먼저야. 약란, 다른 사람이 천빙초분에 중독되었어도 무총에 가자고 했을까? 약란의 첫 번째 목표는 뭐지? 무총으로 가든 지옥으로 가든 난 어디든 따라가. 어디든. 단, 결정은 약란이 해."

계야부는 옅은 미소를 지으며 그녀의 어깨를 꽉 움켜쥐었다.

사약란은 한 가지만 생각했다.

가장 우선시해야 할 게 무엇인가?

무총으로의 귀환? 아니다. 안선의 붕괴? 어림도 없다.

앞으로는 어떤 일이 벌어질지 모르겠지만 지금 당장 급한 일은 뭇 군웅들의 돌팔매질 속에서 독심환마를 끄집어내는 일이다.

무총으로 가면 그 일을 주도적으로 하지 못한다. 무총의 이해관계 속에서 계야부의 운명이 결정될 것이고, 자신은 거부

할 명분도, 힘도 없다.

한마디로 무총으로 가면 해독을 할 수 있을지 모르지만 아무것도 하지 못한다.

다리를 잃는 것은 어떤가?

무인으로서의 생명이 끝나는 것인데… 무림에 불구가 전혀 없는 것도 아니고……. 가까이에는 일력광겸이 있지 않나. 두 다리와 한 팔이 없어도 당당하게 사명사귀의 일원이 되어 있지 않은가. 그의 낫을 정면에서 받아칠 사람이 거의 없지 않은가.

다리가 없는 것이 자유을 잃는 것보다 낫지 않을까?

계야부처럼 늘 죽음을 옆에 두고 살았던 사내는 타인의 손에 운명을 맡기는 것이 죽음보다 싫을지도 모른다.

만변천자는 어떻게 할까?

지금 당장은 필요없다. 군웅과 독심환마의 싸움에서 그는 거치적거리는 짐일 뿐이다. 하나 독심환마의 굴레를 벗어난 후에는 만변천자만큼 효용 가치가 높은 자도 찾기 힘들 것이다.

그를 알면 안선을 안다.

만변천자가 있어야 안선에 대해서 꼬투리라도 잡을 수 있다.

말 그대로 그는 안선의 교사였다. 앞으로 그만한 사람을 또 생포할 수 있을까? 힘들 것이다. 이번에는 어쩌다가 운이 좋아 잡은 것이다. 두 번 다시 이런 일은 벌어지지 않을 것이다.

만변천자에게서 정보를 얻어내지 못한다면 어디서도 얻을
수 없다.
'미안해요, 가가.'
그녀는 숙고를 깨고 단호하게 명령했다.
"군산으로 가요!"

3

이마 한가운데 자리잡은 홍점이 사마귀처럼 볼록 튀어나왔
다.
"이게 좋은 현상인지 나쁜 현상인지 모르겠어."
"좋아 보여요."
"보기 괜찮다니 다행이군."
"힘들면 쉬었다가 가요."
사약란이 안쓰러운 눈길로 계야부를 쳐다보며 말했다.
계야부의 손은 벌겋게 부어올라 있었다. 검으로 단련되어
단단하기가 무쇠 같은 손바닥이지만 수요차의 마찰도 만만치
않았다. 그나마 시간이 흐를수록 요령이 생겨서 속도도 빨라
지고, 돌부리도 잘 타고 넘었다.
"힘들지 않아. 그냥 가. 흠……! 조금만 가면 동정호(洞庭湖)
군."
"여기 와봤어요?"
"처음이야."

"근데 어떻게 알아요?"

"냄새로. 물비린내가 나잖아."

"그러네요. 조금만 더 가면 만두 맛있게 만드는 사람이 있어요. 거기서 만두 먹어요."

"여기 자주 와봤어?"

"몇 번요. 경치가 아주 좋아요."

"흠! 기대되는데."

계야부가 활짝 웃었다.

웃음이 싱그럽다. 근심 걱정이라고는 전혀 없는 사람이 반가운 벗을 만나 웃을 때처럼 맑고 밝으며 넉넉한 마음이 담겨 있다.

그는 늘 이런 웃음을 짓는다.

수요차를 밀기 전에는 어떤 웃음이었는지 기억나지 않는다. 그전에도 이런 웃음이었을 텐데, 전혀 생각나지 않는다. 수요차를 밀면서 유독 많이 웃는다고 생각했고, 그래서 그녀만은 그의 웃음을 아프게 받아들였다.

사약란은 방긋 웃었다.

"기대해도 좋아요. 아주 맛있거든요."

저녁 무렵, 구름 낀 하늘이 붉은색으로 물들 무렵, 계야부는 동정호를 봤다.

"이게 동정호인가? 넓군."

음성에 약간 실망기가 섞여 나왔다.

동정호는 넓다. 상당히 넓다. 하지만 눈앞에 펼쳐진 동정호의 모습은 바다처럼 시원하게 탁 트인 것이 아니라 조그만 섬들이 요철(凹凸)처럼 얼기설기 엮여 있다.

큰 호수에도 미치지 못하고 그저 작은 강 정도로 보일 것이다.

"어멋! 실망했다는 투잖아요? 뭐가 이래요. 놀라서 입을 쩍 벌려야 구경시켜 준 보람이 있죠."

계야부는 입을 쩍 벌렸다.

"늦었어요. 지금 건 너무 속 보여요."

"내 목구멍이 좀 크지?"

"뭐요? 지금 그거 웃기려고 한 말이죠? 하나도 안 웃겨요."

사약란은 계야부 뒤에 서서 그의 목에 팔을 둘렀다. 그리고 그의 귀에 속삭이듯 말했다.

"배를 탈 거예요. 딱 일다경만 기다려요. 그럼 정말 입이 절로 벌어질 거예요."

"배를 타나?"

사약란이 목 두른 팔로 한곳을 가리켰다.

그곳에 어부들이 사용하는 작은 배가 쓸쓸하게 놓여 있었다. 썩고 낡아서 금방이라도 침수될 듯 위태로워 보였다.

"저거? 버린 배 아니었나?"

"버린 배처럼 보이죠? 무총은 항시 저런 식으로 배를 감춰요. 열에 아홉은 썩은 배지만 그중에 하나는 겉만 썩은 거예요. 이것도 좋은 경험이죠?"

“배를 타고 가면 만두는?”

“몰랐는데…… 만두 정말 좋아하나 봐요?”

사약란이 눈을 동그랗게 뜨며 말했다.

배는 낡았을 뿐만 아니라 여러 사람이 타기에는 너무 작았다.

한 사람, 혹은 두 사람이 타면 딱 알맞을 배다. 어부들이 멀리 나가지 않고 가까운 곳에서 투망을 던지거나 전날 펼쳐 놓은 그물 정도 걷기에 알맞은 용도로 만든 배다.

맨 앞에 사색신녀와 오목이 앉았다. 배 중심에 수요차를 놨고, 그 옆에 사약란이 앉았다.

선체가 물속으로 가라앉을 듯 출렁거렸다.

“끙! 나는 나중에 가야겠군.”

일력광겹이 만변천마를 움켜잡고 뒤로 물러섰다.

그러잖아도 위태위태한데 일력광겹 같은 거한이 타면 백 중 백 가라앉을 게다.

그뿐만이 아니다. 배는 고양이 한 마리도 더 싣지 못할 만큼 위태로웠다.

만들 때부터 이인용으로 만든 것 같다.

한데 사사표풍은 의향 한마디 묻지 않고 덜컥 올라탔다.

쑤욱!

배가 밑으로 깊이 빨려 내려가더니 출렁 하고 요동쳤다.

동정호 물이 쏟아져 들어온다. 차디찬 물이 발을 적신다.

"뭐야! 어서 내리지 못해!"

오목이 버럭 고함을 질렀다.

다행히 배는 가라앉지는 않고 다시 원상태로 돌아왔다. 하지만 하마터면 정말 위험할 뻔했다.

그런데도 사사표풍은 가타부타 말 한마디 하지 않았다.

"쩝! 앞으로 뭘 할 때는 청하지 않은 손님이 끼어든다는 것도 염두에 둬야겠네."

오목이 못마땅한 투로 말했다.

입을 벌려 말은 하지 않았지만 태도를 보아 사명사귀를 반기지 않는다는 건 분명했다. 그는 계야부가 수요차를 타게 된 것이 모두 독심독의 때문이라고 생각했다. 당연히 일력광겸과 사사표풍도 못마땅했다.

"환수였던 것, 맞아?"

사색신녀가 불쑥 말했다.

"엉? 화, 환수? 아! 맞지. 내가 한 가락 하잖아. 지금도 손만 놀렸다 하면……."

"아! 손만 빠르면 환수가 되는구나."

오목은 비로소 말속에 가시를 발견했다.

"하고 싶은 말이 뭐야?"

"환수라는 작자가 그렇게 눈치가 없냐고. 목숨 간수 잘하라고. 됐어? 이길 자신이 없는 사람에게는 함부로 말하는 게 아냐."

"이길 자신이 없어? 누가?"

“내가 보기에는 한 수 밀리는데? 폭검신공을 쓰면 어떻게 상대할 거야? 폭검신공에 비하면 접연십팔타는 너무 느리지 않나?”

“끄응!”

오목은 신경질적으로 등을 돌렸다.

사색신녀가 한마디 더 비아냥거리려고 했으니 사약란의 눈짓을 받고는 입을 다물었다.

모두가 사명사귀를 불편해한다. 그래도 사사표풍은 자신과는 상관없다는 듯 태연하게 수면을 쳐다본다.

“뭐야! 이거 노도 내가 저어야 되는 거야! 힘들어서 죽겠는데 군식구는 뭐 하러 따라붙는 거야!”

오목이 기어이 한마디 더 했다.

끼익! 끼이익! 철썩!

오목은 서툴게 노를 저었다.

배가 금방이라도 전복될 듯이 출렁거렸지만 그럴 때마다 반대편에 앉은 사사표풍이 몸을 움직여 중심을 잡아주었다.

그녀는 배를 안다. 그것도 아주 잘 안다.

어부이거나 배를 근거로 생활하는 사람만이 간단한 몸놀림만으로 배의 중심을 잡을 수 있다.

한 굽이 돌고, 또 한 굽이 돌고…… 세 굽이를 돌아서자 탁 트인 바다가 나타났다.

물은 은빛으로 반들거린다. 하늘에는 둥그런 구멍이 뻥 뚫렸다. 그리고 뚫린 구멍을 중심으로 주황색 노을이 포근하게 번져 간다.

날씨가 흐린 탓으로 태양 밑부분은 회색 천이 드리워진 것 같다. 숯으로 한 줄 쭉 그어놓고 손으로 문지른 것처럼 투명하지 않은 그림자가 짙게 깔렸다.

"아!"

사색신녀가 붉은 입술을 살짝 벌리며 탄성을 토해냈다.

계야부는 입술만 살짝 비틀었다.

말은 하지 않았지만 만족한 표정이 얼굴 가득 떠올랐다.

넓디넓은 호수에 아직도 고기를 잡는 배 두 척이 그림처럼 펼쳐져 있다.

"이게 동정호예요."

"멋있군."

"먼 길, 일부러 찾아올 만하죠?"

"동정호 주변에는 유곽(遊廓) 천지라던데."

"유곽에 가고 싶어요?"

"부하 놈한테 들은 말이야. 고향이 이 근처였던 놈이 있었는데, 입만 열었다 하면 유곽 타령이었지."

"맞는 말예요. 거긴 여기가 아니라 군산 쪽으로 가야 돼요."

"여기가 군산 아닌가?"

"우린 옆으로 돌아왔어요. 이쪽으로는 선착장도 없어요. 여기 출신이 아니면 올 사람이 없어요. 저, 그만요. 여기서 잠시 쉬어요. 요기도 할 겸요."

오목은 말이 떨어지기 무섭게 노를 놓았다.

"제길! 이 곱디고운 손에 물집이 다 잡혔네. 노 젓는 것도 아무나 못하는 거군."

그가 털석 주저앉으며 투덜거렸지만 대꾸해 주는 사람은 없었다. 그러기에는 저녁노을이 너무 아름다웠다. 한없이 빨려드는 느낌에 숨도 크게 쉴 수 없었다.

태양은 빨리 넘어갔다.

하늘에서 떨어지는 모습이 뚝! 뚝! 뚝! 끊겨 보였다. 방금 전에는 올려다보았는데, 어느새 눈높이가 같아지더니 회색 장막 사이로 푹 파묻혀 버렸다.

끼익! 끼이익!

멀리 있던 배 한 척이 노를 저어왔다.

그물을 걷어올리던 배였는데, 작업을 마치고 아늑한 집으로 돌아가는 것 같다.

한데 의외의 반응을 보이는 사람이 있다.

사사표풍은 배가 가까이 오자 손을 허리춤에 댔다.

흑사편, 검은 죽음이 그녀의 손끝에 걸렸다.

"경계할 필요 없어요."

사약란이 듣기에 따라서는 빨리 말한 것 같기도 하고, 냉랭하게 들릴 수도 있는 어투로 말했다.

"이곳 동정호에는 다섯 분의 절대고수가 있어요. 동서남북에 한 분씩. 그리고 정중앙에 한 분. 그들 다섯 분이면 장담컨대 소림, 무당이라고 해도 어쩌지 못해요. 그분 중에 한 분이 저분, 할위막사(割葦寞士)예요.”

사사표풍이 활위막사라는 소리에 코끝을 찡긋거렸다.

하지만 그녀만 반응을 보였을 뿐이다. 계야부나 오목, 사색신녀는 할위막사라는 별호를 처음 들었다. 당연히 그가 누구인지, 뭐 하는 사람인지 모른다.

끼이익! 끼이익……!

할위막사는 느릿하게 노를 저었다. 하지만 배는 쏜살같이 달려왔다. 한 번 노를 저을 때마다 사오 장씩 쑥쑥 미끄러졌다.

배는 순식간에 다가와 옆에 붙었다.

“오랜만이에요.”

사약란이 웃으며 말했다.

할위막사는 웃지 않았다. 묵묵히 뱃전에서 돌돌 만 커다란 나뭇잎을 들어 건네주었다.

“만두군요. 다섯 명분, 맞죠?”

계야부, 오목, 사색신녀, 사사표풍은 누가 시키지도 않았는데 빠른 눈썰미로 할위막사의 뱃전을 훑었다.

계야부는 오랜 전투 경험이 안겨다 준 본능 때문에, 오목은 환수의 느낌대로, 사색신녀는 어떤 사내인가 궁금해서, 사사표풍은 할위막사의 진면목을 알고 싶어서.

각기 쳐다보게 된 동기는 달랐지만, 발견한 것은 똑같았다.

항아리에 담긴 맑은 물, 육고기와 생선 어육, 나물들…… 그리고 밀가루.

할위막사는 일행이 배를 타는 순간부터 지켜보고 있었다.

몇 명이 탔는가 확인하고, 세 굽이를 돌아오는 동안에 밀가루 반죽을 하고 만두 속을 만든 다음 솥에 넣고 찌기까지 했다.

모두가 무사태평하게 저녁놀을 감상할 때, 그들의 일거수일투족을 감시하는 자가 있었던 것이다.

할위막사의 존재는 사사표풍도 몰랐던 것 같다. 그녀가 반응을 보인 것은 할위막사가 노골적으로 배를 저어올 때부터였으니까.

그건 그렇고…… 할위막사에게는 투시력이라도 있는 걸까? 어떻게 섬으로 막힌 곳을 볼 수 있었을까?

상념은 싸늘한 말에 깨어졌다.

"먹고 돌아가거라."

"……."

"네가 온다는 보고를 받지 못했다."

"당연하죠. 저 부탁이 있는데요."

"거절한다. 만두나 먹고 가거라."

"무슨 부탁인지 들어보지도 않았잖아요."

"네가 부탁할 거라고는 하나밖에 없지. 통과시켜 달라. 아니냐?"

"아뇨. 서로 다 아는 이야기는 하지 말자고 말할 참이었어요. 이거 먹어보세요. 할위막사님이 만든 만두는 동정일절(洞庭一節)이에요. 장담하는데 만두 점포를 여시면 인근에 있는 돈이란 돈은 싹 쓸어모을 거예요."

사약란이 나뭇잎을 풀었다.

어른 주먹만 한 만두가 모락모락 김을 뿜어낸다. 만두피를 얼마나 얇게 만들었는지 속이 환히 들여다보일 정도다.

"충고 한마디 하마. 독심환마가 괴노독에게 당해서 다리 하나를 못 쓴다는 소문이 자자하게 퍼졌다."

"그래요? 동정호에서 벗어난 적이 없는 할위막사께서 그런 소문을 들을 정도라면 모르는 사람이 없다고 봐야겠네요?"

"그럴 게다."

"그럼 뭍으로는 못 가죠. 저희가 빠져나가려면 애꿎은 사람들을 죽여야 되는데, 그럴 수는 없잖아요."

"세 치 혀로는 널 당할 수 없겠지. 내 말은 끝났다. 먹고 가던가, 날 통과해라."

할위막사가 뒤로 물러나 노를 잡았다.

순간, 사약란이 불쑥 손을 내밀어 할위막사의 선체를 두들겼다.

타앙! 탕!

망치로 쇠를 두들기는 듯한 소리가 울리더니 어느새 그녀의 배와 할위막사의 배가 단단한 밧줄로 연결되었다.

그녀가 들고 있던 것은 갈고리다. 어디서나 볼 수 있는 흔한 갈고리가 아니라 나무에 닿으면 기관장치에 의해 굵은 못을 두들겨 박는 특수 갈고리다.

"통개구조(通開鉤爪)! 흠! 무총을 떠났으면 무총의 물건도 쓰지 말아야 하거늘. 총주님의 얼굴에 먹칠을 할 생각이냐!"

"죄송해요. 하지만 통과해야 한다면 길게 끌 필요가 없다고 생각해서요. 지금 통과할게요."

"뭐라고!"

"상대는 저예요. 제가 할위막사님을 상대하겠어요. 결전 규칙 일(一)! 오직 한 사람만 살아남는다. 결전 규칙 이(二)! 싸움의 목적은 죽이는 것, 수단 방법을 가리지 않는다. 제가 잘 알고 있나요?"

스릉!

사약란이 계야부의 검을 뽑아 들었다.

하나 검은 끝까지 뽑히지 않았다. 계야부가 손목을 꽉 움켜잡는 바람에 절반밖에 뽑지 못했다.

계야부가 말했다.

"결전이고 뭐고 다 좋은데…… 저 사람, 살인마라는 것 알아?"

계야부의 눈에 광기(狂氣)가 번뜩였다.

말은 사약란에게 한다. 손도 사약란의 손목을 잡고 있다. 하지만 눈빛은 할위막사에게 고정되어 떨어지지 않았다. 굶주린 늑대가 되어 할위막사의 면면을 꿰뚫는다.

"살…… 인마…… 맞아요."

사약란은 이미 알고 있는 듯했다.

"저 사람이 총주의 손녀라고 사정을 봐줄 것 같아?"

"전 혼자가 아녜요. 제가 움직이면 사사표풍이 움직여요. 저를 벨 수는 있지만 저를 벤 자는 할아버님께 죽어요. 그러니……."

"후후후!"

계야부가 섬뜩하게 웃었다.

웃음 속에 살기가 진득하게 묻어 나왔다. 듣는 이로 하여금 절로 귀를 막게 만드는 묘한 힘이 있다. 아니, 웃음소리를 듣다 보면 이자가 날 죽이고야 말겠구나 하는 생각이 저절로 든다.

사약란의 얼굴색이 핼쑥해졌다.

전장을 누빈 계야부이니만치 이런 면이 없지 않아 있으리라고 생각했다. 잔혹하고, 인정없고, 살기밖에 보이지 않고…… 바로 독심환마, 악마의 모습 말이다.

또 그가 싸우는 모습도 봤다.

사람을 죽일 때 한 치의 망설임도 없는 살인자의 검이었다.

그래도 그가 무섭지 않았다. 그녀가 아는 모든 무인들이, 정인군자라고 일컫는 무인들조차 마음 한구석에는 잔혹한 면이 심어져 있었으니까.

하지만 지금 그녀를 쏘아보는 눈빛은…… 무섭다. 그의 몸에서 쏘아지는 살기가 섬뜩하다.

"약란, 저자는 이미 약란을 죽이기로 작심했어, 약란이 통과한다는 말을 꺼낼 때부터. 저자의 살기가 약란의 몸을 꿰뚫었어."

"……"

사약란은 믿을 수 없다는 듯 고개를 절레절레 흔들었다.

"그럴…… 리 없어요. 할위막사님은……."

그녀가 고개를 획 돌려 할위막사를 쳐다봤다.

할위막사의 손에 핏빛 혈도(血刀)가 들려 있다.

"정말로 절…… 정말로 절 죽일 생각이셨군요. 절……."

"지금이라도 돌아간다면…… 딱 한 번, 예외를 두마. 내게 결전을 청하고도 살아 돌아간 사람은 네가 최초일 게다. 이것이 총주님에 대한 마지막 충정이자, 네게 대한 마지막 배려다."

할위막사의 음성은 여전히 따뜻했다. 만두를 먹으라고 할 때의 음성과 다르지 않았다.

"할위막사는 십팔반병기(十八班兵器)를 모두 사용해요. 사용하는 병기에 따라서 죽이는 방법도 다르죠. 혈도는 속전속결(速戰速決), 단번에 숨통을 끊고자 할 때 꺼내 드는 병기예요."

사약란이 떨리는 음성으로 말했다.

냉랭하게, 얼음처럼 차게, 사무적인 어투로 할위막사에 대한 정보를 읊어나갔다.

"할위막사의 무공은 보법(步法)과 신법(身法)에 바탕을 둬요. 할위막사는 배를 붙였을 때부터 지금까지 계속 움직였어요. 눈치채지 못했겠지만 한시도 멈춘 적이 없어요. 믿지 못하겠죠? 어떻게 생겼는지 말해줄 사람 있어요?"

사약란의 말은 충격이 되어 뇌리를 강타했다.

할위막사는 분명히 서 있었다. 아무것도 하지 않고 고요히 서서 대화를 나누었다.

음성이 고요한 물결처럼 잔잔했다. 반가운 소리를 할 때도 고요했고, 싫은 소리를 할 때도 화났다는 느낌이 들지 않았다.

워낙 말수가 없는 사람이거나, 아니면 수련이 참으로 잘된 사람이라는 인상을 받았다.

한데 계속 움직이고 있었다니!

믿지 않을 수도 없다. 사약란의 말대로 그가 어떻게 생겼는지 모르겠다. 복면을 쓴 것도 아니고 방갓을 쓴 것도 아니다. 분명히 얼굴을 내놓고 있는데…… 생김새를 설명하지 못하겠다.

몸을 움직이면서 얼굴을 사각(死角)에 두고 있다. 어느 쪽에서 보아도 얼굴이 보이지 않는다. 더욱 기막힌 것은 그런 일을 아무도 눈치채지 못하게 한다는 것이다.

'내 신법보다 위다!'

머리카락이 쭈빗 섰다.

사전투광신보나 시구각보는 각기 다른 묘용이 있다. 사전투광신보는 빠르기로 제일이고, 시구각보는 변화무쌍하다. 반면에 할위막사의 신법은 환(幻)의 결정체인 것 같다.

"여기 동정호에는 무총의 마지막 보루, 비궁(秘宮)이 있어요. 한 사람이 능히 천 명을 상대할 수 있는 철옹성(鐵甕城)이에요. 그곳에만 들어가면 그 누구라도 상대할 수 있어요."

동정호에 그런 것이 있었던가? 그래서 문제가 생기자마자 군산에 간다고 말했던 것인가?

그 말이 사실이라면 비궁을 얻기만 하면 제국을 건설하는 것도 꿈만은 아니다. 어느 정도 체계만 갖춰지면 중소문파 정도는 쉽게 만들 것이고 잘하면 대문파로 도약하는 것도 어렵지 않다.

　문제는 그만한 비궁을 지키는 사람이 겨우 다섯 명밖에 안 된다는 것이다.

　이들 다섯 명이야말로 일당백, 일당천의 무인이다.

　"형님에게 십일영자가 있는데, 할위막사와 비교하면?"

　여전히 눈은 할위막사에게 고정시킨 채 물었다.

　"풋! 십일영자는 그림자도 밟지 못해요."

　"그렇게까지!"

　십일영자를 한 사람이 상대할 수 있다는 뜻이다.

　"만변천자와는 어때요?"

　말 떨어지기 무섭게 오목이 물었다.

　"할위막사가 우세해요. 만변천자도 강하지만 아무래도 할위막사가 한 수 위일 것 같네요."

　사약란은 망설이는 기색도 없이 즉시 대답했다.

　"지금 형수님은…… 그런 사람과 싸우겠다고 나선 겁니까! 우리 모두 덤벼도 상대도 안 될 거인하고요? 형님도 변변치 못한 이 마당에 저런 자와……."

　오목이 축 늘어진 음성으로 말했다.

　기운이 빠지는지 검을 뽑을 생각조차 하지 않았다.

　사약란이 잔잔하게 떨리는 음성으로 말했다.

　"전 이길 자신이 있거든요."

第三十二章
보금자리를 찾아서

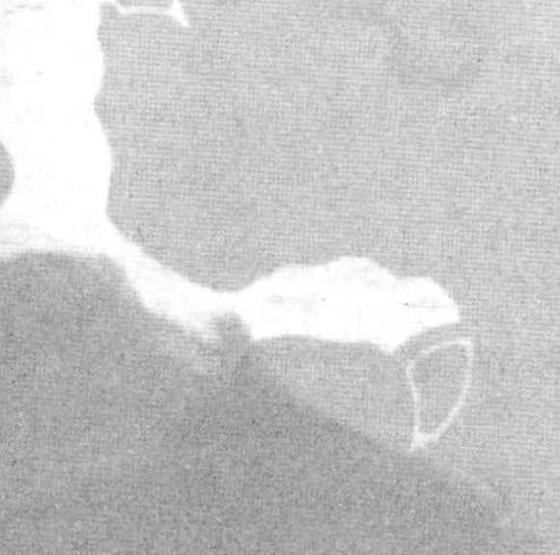

1

무림에서 베지 못할 관계란 없다.

혈연(血緣), 지연(地緣), 학연(學緣)…… 어떠한 관계든 검에 베이지 않는 것은 없다.

인성(人性)을 상실한 사람에게 주어진 검은 병기가 아니라 흉기다. 그리고 순자(荀子)의 성악설(性惡說)에 따르면 이 세상에 존재하는 모든 사람은 악의 뿌리를 지니고 있다.

사람 손에 들린 병기는 언제든지 흉기로 돌변할 수 있다.

네가 나를 벨 줄 몰랐다!

무림에서 이 말처럼 바보스러운 말도 없을 게다.

이런 말을 하며 죽는 사람은 동정도 사지 못한다. 참 우둔한 자였다는 소리밖에 못 듣는다.

사약란이 그런 소리를 하고 있는 것이다.

온실에서 키운 화초처럼 병서나 읽고 시서가무(詩書歌舞)나 즐긴 탓에 무림 실정을 모르기 때문일까?

백 번, 천 번 양보해도 서지단 군사가 할 소리는 아니다.

군사란 만에 하나 있을 변수까지도 고려하여 일을 추진한다. 절대 변하지 않을 것 같은 사람이 변절자가 되어 검을 거꾸로 든다는 따위의 이야기는 벌써 접고 들어간다.

"약란의 생각은 도무지 읽을 길이 없군."

계야부가 피식 실소를 터뜨리며 광기 어린 눈빛을 누그러뜨렸다.

무공도 모르는 사약란을 할위막사에게 던져 줄 계야부가 아니다. 싸움이 벌어진다면 그건 그와 할위막사 간에 싸움이 될 것이다. 상대가 안 되지만, 지금은 거동도 불편해서 일초반식(一招半式)조차 제대로 펼칠지 의문이지만 그래도 사약란보다는 나으리라.

그래서 손목을 움켜잡았던 것인데…….

계야부는 손목을 놨다.

사약란이 무모하게 할위막사에게 대들지는 않을 것이다. 무언가 생각이 있으리라.

한데 사약란이 또 기막힌 행동을 했다.

차앙!

그녀가 검을 뽑았다. 계야부가 손목을 놓자마자 잡고 있던 검을 힘차게 뽑아 들었다. 그리고 할위막사를 향해 겨눴다.

활의막사가 말했다.

"싸우려느냐?"

"제가 먼저 결전을 청했으니…… 싸워야죠."

"넌 언제나 신중했지. 그래, 군사도 여러 유형이 있는데 넌 돌다리도 두들겨 보고 건너는 유형이었어. 그래서 다른 사람들은 항시 기발한 발상을 할 때, 넌 평범한 발상만 했지. 하지만 가장 피해가 적은 발상이었다는 건 모두가 다 알아. 일은 해내고, 피해는 없다. 이런 방식이 널 서지단 군사가 되게끔 만든 것으로 안다."

그랬었나?

모두 사약란을 다시금 쳐다보았다.

그녀가 어떤 일을 했으며, 어떤 식으로 일해왔는지 아는 사람은 아무도 없다. 계야부와 동행하면서는 계략 같은 것을 세울 처지도 아니었다.

계야부는 소위 남편이라면서 그녀에 대해서 아는 것이 없었다.

그것은 사약란도 마찬가지다. 그녀가 보는 계야부는 겉면에 불과하다. 그의 진짜 모습은 십에 일도 못 봤다.

그들은 많은 이야기를 나눴다. 같이 밥도 먹고 잠도 잤다. 두 사람은 혼례만 치르지 않았을 뿐이지 이미 부부다.

한데 서로에 대해서 아직도 아는 것보다 모르는 것이 더 많다.

계야부는 사약란이라는 여자를, 사약란은 계야부라는 사내를…… 인간 자체의 모습만을 봤기 때문이다.

서로를 둘러싼 환경을 세세하게 파고들어 갈 필요가 있었는데 두 사람 모두 그 부분만은 애써 외면해 왔다. 사약란은 왕후장상 반열에서 생활해 왔고, 계야부는 더 이상 추락할 수 없는 최악의 환경에서 생활했다.

두 사람은 살아온 모습이 너무 다르다.

그들 스스로 그런 점을 알고 있기에 서로의 세계에 대해서 아는 것을 두려워했다. 그것으로 인해 혹여 자신들의 사랑에 상처를 받을까 봐 일부러 외면한 면도 없지 않아 있다.

두 사람은 서로에 대해서 아는 것보다 알아가야 할 것이 더 많다.

계야부가 생각을 읽을 수 없는 무표정한 얼굴로 말했다.

"약란, 할위막사라는 별호는 어떻게 생겼소?"

"할위막사의 병기는 도(刀)예요. 원래 도라면 강력한 타격에 중점을 두는데, 할위막사의 도법은 섬세함의 극치를 이뤄요. 갈대를 가늘게 쪼아내는 섬세함. 그래서……"

"그것으로 할위를 얻었군. 막사라는 말은 사람과 어울리기 싫어하는 성격을 말하는 것이겠고. 무인이 혼자 있기를 좋아한다는 것은 그만큼 한 가지 일에 집중할 수 있는 시간이 많다는 뜻. 할위막사의 무공은 추측을 불허한다는 표현이 맞지 않을까?"

"맞아요."

"약란은 그런 자와 싸우겠다고 검을 들었고."

"……."
"어떻게 이해해야 되지?"
"이해하지 마세요. 지켜보기만 하세요."
사약란이 검을 들고 배를 옮겨 탔다.

사약란이 무공을 수련했나?
아니다. 그녀가 무공을 모른다는 사실은 무림인이라면 모르는 사람이 없다.
무가, 그것도 중원을 쩌렁 울리는 무총 총주의 손녀로 태어나서 어찌 무공을 수련하지 않았을까?
이 부분에는 많은 추측이 난무한다.
사약란에게 고질병이 있어서 힘을 쓰지 못한다는 설(說)도 있고, 심공을 수련하다가 경맥을 다쳤다는 말도 있다. 사약란이 무림이란 도산검림을 걸어가지 못하게 하려고 총주가 일부러 가르치지 않았다고도 한다.
만약 사약란이 무공을 알면서도 일부러 감췄다면 그녀는 희대의 사기꾼이 되고도 남는다.
하지만 그녀는 사기꾼이 되지 못한다.
검을 들고 있는 모습이 금방이라도 무너질 듯 위태롭다. 두 다리도 검을 쓰는 자세가 아니다. 공격해 나아가기도 불편하고, 방어하기도 부적합하다.
온몸이 허점투성이다.
스릉!

할위막사가 도를 뽑았다.

그의 도는 모양이 날렵한 쌍수도(雙手刀)다. 길이가 한 자 다섯 치, 날의 길이는 다섯 자다. 한쪽에만 날이 있고 도배(刀背)가 활처럼 휘어져 있어서 베기에 편리하다.

쌍수도는 중병(重兵)이라서 두 손으로 잡아야 한다.

할위막사는 한 손만 사용했다. 한데도 쌍수도가 몸의 일부인 것처럼 자연스럽게 움직였다.

"일력광겸도 저렇게는 못해!"

사사표풍이 깜짝 놀라며 말했다.

용력(用力) 하면 일력광겸이다. 오죽하면 별호에 력(力) 자가 들어가 있겠는가. 한데도 그는 쌍수도 같은 중병을 몸의 일부처럼 사용하지 못한다.

중병을 자유자재로 구사하는 사람은 많다.

일력광겸은 쌍수도뿐만이 아니라 철추나 철퇴 같은 중병도 수수깡처럼 가볍게 다룬다.

사사표풍이 말한 것은 의미가 조금 다르다.

할위막사가 쌍수도를 꺼내는 순간, 그의 전신에 진기가 관통했다.

머리끝부터 발끝까지 진기가 충만했다. 신선하고, 강력하며, 생기가 넘쳐흘렀다.

몸에서 일어난 진기는 쌍수도까지 이어졌다.

순간, 한낱 쇠붙이에 불과하던 검이 생명을 얻어 꿈틀거렸다.

촤르르륵!

도신을 타고 전율이 흐른다.

정수리에 떨어진 번개가 그의 몸을 관통한 후에 쌍수도에 집약된 느낌이다.

할위막사는 단순히 병기를 뽑았을 뿐이지만 마주 선 사람은 항거하지 못할 큰 힘을 느꼈다.

그와 겨루면 베인다. 베이는 것 외에 다른 수는 없다.

최선의 방법은 그와 마주치지 않는 것이다. 그와 마주쳤다면 차선으로 병기를 뽑는 일만은 피해야 한다. 어쩔 수 없이 병기를 마주했다면 단 일 도에 숨이 끊기기를 기원해야 한다.

할위막사의 도는 죽음의 숨결을 토해낸다.

불행 중 다행이랄까? 그와 마주 선 사약란은 고도의 도기를 읽어내지 못했다.

그럴 것이다. 도기나 검기 같은 것은 아는 만큼 보인다. 많이 알면 많이 보이고, 적게 알면 그만큼밖에 보지 못한다.

사약란의 경우에는 할위막사가 그저 도를 아주 가볍게 잘 쓰는 사람이라면 인식밖에 들지 않을 것이다. 그녀가 사사표풍처럼 도기를 정확히 읽을 만한 수준이었다면 감히 그와 싸우겠다는 생각조차 못했을 게다.

조금 전에 사약란이 직접 말했다. 만변천자와 할위막사가 겨루면 할위막사에게 승산이 있다고. 그 말이 맞는 것 같다. 할위막사는 성오존자에 버금가는 고수 중의 고수다.

순간, 옷자락 펄럭이는 소리와 함께 사사표풍이 사약란 앞을 가로막아 섰다.

"말학후배, 사사표풍이라고 합니다."

사사표풍은 한 손에 흑사편을 쥔 채 포권지례를 취했다.

"……."

할위막사는 말하지 않았다. 아니, 말했다.

츠츠츠츳!

쌍수도에 깃든 진기가 팔딱팔딱 요동친다. 피를 머금고 싶어서 견딜 수 없다는 듯 독아(毒牙)를 드러낸다. 몸을 결박한 사슬만 풀리면, 할위막사의 살심이 자유롭게 풀리면 망설임없이 피를 빨겠다는 듯 혀를 날름거린다.

소름 끼치도록 지독한 살기다.

"선배님의 무학에 당적할 수 없음은 알지만 후배에게도 맡겨진 일이 있으니……."

촤라락!

그녀의 흑사편이 뱃전에 길게 늘어졌다.

"흑사편, 흑선류. 후후후!"

할위막사가 웃었다.

사사표풍의 무공을 알아볼 뿐만 아니라 몇 수 아래의 무공을 대했을 때처럼 경시하는 마음까지 깃들어 있다.

호랑이는 토끼를 잡을 때도 최선을 다한다고 했나?

천만에! 최선을 다할 필요가 없다. 남들이 보기에는 최선을 다하는 것처럼 보이지만 호랑이는 딱 토끼를 잡아챌 정도의 움직임만 보일 뿐이다.

스물이나 서른쯤 된 어른이 대여섯 살짜리 어린아이와 싸우면서 최선을 다한다는 말을 쓸 수가 있을까?

그런 관계가 되면 싸우는 일도 없을 뿐만 아니라 '최선' 운운하는 소리도 하지 않는다.

몇 수 위의 고수와 하수 사이의 관계가 그렇다. 할위막사와 사사표풍의 싸움이 그렇다.

사사표풍이 그럴진대 다른 사람이라고 별반 다를 리 없다.

오목이나 사색신녀는 싸울 엄두를 내지 못했고, 계야부 역시 눈살만 찌푸렸다.

쌍수도를 들고 선 할위막사와 들지 않은 할위막사는 전혀 다른 사람이었다.

"선배! 그럼!"

사사표풍이 흑사편을 꽉 움켜잡았다.

그것뿐이다. 삶과 죽음을 초월한 그녀조차도 흑사편을 들어 올리지 못했다. 어디를 어떻게 쳐 나아가야 할지 갈피를 못 잡고 있는 게 분명했다.

'정말 강하다!'

계야부는 등줄기에 식은땀이 맺히는 것을 깨닫지 못했다.

할위막사는 그가 지금까지 만난 모든 고수들…… 만변천자와 치명적인 패배를 안겨준 십교사, 또한 사일도와 십일영자 모두를 떠올려 봐도 가장 강하다.

살수왕이라는 류청지와 싸워봤다. 십교사와 겨뤄봤고, 만변천자와도 두 번이나 싸웠다.

그들과 싸우면서 이길 가망이 없다고 생각한 적도 많다. 죽음 직전까지 치몰린 적도 많다. 그래도 싸웠다. 오기로 싸운 것이 아니라 이길 수 있을 것 같아서 싸웠다.

할위막사에는 그런 느낌조차 들지 않는다.

그의 도권(刀圈)에 휘말리면 죽는다는 생각밖에 들지 않는다.

사사표풍이 그런 심정이리라. 아니, 그녀는 이미 도권 안에 들어 있는 것과 마찬가지이니 사신(死神)의 처분을 기다리는 사람처럼 쩔쩔매고 있으리라.

다행히도 사약란은 사사표풍과 할위막사 사이에 흐르는 팽팽한 긴장감조차 읽지 못했다. 두 사람이 대치하고 있으니 곧 싸움이 일어날 것이라는 정도밖에 알지 못했다.

무공을 모르는 그녀일지라도 명색이 무림 명가에서 자란 몸이다. 조금이라도 떨어져서 객관적으로 지켜봤다면 두 사람의 우열을 확연히 알아챘을 터이다.

그녀는 사사표풍의 등 뒤에 서 있었다.

바늘로 찌르는 듯한 살기를 감지할 수 없는 유일한 위치에 서 있는 것이다.

그녀는 태연히 말했다.

"사사표풍, 물러서요."

사사표풍은 들은 척도 하지 않았다. 그녀가 사사표풍을 밀치고 앞으로 나서며 말했다.

"지금 내 목숨이 위험한 것도 아니고…… 위험해도 그래요.

아무리 할아버지께 명을 받았다고 하지만 일대일 결전까지 대신 나서는 건 좀 그렇잖아요? 무시하는 것도 아니고…….”

“정말 철모르는 아가씨네.”

사사표풍이 신경질적으로 쏘아붙였다.

“나는 안 되고 사사표풍은 된다는 자신감은 어디서 나오는 걸까? 정말 할위막사를 이길 수 있어서 나서는 거예요? 아니면 호법이라서 마지못해 나서는 거예요?”

“그걸 몰라서…….”

“알아요. 아니까 물러서라는 거예요. 이번과 같은 경우…… 당신은 절대 안 되지만 나는 돼요. 그러니 물러서라는 거죠. 아직도 이해가 안 돼요?”

사사표풍은 사약란의 얼굴을 쳐다봤다.

진심인가, 농인가.

사약란은 진지했다. 표정이 약간 딱딱하게 굳어 있기는 했지만 긴장하는 빛도 보이지 않았다.

“휴우!”

사사표풍은 긴 한숨을 내쉬며 배에서 물러났다.

이제 할위막사가 타고 온 배에는 단 두 사람만이 남았다. 할위막사는 쌍수도를, 사약란은 검을 들고 마주 섰다.

그들 사이의 거리는 어른 걸음으로 겨우 세 걸음밖에 안 된다. 누구든 크게 한 걸음만 내딛으면 병기를 떨쳐 낼 수 있는 거리다. 공격하는 것과 상대를 이기는 것은 완전히 별개지만.

사약란은 검이 무거운지 축 늘어뜨렸다.

검이 뱃바닥에 닿았다. 진기는커녕 검을 쥔 손조차 힘이 들어가 있지 않다.

사약란은 축 늘어뜨린 검을 질질 끌며 앞으로 한 걸음 내딛었다.

이제 남은 걸음은 두 걸음, 움직일 것도 없이 병기만 휘두르면 죽일 수 있다.

할위막사가 쌍수도를 머리 위로 쳐들었다.

정말 내려칠까? 총주의 입장을 생각해서라도 그녀를 죽이지는 못할 것 같은데…… 무총 사람이 사약란을 죽인다는 게 말이 되나. 아니면 정말로 사약란에게 모종의 한 수가 있는 건 아닐까?

온갖 생각이 한꺼번에 치밀었다.

유독 한 사람, 계야부는 생각을 달리했다.

그의 낯빛이 딱딱하게 굳었다.

'정말 친다! 살기가 가득!'

반면에 사약란은 어떤가? 무방비…… 죽음을 고스란히 맞겠다는 뜻으로 비친다.

도대체 사약란은 무슨 생각으로 싸움에 나선 것일까? 할위막사가 무조건 죽이겠다고 한 것도 아니고 물러서기만 하면 봐준다고 하지 않았나. 그런데도 굳이 부득부득 달려들어서 싸움을 걸 건 무언가.

그녀에게 숨겨진 비책은 없다.

'제길!'

계야부는 더 망설일 것도 없이 신형을 쏘아냈다.

양팔로 수요차를 내리찍고, 빙기가 깃들지 않은 왼발로 뱃전을 힘껏 걷어찼다.

슈욱!

신형이 허공으로 둥실 떠올랐다.

이후의 움직임도 생각해 둔 것이 있다. 수요차에서 할위막사의 배로 건너뛰면서 사약란이 두 배를 고정시킬 때 쓴 통개구조를 뽑아 들었다.

통개구조는 훌륭한 병기다.

살인할 마음을 갖춘 자에게는 길거리에 굴러다니는 돌이나 나무도 보검 못지않은 병기가 된다.

통개구조로 뱃전을 찍으며 그 반동을 이용하여 다시 튕겨 올랐다. 일력광겸이 낫으로 땅을 찍으며 움직이는 모습을 본 뜬 것인데, 생각 밖으로 쉽게 응용되었다.

"타앗!"

계야부는 순식간에 수요차에서 벗어났다. 그리고 맹렬하게 할위막사를 향해 달려들었다.

슈웃!

허공으로 쳐들렸던 쌍수도도 내리꽂혔다.

"엇!"

"어멋!"

오목과 사색신녀가 급박한 상황을 보고 경악성을 토해냈다. 사사표풍은 자신도 모르게 흑사편을 꽉 움켜잡았다.

계야부의 모습은 구르는 마차바퀴를 향해 달려드는 당랑(螳螂)과 다를 바 없었다. 거센 힘으로 쏟아져 내리는 쌍수도를 육신으로 맞이하겠다고 달려드는 것처럼 보였다.

사실이 그랬다. 통개구조는 병기가 아니다. 무총 물건이지만 배와 배를 연결하는 데 쓰는 도구일 뿐이다. 그와 같은 것으로 할위막사를 어쩌지는 못한다.

할위막사를 공격하겠다거나 죽이겠다는 생각도 없었다.

그가 몸을 날린 것은 단지 사약란이 너무나도 위험했기 때문이다. 할위막사는 틀림없이 쌍수도를 내려칠 것이고, 사약란은 아무런 대비도 없다고 판단했기에 육신을 던져서라도 잠시 시간을 벌겠다는 생각밖에 없었다.

할위막사는 몸이 정상적이었다고 해도 감당하기 벅차다. 그의 쌍수도는 진파의 강력함을 두 동강 내버릴 것이다.

까앙!

쌍수도와 통개구조가 맞부딪쳤다. 그리고 어쩔 틈도 없이 통개구조가 반쪽으로 쩍 갈라져 버렸다.

강력해도 너무 강력하다!

통개구조를 갈라 버린 쌍수도는 곧장 육신으로 쏘아지더니 이마 한가운데서 뚝 멎었다.

주루룩!

이마를 타고 핏물 한 줄기가 흘러내렸다.

'완패!'

변명의 여지가 없다.

빙기 때문에 다리 하나를 못 쓴다는 건 변명거리가 되지 않는다.

그는 진파를 운용했다. 단전에서 일으킨 진파를 곧장 통개구조로 쏘아냈다.

쌍수도는 반탄력이 가미된 통개구조를 갈라 버린 것이다.

압도적인 내공 차이라고밖에 할 수 없다.

사약란은 잘못 말했다. 만변천자와 할위막사가 겨룬다면 할위막사에게 승산이 있는 게 아니다. 그의 필승이다. 지려야 질 수가 없는 거인이다.

더욱 기가 막힌 것은 쌍수도가 움직일 때 소리가 거의 들리지 않았다는 점이다. 하다못해 공기를 가르는 소리라도 울리는 것이 정상인데 그런 소리마저 감췄다.

은밀함, 쾌속, 강함, 정확함……. 모든 걸 완벽하게 갖췄다.

눈과 눈이 마주쳤다.

계야부는 그제야 비로소 할위막사의 용모를 봤다.

강퍅한 얼굴, 쭉 찢어져 위로 쳐들린 눈, 하얀 수염……. 나이는 육십 전후이며, 성격은 냉혹한 편이다. 말이 많지 않고, 행동에 거침이 없다.

무공도 성격도 정말 무서운 고수와 직면했다.

“고맙소.”

계야부가 눈을 좁혀 할위막사를 쏘아보며 말했다.

“……”

“목숨을 끊지 않으려면 이 도…… 치워주겠소?”

"넌 이 도 아래 뛰어들 때 사태를 읽었다. 죽음을 알았는데 뛰어들었어."

"아내가 죽는 모습을 지켜만 볼 사내는 없소."

"널 죽이고, 남은 힘으로 돌려 쳐도 충분히 죽일 수 있다. 일초반식이면 끝나겠지."

"결과만 보겠소. 할위막사 선배, 선배는 반 식밖에 펼치지 못했소. 일초반식을 펼친다거나 어쩐다거나 하는 말은 결과가 아니오. 결과만 봅시다."

"결과는 아직 나오지 않았다. 내 손에 힘을 일 푼만 더 가하면 네 머리는 두 쪽으로 갈라지겠지."

"그거면 됐소. 내 아내…… 굉장히 머리 좋은 여자요. 아무 이유 없이 당신에게 대들었을 리 없고. 순간의 기습만 막아주면 모종의 수단이 나올 것이오."

계야부는 말을 하면서 손을 올려 쌍수도를 밀어냈다.

정수리 부근에 살짝 도를 맞았다. 날이 닿으며 살갗을 베어낸 정도인데, 피가 끊이지 않고 흘러내린다.

"그 모종의 수단이라는 것이 네놈의 피다."

할위막사가 순순히 쌍수도를 거뒀다. 단순히 도를 물린 것이 아니라 도집에 완전히 집어넣었다.

그때, 뒤에 있던 사약란이 계야부의 허리를 부둥켜안으며 말했다.

"고마워요. 제가 이길 줄 알았어요."

"……?"

"목숨을 담보로 한 우정이나 사랑. 그것만이 평생을 쓸쓸히 살아온 막사께서 한 수 양보해 주시는 유일한 길이었어요. 미안해요. 미리 말할 수 없었어요. 미리 말했다면, 미리 알고 있었다면, 그런 마음이었다면 할위막사님이 손을 멈추지 않았을 거예요."

할위막사는 무인이 검기를 읽듯 사랑하는 사람의 마음을 읽었다. 진실인지, 거짓인지 느낌으로 알았다.

보폭이 두세 걸음밖에 되지 않는 작은 뱃전에서 무섭게 쏟아지는 도기를 감당할 수 있는 자가 얼마나 될까? 죽음밖에 생각되지 않는 곳으로 몸을 던질 미련한 자가 있기는 한 걸까?

할위막사의 판단은 '없다' 이다.

그래서 죽음의 덫이 존재한다.

'자기 희생'이 쌍수도 앞에 놓이면 손을 멈춘다. 그렇지 않으면 베어낸다.

소속이라던가, 안면, 직위 같은 것은 도를 멈추지 못한다. 그의 칼에 베어지기를 원하지 않는다면 아예 처음부터 부딪치지 말아야 할 것이다.

이것이 무공을 모르는 사약란이 거침없이 검을 들고 할위막사 앞에 설 수 있었던 이유다. 어떤 일이 있어도 계야부가 지켜줄 것이라고 믿었기에. 움직이기 불편한 몸이지만 그래도 움직일 것이라고 확신했기에.

계야부는 고개만 끄덕였다.

'역시…… 귀영십삼식도 할위막사에게는 안 되는 건가. 그는 진정한 강자였군.'

그는 고개를 들어 하늘을 쳐다봤다.

귀영십삼식의 진파는 상당히 독특한 무공이다. 수련하기에 따라서는 천하제일무공으로 등극할 수도 있다. 공방(攻防)만 따지는 게 아니다. 귀영십삼식은 수련하면 할수록 영성(靈性)을 띤다.

귀영십삼식의 직감이 쌍수도의 흐름을 파악해 낼 줄 알았는데…….

하기는… 될지 안 될지 모를 무공을, 그것도 극성까지 깨우치지 못한 무공으로 초강자 중의 한 명과 겨뤘으니 승산을 기대하는 자체가 무리겠지.

'후후! 아무렴 어떤가. 계야부가 무사히 들어갔으니 다행이지. 할위막사…… 할위막사…… 그대의 약점은 여전하군. 그 약점이 있는 한, 그대는 진정한 강자가 될 수 없을 터……. 후후후!'

그는 웃었다. 안도의 한숨도 불어 쉬었다.

할위막사 같은 고수가 적에게 붙어 있으니 당연히 아주 큰 골칫거리다.

그는 반드시 제거해야 할 대상이다. 그와 같은 고수를 제거하기 위해서는 따로 안배를 펼쳐야 한다. 사나운 호랑이를 잡을 때처럼 단단히 심력(心力)을 기울여야 한다.

한데 죽을힘을 다해도 잡을까 말까 한 자에게 약점이 있다.

아주 큰 약점, 그래서 너무 쉽게 깰 수 있는 약점.

할위막사는 외로운 자다.

인간으로 태어나 평생 타인과 말을 섞지 않고 살기도 어려운 게다.

그는 그렇게 살아왔다.

고독함을 넘어서 쓸쓸함으로까지 이어지는 그의 인생역정 저변에는 인간에 대한 불신이 깊게 깔려 있다.

입으로는 사랑을 위해 죽을 수 있는 사람이 수도 없이 깔렸지만 정작 몸으로 실행하는 사람은 거의 없다. 백사장에 떨어진 바늘을 찾는 것만큼이나 어렵다.

실제로 그가 동정호를 지키기 시작한 이후로 그의 쌍수도를 벗어난 사람이 한 명도 없는 것으로 보아서 그의 말에도 타당한 면이 없지 않아 있다.

언젠가 그 약점이 그를 죽음으로 몰아넣을 것이다.

실제로 계야부는 할위막사의 약점을 파고들어 그의 칼을 벗어났다. 벗어날 수 없는 관문을 넘어섰다.

그는 진실로 사약란이라는 여자를 목숨 걸고 사랑한다.

그런 뜻에서 사약란은 자신에게 술 석 잔을 사야 한다.

계야부와 그녀를 이어준 것이 자신이기 때문이다.

'후후후! 언제 술 석 잔 얻어 마셔야겠군. 후후후!'

그는 만족했다.

사약란이 계야부를 데리고 동정호로 들어섰다는 것은 서인이 움직일 준비를 끝냈다는 말과도 같다.

조만간 괴노독이 돌출시켜 놓은 서인이 본색을 드러낼 것이다.

이제 포석은 다 깔렸다.

십교사는 천번(天飜)이 실패한 줄 알고 죽어갔다. 그것이 그를 죽음으로 몰아넣은 귀책사유였다. 세상이 말하기 전에 본인이 먼저 알고 있었기에 죽음을 맞이하면서도 죽는 이유에 대해 토를 달지 않았다.

하지만 그 생각은 잘못된 것이다.

천 번은 실패하지 않았으며 아직도 계속되고 있다.

크나큰 위험부담을 안고 군에 있는 장군들까지 움직였다.

그러는 과정에서 몇몇 위인은 신분이 드러나 어쩔 수 없이 제거해야만 했다.

그렇게까지 하면서 계야부를 움직였다.

표면상으로는 육교사가 추진하는 일을 적극적으로 도운 것이지만, 아무리 생각해도 그들은 너무 쉽게 독 묻은 먹이를 넙죽 받아먹었다.

사약란을 납치한 후, 사일도를 유인하여 서인으로 죽인다는 아주 간단한 계획이었으니 망설일 이유가 없었으리라. 더군다나 안선 조직에는 전혀 흠이 가지 않게끔 군에 있는 인물을 끄집어내어 활용한다는데 거절할 이유가 있을 리 없고.

무총 무인들이 형성한 진세를 뚫고 들어가서 사약란을 납치

할 수 있는 인물이 있느냐는 게 성패의 관건인데, 그런 인물이 있다는데 할 말이 뭐가 있을까.

그들은 계야부란 독약을 받아먹을 수밖에 없었다.

여기서 그들은 아주 큰 사건 하나를 간과했다.

계야부와 사약란의 만남이다.

한 명은 굶주린 늑대다. 거침없이 황야를 질주하던 사나운 늑대다.

그런 자이기에 냉조검사 염위상이 지휘하는 천악망을 뚫고 들어가서 사약란을 납치할 수 있었다.

사약란은 더 설명할 필요도 없다. 솜털도 가시지 않은 어린 나이에 서지단 군사라는 주요 보직을 맡은 것만 봐도 그녀에 대한 설명은 충분하다.

본능적으로 사냥감을 탐색하는 늑대와 세상을 내려다보며 경영하는 군사의 만남이다.

이 세상에서 가장 특색있는 인간들끼리 만났다. 얼핏 보면 음과 양처럼 비슷한 구석이 한 군데도 없지만 자세히 속을 들여다보면 뚜렷한 공통점이 있다.

그들은 자기 분야에서는 최고라는 자부심을 가지고 있다.

한 분야에서 최고라고 생각하는 사람이 또 한 분야에서 최고인 사람을 만난 것이다.

일이 안 벌어진다면 비정상이다.

만변천자는 이런 점을 간과했다. 그리고 아주 사소한 부주의가 그의 몰락을 불러왔다.

한 산에는 늑대 한 무리면 족하다.

두 무리가 같은 지역에 공존하면 항상 다툼이 끊이지 않는다. 토끼나 다람쥐 같은 작은 먹이를 두고도 떼를 지어 싸우는 경우가 왕왕 발생한다.

대공은 견제와 보완이라는 측면에서 두 무리를 용인했다.

만변천자 같은 자에게 힘을 실어주지 않고 자신의 휘하로 눌러두었다면 역사는 훨씬 빨리 이루어졌을 게다. 어쩌면 지금쯤 무총이란 이름이 무림사에서 지워졌을지도 모른다.

너무 큰 바람일까?

무총에도 사람이 있으니 멍청하게 앉아서 당하지는 않겠지만 그래도 세력이 상당히 축소되었을 것만은 틀림없다.

어쨌든 만변천자 일당은 완전히 제거되었다.

밖을 치기 전에 집안 단속부터 해야 하는 건 당연지사, 이견(異見)이 튀어나올 수 있는 여지를 뿌리 뽑으니 심사가 한결 편하다.

이제 남은 자들은 수족처럼 움직인다. 팔팔 끓는 기름 솥에도 망설임없이 뛰어들 자들이 명령만 기다리고 있다.

대공의 신망도 두텁다.

거리낄 게 없다.

이제 본격적으로 천번을 시작한다.

'괴노독을 한 번 더 쓰고…… 화향호리가 중간 마무리, 그리고 마지막은…… 계야부, 네가 해줘야겠다. 후후후!'

그는 하늘에서 눈을 떼지 못했다.

하늘에 가득 낀 검은 구름이 무림에 닥칠 풍운을 예고하는
듯했다.

3

"먼저 말해주지 않아서 섭섭해요?"
"알았으면 긴박감이 흐르지 않았겠지. 이해해."
"고마워요."
"약란, 일일이 설명할 필요 없어. 하고 싶은 대로 하면 돼.
약란이 하는 생각, 행동…… 모든 게 이유있다고 생각하니까
내 마음 헤아릴 필요 없이 마음껏 해."
사약란은 방긋 미소 지었다.
계야부의 말은 속뜻이 없다. 말속에 한 겹, 두 겹 다른 의미
를 심어놓지 않는다. 인정이나 체면 등등을 고려하여 생각과
는 다르게 말하지도 않는다.
이 얼마나 대화하기 편한가.
그도 거짓말을 한다. 대부분 자기희생을 감수해야 할 때다.
그때를 제외하고는 너무하다 싶을 정도로 솔직하다.
"고마워요, 이해해 줘서."
"천만에!"
계야부가 활짝 웃으며 음성을 높였다.
설혹 미안한 감정이 있으면 훌훌 털어버리고 즐거운 일만
생각하자는 뜻이리라.

“이번에 깨달은 건데요, 우리 아는 게 너무 없어요.”

“그런가?”

“어멋! 가가도 느꼈군요? 많이 아는 것 같은데, 아는 게 없는 느낌. 그래서 말인데요, 우리 우선 간단하게 과거부터 공유하기로 해요. 슬픈 기억, 좋은 기억…… 하루에 하나씩 말해요.”

과거를 안다는 것은 살아온 인생을 안다는 뜻이다.

부부 간에는 과거를 공유할 필요가 있다. 숨기는 것이 없을수록 서로를 더 잘 이해하게 된다. 많은 이해가 올곧이 사랑으로 전환되느냐는 다른 문제이니 거론할 필요가 없다.

우선은 이해하고자 한다.

“좋은 생각이야. 그럼 먼저 난매(蘭妹) 이야기부터 들어볼까?”

“좋아요. 제가 먼저 하죠. 저는 어렸을 때부터 머리가 굉장히 좋았어요.”

사약란이 계야부의 가슴에 머리를 살포시 기대며 말했다.

계야부는 말을 둘러 그녀의 어깨를 감싸 안았다.

“어련했으려고.”

“비아냥이에요?”

“왜 이래? 감탄인데.”

“호호호! 괜히 해봤어요. 흠! 그래서 이 머리 좋은 소녀께서는 네 살에 사서(四書)를 읽고 다섯 살에는 삼경(三經)을 읽기 시작했다는 것, 아녜요.”

“호오!”

계야부가 고개를 숙여 품 안의 그녀를 다시 쳐다봤다.

"그렇게 감탄할 건 없고요."

그녀는 계야부의 허리를 꽉 껴안으며 말을 이었다.

"그냥 글만 읽은 거예요. 감흥 같은 것은 느낄 나이가 아니었고…… 그러다가 기관진식(機關陣式)을 접하게 되었어요. 살아 있는 글. 무공처럼 책에서 읽은 걸 즉시 사용할 수 있었죠. 그때의 충격이란…… 무공을 수련하지 못하는 몸이라는 걸 알게 된 후, 상당히 오랫동안 좌절에서 벗어나지 못했죠. 지금 생각하면 그래요. 기관진식과 온갖 병서가 오늘의 절 만들어주었죠. 무공을 수련했다면 지금 이 나이에 서지단 군사 같은 요직을 맡을 수 있었겠어요? 이만하면 성공한 것 아녜요?"

계야부는 팔에 힘을 주어 그녀를 꼭 껴안았다.

자신을 만나기 전까지 그녀는 성공한 인생이었다. 남부러울 것 없었고, 앞에 놓인 길도 탄탄대로였다.

그런 인생이 자신을 만나면서 바뀌었다.

기름진 음식과 멀어진 지는 오래되었다. 부드러운 침상도 멀어졌다. 그저 밤이슬을 피해 지붕이라도 있는 곳에서 하룻밤을 지새우면 고마울 따름이다.

수십, 수백 명을 일사불란하게 지휘하던 군사의 입장에서 겨우 열 명에도 미치지 못하는 사람들끼리 동분서주 좌충우돌하고 있다.

그녀의 인생은 한순간에 천국에서 지옥으로 급추락했다.

자신을 만나지 않았다면 어땠을까?

"이제 가가 차례예요."

"흠! 뭘 말하지? 내 머릿속에 들어 있는 건 대부분이 군에 관한 것들이라……."

계야부가 말을 이어나갔다.

밀명을 받고, 침투할 부하들을 선별하고, 적진에 침투하는…… 과거 그의 일상 중 한 토막이 차분하게 흘러나왔다.

끼익! 끼이익!

오목은 묵묵히 노를 저었다.

할위막사를 본 이후부터 그는 말을 잃었다. 웃음도 잃었다. 노만 부지런히 저었다.

그는 접연십팔타를 수련한 이후, 무림에 대해서 상당한 자신감을 가졌다. 더군다나 사사귀와 싸워 밀리지 않았던 경험은 약이 아니라 독이 되어버렸다.

접연십팔타면 누구든 상대할 수 있다!

이러한 자심감에 죽음의 공포가 물들여졌다. 할위막사의 쌍수도는 그의 자신감을 단번에 베어냈다.

자신과는 다른 차원에서 사는 사람이었다. 접연십팔타 따위로는 평생을 수련해도 발끝에도 미치지 못하리라.

그는 천하제일인도 아니다. 아니, 동정호에서 그와 마주치기 전까지만 해도 '할위막사'라는 별호를 들어본 적이 없다.

알려지지 않은 무명인의 무공이 이럴진대, 알려진 사람들의 무공은 어떨까?

하룻강아지였다. 풋내기였다.

"웃기지도 않아. 충격 먹은 모습인데, 이럴 것까지는 없잖아? 예전처럼 웃으라고."

보다 못해 사색신녀가 간드러진 음성으로 말해왔다.

오목이 눈을 들어 그녀를 보았다.

예쁘게 굴곡진 몸, 작은 얼굴, 뚜렷한 이목구비, 가녀린 목…… 너무 아름답다.

앞으로 이 여자는 무림에서 살아야 한다.

자신이 원하는 것과는 상관없이 그녀의 이름은 이미 무림 살생부에 올려졌다. 그녀가 계야부를 만났다는 사실만으로 그녀는 죽어야 할 사람이 되었다.

안선은 그녀를 죽이리라. 안선이 아니면 무총이 죽일 것이고, 그것도 아니면 계야부를 독심환마로 알고 있는 뭇 군웅들이 칼질을 해댈 것이다.

어떠한 경우든 상관없었다. 자신이 곁에 있는 한 그녀만은 지켜줄 자신이 있었다.

'빌어먹을 사랑!'

오목은 속으로 툴툴거렸다.

많은 창기를 만났다. 남의 품에서 끄집어낸 전낭보다 침상에서 뒤엉킨 창기들의 수가 더 많다.

하룻밤 스쳐 지나가는 인생이다.

때로는 같이 살고 싶은 창기도 만났다. 같이 살아보기도 했다. 하지만 타고난 방랑기는 어쩔 수 없어서 얼마 안 있어 헤어지는 수순을 밟곤 했다.

그나마 감정 상하지 않고 헤어진 건 서로가 서로의 생활을 이해했기 때문이다.

그는 환수로, 창기는 창기로 돌아간다.

서로가 아무 미련도 없이 자신의 생활로 돌아가 또다시 다른 짝을 찾는다.

그것이 배수나 창기들의 운명이다.

창기를 또 만났다.

보자마자 수인사도 나누기 전에 정사부터 나눴다. 뱃전에서 얼렁뚱땅 치러진 첫 만남이요, 정사다.

그녀는 그가 만난 여인 중 가장 빼어난 창기다. 한마디로 정의한다면 환상적이라고 할 수밖에 없다.

그리고… 그 여인에게 푹 빠졌다.

코웃음거리밖에 되지 않는 사랑이란 덫에 단단히 걸려들었다.

안다, 이런 마음이 얼마나 우스운 것인지. 한데도 덫에서 벗어나고 싶지 않다. 환상일망정 영원히 덫에 갇혀 살고 싶다.

부질없는 소망이 아니다. 충분히 가능한 이야기다. 계야부 곁에 있으면 배수나 창기로 돌아가지 않아도 된다. 계속 이 생활을 누릴 수 있을 것이고, 하면 자신의 사랑도 꽃을 피울 수 있으리라.

상대가 먼저 마음을 열지 않으면 자신의 마음도 주지 않았다. 열 개가 와야 한 개를 주었다. 지금은 한 개도 오지 않는데 전부를 주고 있다. 그러면서도 아깝다는 마음조차 들지 않는다.

그녀가 말을 걸어왔다.

얼마 만에 건네온 말인가.

다른 때 같으면 장난스럽게 활짝 웃으며 농담을 던졌을 텐데, 그럴 수 없다.

이 여인, 지켜줄 수 없다.

계야부와 같이 움직이면 이 여인, 죽는다.

오목은 말을 할 수도 없었고, 웃을 수도 없었으며, 그녀의 얼굴을 쳐다보지도 못했다.

"너, 나 정말 좋아하는구나?"

"……."

"촌스럽기는. 이 바닥에서 한두 해 생활한 것도 아닌데 왜 그래?"

끼익! 끼이익!

오목은 둥그렇게 번져 가는 물결을 무심히 쳐다봤다.

"풋! 너 정말 충격 먹었구나? 그러면 그렇지. 배수가 어디 가겠어? 배수치고는 재미있다 싶었는데…… 너도 다른 놈들과 똑같은 물건이구나?"

오늘은 참 말이 많다. 그동안의 정리를 생각해서 위안 몇 마디 던져 주는 것일까?

"너도 다를 게 없어. 조금만 위험하다 싶으면 제 몸부터 챙기지."

오목은 그녀를 쳐다보지 않았다. 대신 아닌 밤중에 홍두깨라고 사약란과 소곤소곤 정답게 이야기를 나누고 있는 계야부에게 버럭 고함을 질렀다.

"형님, 이 여자 보내면 안 됩니까?"

과거 한 토막을 이야기하던 계야부가 그를 쳐다봤다.

"이 여자, 이제 필요없잖아요. 비궁에 도착하는 즉시 이 배로 내보냅시다."

계야부는 말을 하지 않았다. 대신 사색신녀가 눈을 동그랗게 뜨고 말했다.

"너 미쳤어! 이젠 돌아도 단단히 돌았구나!"

오목은 침묵했다.

자신이 뭐라고 말해도 사색신녀는 돌아가지 못한다. 그녀가 수련한 삼양절맥지와 유마심안은 죽음의 굴레가 되어버렸다. 그녀는 누가 죽여도 죄가 되지 않는 여인이 되어버린 것이다.

그녀를 혼자 떼어놓는다는 건 도산검림 속으로 밀어 넣는 것과 다를 바 없다.

그걸 알기에 아무 소리도 하지 못했다.

그저 답답해서…… 하소연 삼아 소리 한번 질러본 것이다.

"어디까지 말했지?"

"군막(軍幕)을 찢고 들어간 데까지요."

"음. 군막을 찢고 들어가니까 안에 세 명이 있는 거야. 한 명만 있는 줄 알았거든."

"모두 장군들이에요?"

계야부와 사약란이 하던 이야기를 다시 이어나갔다.

삐걱! 끼이익!

오목은 묵묵히 노를 저었다, 사색신녀의 입가에 묘한 미소가 걸리는 것을 보면서.

할위막사와 다툴 때부터 깔리기 시작한 어둠이 한 치 앞도 분간할 수 없을 만큼 짙어졌다. 더군다나 밤이 깊어질수록 물안개까지 뿌옇게 피어나서 더욱 앞을 보기가 어려웠다.

이런 어둠 속에서 무엇을 본다는 것은 불가능하다.

배를 저어가는 것은 자살행위나 마찬가지다. 암초 같은 것이라도 나타나면 손써볼 틈도 없이 좌초되고 만다.

"말씀하신 섬입니다."

뱃머리에 앉아 전방을 주시하던 사사표풍이 손을 들어 올려 어둠 한구석을 가리켰다.

그녀가 가리킨 곳에는 아무것도 없었다. 오직 시커먼 어둠만 존재했다.

어디가 하늘이고, 어디가 호수인가.

하늘과 물의 경계는 어디인가.

"다 왔나 봐요."

사약란이 몸을 일으켰다.

"밤이슬이 차가워졌어."

계야부가 장옷을 벗어 사약란의 어깨에 둘러주었다.

"이구, 빙충아. 좀 보고 배워라. 눈에 핏기만 세우면 다야!"

등 뒤에서 사색신녀의 작은 타박 소리가 들렸다.

끼익! 끼익! 쓰으으으윽!
배가 어둠을 뚫고 힘들게 나아가더니 더 이상 움직이지 않
았다.
섬은 몇 호흡 전만 해도 어둠보다 색깔이 약간 더 짙은 그림
자 정도로만 보였다.
정말 섬일까? 섬이라기보다는 커다란 바위 정도로 보이는
데, 혹여 암초는 아닐까?
섬이었다. 오목이 노를 서너 번 정도 젓자 배가 섬에 닿았
고, 질척한 흙을 들이치며 올라섰다.
어둠 속이라 자세히 볼 수는 없지만 꽤 큰 섬 같다.
사사표풍이 흑사편을 꽉 움켜잡고 사위를 경계하며 조심스
럽게 내렸다.
사약란은 동정호에 다섯 명의 절정고수가 있다고 했다.
네 명은 동서남북 네 관문을 맡고 있다.
그들 중 만난 사람은 할위막사뿐이지만 할위막사의 신위를
보면 다른 사람들의 무공도 짐작이 된다.
그들 중 누가 나타나도 계야부 일행에게는 승산이 없다.
다행히 다른 세 명은 만날 일이 없다. 하지만 섬에 존재한다
는 한 명을 필연코 만나야 한다. 만나는 것으로 그치지 않고
뚫고 나가야 한다.
그는 누구인가?

사약란은 아직 그에 대해서 언급하지 않았다.

그 점에 희망을 가진다.

할위막사의 경우와 같다면 얼마나 좋을까. 어떤 경우인지 모르지만 사약란이 치밀하게 안배를 짜 맞춰서 차곡차곡 일을 진행시켜 주면 좋을 텐데.

틀림없이 그럴 것이다.

사약란이 생각없이 비궁을 찾지는 않았을 게다. 그녀가 이곳으로 왔다면 무총의 마지막 보루라는 비궁을 접수할 방도가 있는 것이다.

모두 잔뜩 긴장한 채 배에서 내렸다.

마지막으로 오목이 있는 힘을 다해 배를 한 번 더 끌어당겼다.

"끄응!"

스르륵!

배가 기분 좋은 소리를 흘리며 땅을 훑었다.

당장은 배를 탈 일이 없을 것 같은데…… 그래도 언제 다시 배를 쓰게 될지 모르니 안전하게 섬에 올려놓아야 한다.

개똥도 약에 쓰려면 없다.

이것은 오목의 경험이다. 그래서 그에게는 필요치 않은 잡동사니가 많다. 하지만 몸에 지닌 것보다 지니지 않은 것이 더 많다는 건 그밖에 모른다.

그는 언제 어디를 가든 주위에 있는 물건들을 눈여겨보아 둔다. 그래야 뭐가 필요하다 싶을 때 즉시 가져다 쓸 수 있다.

“오늘은 여기서 자야 돼요. 잠자리는 알아서 준비하시
되…… 새벽이 되자마자 몸을 움직여야 되니까 불을 피우는
게 좋을 거예요. 몸이 굳어 있으면…….”

뒷말은 할 필요가 없었다.

계야부가 먼저 마른 나뭇가지를 줍기 시작했고, 오목이 바
로 뒤따랐다.

타탁! 타탁!

모닥불이 활활 타올랐지만 주위에 둘러앉은 사람들의 얼굴
표정은 정반대로 어두워져 갔다.

사약란의 마지막 말 때문이다.

새벽이 오면 몸을 움직여야 한다.

이 말은 섬에 있는 한 명과 싸워야 한다는 말로 풀이된다.

할위막사의 경우처럼 다른 수가 있기를 바랐지만 정면 돌파
밖에는 방법이 없다는 뜻이다.

“누군지 말해줘요?”

뜬금없는 말이지만 어떤 말인지 알아듣지 못할 사람은 없
다.

“그래야 될 것 같은데.”

“말해도 모를 거잖아요?”

“…….”

계야부는 눈썹만 찡긋거렸다.

사실이 그렇다. 할위막사의 별호를 들었을 때도 그가 그토

록 강한 인물인지 알지 못했다.

정상적인 몸으로도 상대할 수 없는 거인.

그런 사람이 세간에 알려지지 않았다는 것만 봐도 무총의 저력이 어떤지 알 만하다.

세상에 이름을 떨치고도 남을 무인이 쥐 죽은 듯 숨어 있는 것도 쉬운 일이 아니다. 장담하건대 동정호를 지키는 다섯 무인만 동원해도 웬만한 문파쯤은 쓸어버릴 수 있다.

무총에는 그런 고수들이 얼마나 있는 것일까?

이제 이 밤이 지나가면 그런 자와 정면 승부를 벌여야 한다.

"동정목부(洞庭木夫)라고 들어봤어요?"

순간, 사사표풍의 어깨가 움찔거렸다. 흑사편을 들고 있는 손도 부들부들 떨렸다.

계야부가 손을 뻗어 그녀의 손을 꾹 눌렀다.

"고마워요. 됐어요."

그제야 사사표풍은 마음을 진정시켰는지 차분하게 말했다. 하지만 아직도 경악이 완전히 가시지 않은 듯하다. 새하얗게 질린 얼굴, 가늘게 떨려 나오는 음성…… 누가 봐도 상당히 놀랐음을 단번에 알아볼 수 있다.

도대체 동정목부가 얼마나 대단한 고수이기에 사사표풍이 이토록 놀라는가.

사사표풍이 가늘게 한숨을 쉬며 말했다.

"휴우! 지금 말한 동정목부가 삼초천살(三招天殺) 동정목부를 말한 건가요?"

“맞아요.”

“삼초천살 동정목부. 호호! 우린 죽을 자리를 찾아왔군요.”

“삼초천살이란 의미가 뭐예요? 설마…….”

사색신녀가 눈을 동그랗게 뜨고 물었다.

“맞아요. 삼 초면 하늘도 죽인다는 뜻이에요. 광오하죠? 한데 광오하지 않아요. 지금까지 동정목부와 맞서서 삼 초를 넘긴 사람이 없어요. 그래서…… 설마!”

사사표풍이 말하다 말고 깜짝 놀라며 사약란을 쳐다봤다.

“설마가 아니라 그래요. 삼초천살이니 삼 초만 버티면 돼요.”

“하!”

사사표풍이 기가 막혀 한숨을 토해냈다.

삼 초면 하늘도 죽일 수 있다 하여 삼초천살이라는 별호를 따로 얻은 무인이다. 그런 자와 싸우란다. 삼 초만 견디면 되니 쉽지 않냐고 반문한다.

사약란의 말뜻이 딱 이렇다.

“못해요. 전 삼 초가 아니라 일 초도 자신없어요. 무혼치고 동정목부를 모르는 사람이 없어요. 무혼이 얻는 영예 중의 하나가 뭔지 알아요? 삼초천살의 삼 초 중 이 초를 견식할 수 있다는 거예요. 물론 저도 봤는데…… 솔직히 말하는 거예요. 전 일 초도 자신없어요.”

사사표풍이 고개를 살래살래 흔들며 말했다.

“사사표풍보고 싸우라는 소리, 안 했는데요?”

“……?”

사사표풍이 눈을 부릅떴다.

두 눈에 ‘그럼 누가?’라는 의문이 담겨 있다.

계야부는 한 발을 못 쓰니 싸우는 것은 고사하고 제 몸 하나 지키기도 벅차다.

그럼 남은 사람은 오목과 사색신녀이다.

사색신녀의 무공이라고 해봐야 정통 무인에게는 어림도 없는 수준이다. 정식으로 붙으면 아주 간단하게 뚫리고 만다. 오목도 마찬가지다. 접연십팔타가 뛰어나다고 하지만 그 정도의 무공으로는 무혼이나 십일영자조차 이기지 못한다.

하면 남은 사람은 자신뿐이다.

현재 시점에서 볼 때, 일행들 중에서 가장 강하다고 말할 수 있다.

만약 누군가와 싸움이 벌어진다면 그녀가 나서야 한다. 달리 누가 있단 말인가.

사약란이 무언의 물음에 대답했다.

“이번 싸움도 가가께서 맡아주서야겠어요.”

그녀의 눈길이 계야부를 향했다.

미쳤다. 다른 방법을 찾아야 한다. 차라리 섬에서 물러나자. 여기 아니면 있을 곳이 없나. 무림 공적이 되었다고 하지만 무림인들이 우르르 몰려든 것도 아니고 무인들 얼굴조차 보지 못했는데 너무 지레 겁먹은 것 아니냐.

오목이 입에 거품을 물고 성토했다.

사색신녀는 아무 소리도 하지 않았다. 그녀가 끼어들 자리가 아니라서 입을 다물고 있을 뿐, 생각은 오목과 똑같다는 뜻이다.

사사표풍도 마찬가지 생각이다.

삼초천살에게 계야부를 던져 주는 것은 호랑이 앞에 닭을 던져 주는 것과 진배없다.

계야부만 말이 없었다. 사약란의 말에 즉답을 피하고 한참 동안 고개를 숙인 채 생각에 잠겼다.

"난 도대체 여기를 왜 왔는지 모르겠다니까. 왜 온 거유? 형수님, 그러지 말고 갑시다. 여기 아니라도 천군만마를 막을 만한 데는 많지 않소. 왜 꼭 여기요?"

오목이 답답하다는 듯 언성을 높였다.

계야부는 몸을 눕히고 모닥불을 응시했다. 그리고 눈을 감았다. 잠시 후,

드르렁!

코 고는 소리가 오목의 입을 꽉 다물게 만들었다.

"세상에! 이 판국에 잠을…… 뭐 이런 사람이 다 있어!"

第三十三章
비궁(秘宮)

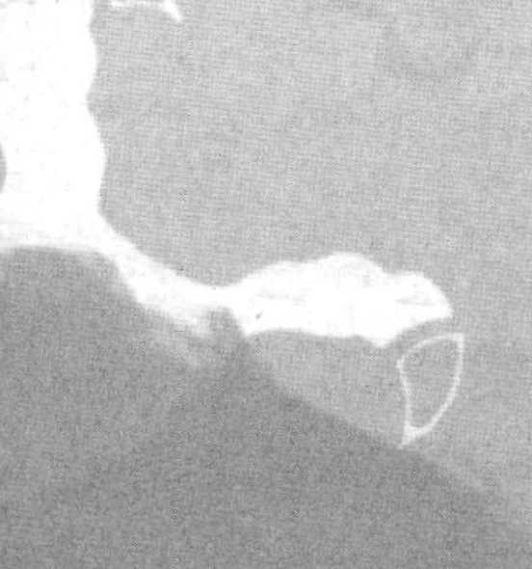

계야부는 누가 와서 떠메 가도 모를 만큼 깊이 잠들었다.

동정목부, 삼초천살과 싸우는 일이 없다고 해도 낯선 환경을 접하면 쉽게 잠들지 못하는 게 인간인데, 그는 폭신한 침상에 몸을 뉘인 듯 아주 달게 잤다.

감각이 무딘 것일까? 그렇지 않다. 계야부의 감각은 칼끝처럼 예민하다.

하면 그의 이런 수면은 의도적이라고 봐야 한다.

가급적 말을 나누지 않았다. 몸의 움직임도 줄였고, 숨소리도 작게 죽였다. 계야부의 숙면을 방해하는 요소라 생각되면 어떤 행위가 되었든 차단했다.

이것만이 싸우지 않을 사람이 싸울 사람에게 해줄 수 있는 최선의 배려였다.

사방에서 흰색이 밀려와 어둠을 밀어냈다.

하얀 물안개와 함께 밀려온 새벽은 곧 있을 접전을 예고하는 듯 차가운 냉기를 내포했다.

모닥불이 꺼지지 않도록 마른 나뭇가지를 더 넣었다.

숨결이 가물거리던 모닥불에 생기가 불어넣어졌다. 타닥타닥 나뭇가지를 잡아먹기 시작하더니 이내 빨간 불꽃을 피워 올린다.

계야부는 몸도 뒤척이지 않고 곤히 잤다.

다른 사람들은 자지 못했다. 눈 한 번 붙이지 못했다. 빨갛게 충혈된 눈으로 어스름 밝아오는 새벽을 바라본다.

"싸움이 언제쯤……."

오목이 모깃소리만 한 음성으로 물었다.

"곧요. 곧 올 거예요."

사약란도 낮게 속삭였다.

스륵! 스륵! 스륵……!

기분 나쁜 물결 소리가 신경을 곤두세우게 만든다.

물결이 쓸려오는 듯한 소리인데 왠지 섬뜩한 느낌이 든다.

"오네요."

사약란이 조용히 말했다.

"이게 동정목부의 발자국 소리예요?"

사색신녀가 고개를 갸웃거리며 되물었다.

사약란의 말을 듣고 기분 나쁜 소리를 다시 음미해 봤다. 한데 도저히 사람 발자국 소리라고는 생각되지 않는다. 꼭 물결이 땅을 휩쓰는 소리 같다.

"동정목부의 발자국 소리가 아니라 진이 발동하는 소리예요. 동정목부는 진이 완전히 발동된 후, 약 일다경(一茶頃)쯤 후에 나타날 거예요. 항상 변함없는 일과거든요."

그러고 보니 섬 쪽에서 소리가 들려온다.

동정호에서 물결이 밀려와 쓰으윽, 섬 중앙에서 물결이 쏟아져 내려와 쓰으윽…….

그렇게 단순히 물결 소리라고만 생각했다.

사약란이 자세히 말해주지 않으니 느낌대로 생각할 수밖에 없지 않은가.

하지만 소리의 정체가 물결이 아니라는 게 곧 밝혀졌다.

"윽! 이게 무슨 냄새지?"

오목이 제일 먼저 코를 벌름거리며 말했다.

물결 소리와 함께 지독한 누린내가 흘러왔다.

쓰으윽! 스르륵……!

"후우! 굉장한 비린내네요. 욱! 나 토할 것 같아."

사색신녀는 코를 움켜잡고 토악질을 했다.

하지만 그녀의 토악질은 너무 일렀다. 따뜻한 술잔을 두어 잔쯤 마실 시각이 흐르자 고약한 냄새와 기분 나쁜 소리의 주인공이 모습을 드러냈다.

"헉! 저게 뭐야! 뭐, 뭐가 이렇게 많아!"

오목이 고함을 빽 지르며 벌떡 일어섰다.

"악!"

사색신녀는 비명까지 지르며 펄쩍 뛰어올랐고, 사사표풍도 급히 몸을 일으킨 후 두어 걸음 물러섰다.

스으윽! 스르륵……!

수백, 수천…… 수를 헤아릴 수조차 없을 만큼 많은 독충(毒蟲)들이 밀려왔다.

종류도 다양했다. 전갈, 뱀, 거미, 독섬(毒蟾)…… 검은색 일색인 놈도 있고, 오색으로 울긋불긋 물들인 놈도 있다.

서로 다른 종(種)이 한데 모여 있는 것도 기문(奇聞)이려니와 서로 다투거나 잡아먹지 않고 훈련받은 병사처럼 오로지 물을 향해 쑥 밀려오는 것도 신기하기만 하다.

"밤에는 숲에 있다가 날이 밝으면 정찰하는 거예요. 살아 있는 독물로 만든 독진(毒陣)이죠. 사천(四川) 당문(唐門)의 전대 문주이셨던 일수천탈(一手千奪) 당소(唐昭) 어르신의 작품이에요. 이것들 때문에 숲에 들어가지 못하고 여기서 밤을 밝힌 거예요."

사약란은 이미 이런 상황이 전개될 줄 알았다는 듯 당황하지 않고 침착하게 말했다.

"동정목부님은 아침 산책 겸 애들 먹이도 점검할 겸 겸사겸사 섬을 한 바퀴 돌죠. 곧 올 거예요."

"그럼 형님을 깨워야 할 것 같은데……."

"놔두세요. 곤히 자는 모습이 참 편해 보여요. 조금이라도 더 편하게 내버려 두세요."

"아무리 그래도 일어나자마자 싸우는 것은…… 에라, 모르겠다. 형수님이 어련히 알아서 하실까."

오목이 다시 자리에 털썩 주저앉았다.

독충들은 가까이 다가오지 않았다. 다른 곳으로 간 놈들은 벌써 물가에 이르렀는데, 모닥불 쪽으로 오던 것들은 움직임을 멈추고 치이익! 치이익! 거친 숨소리를 흘렸다.

순식간에 포위된 형국이다.

독충들을 뚫고 나갈 만한 마땅한 비법이 없다면 유일한 탈출로는 동정호다.

그래도 당장 달려들지 않고 탈출구라도 남겨주니 얼마나 다행인가.

목적이 섬에 들어가는 게 아니라면 당장에라도 배를 타고 물러서고 싶다.

독충들은 무시할 만한 것들이 아니다.

멀리서 봤을 때는 그나마 낫다. 가까이서 보니 여간 징그럽지 않다. 어린아이 머리만 한 개구리도 있고, 머리에 칠색의 뿔을 가진 도마뱀도 있다.

하나같이 독중독(毒中毒)의 독물들이다.

앉아 있는 것보다 서 있는 것이 더 편한 상황이다. 독충들이 언제 달려들지 께름칙했다.

그런데도 사약란은 다소곳이 앉아서 잠자는 계야부를 지켰다.

바람이 불면 손으로 얼굴을 가려서 흙먼지가 뿌려지는 것을 막았다. 모닥불에서 불티가 튀면 급히 손을 휘저었다.

"거참, 잘도 자네."

오목이 신기한 듯 쳐다봤다.

아무리 생각해도 계야부의 행동은 비정상이다. 두 번, 세 번 양보해서 생각해도 이런 판국에 잠을 청할 수는 없다.

오목은 생각 자체를 하지 않으려고 고개를 내둘렀다. 그러다가,

"아!"

그의 두 눈이 더 이상 커질 수 없을 만큼 부릅떠졌다.

사사표풍의 반응이 제일 빨랐다. 그녀는 누군가 나타났음을 직감하고 펄쩍 뛰어 일어섰다.

오목은 호수를 등진 채 숲을 바라보고 있다. 사사표풍도 그런 위치였지만 호수 너머 떠오르는 태양을 쳐다보느라 아주 잠깐 한눈을 팔았다.

그사이에 사람이 나타났다.

그는 키가 훤칠한 중년인이었다.

젊었을 적에는 여인깨나 울렸음직한 미남형인데다가 쉰을 바라보는 나이에도 몸에 군살이라고는 찾아볼 수 없었다.

"동정……."

사사표풍의 그의 별호를 부르려고 할 때, 사약란이 재빨리 그녀의 말을 가로채며 말했다.

"질녀, 인사드립니다."

그녀는 깎듯이 포권지례를 취했다.

"하하하! 네가 사약란이냐? 그렇구나. 얼핏 봤을 때는 몰랐는데 이렇게 보니 어릴 때 모습이 그대로 있어. 이런! 이거 길에서 만나면 못 알아보겠네. 정말 많이 컸어. 하하하!"

동정목부는 유쾌하게 웃었다.

"존체 무탈하신 걸 뵈니 기쁘네요."

사약란도 활짝 웃었다.

두 사람 사이에 긴장감 같은 건 눈 씻고 봐도 없었다.

"쯧! 왔으면 진작 기별을 넣을 것이지. 지난밤을 에서 센 거냐? 쯧쯧! 요즘 밤바람도 차가워졌는데 고생깨나 했겠구나. 가자. 하하하! 오늘은 아침부터 거나하게 한잔해야겠다."

동정목부가 몸을 돌렸다. 그때,

"질녀, 비궁에 들어가고자 합니다."

사약란이 다시 한 번 고개를 숙이며 말했다.

동정목부는 담담했다. 등을 돌린 채 숲을 바라보며 깊이 숨을 들이켰다.

"휴우! 아냐, 아냐. 쯧!"

무슨 말일까? 그밖에 모르는 소리가 낮게 새어 나왔다. 그러나 그것도 잠시, 곧 모두가 알아들을 수 있는 말을 했다.

"할위막사가 물러섰다고 들었다. 요행은 아니라고 본다. 네 머리는 총주가 인정한 터이니, 치밀한 계산이 뒷받침되었겠지. 이 세상에서 네가 하지 못할 일은 거의 없으니…… 비궁에 들어가는 것 정도야 못하겠나."

"높이 봐주시니 몸둘 바를 모르겠습니다."

"아냐. 괜히 하는 말이 아냐. 너라면 충분히 비궁에 들어갈 자격이 있지. 자, 어디 보자. 누가 내 삼 초를 받아낼 셈이지?"

동정목부가 몸을 돌려 어정쩡하게 서 있는 사람들을 쭉 둘러보았다.

"풋! 이 친구는 안 되겠군. 너무 수가 빤히 보여."

그가 손을 들어 오목을 가리켰다.

"뒷발을 반보쯤 뒤로 더 빼고, 진기를 발뒤꿈치 수천혈(水泉穴)로 몰아보게. 탄력이 배가(倍加)될 걸세. 그 상태에서 펼치는 접연십팔타라면 흑사편과 어울릴 만하지."

동정목부는 일견(一見)만으로 두 사람의 무공을 알아챘다.

"확실히 숙부님의 안목은 천하제일이에요. 어떻게 알았어요?"

이 물음은 오목과 사사표풍이 하고 싶은 말이었다. 하나 적의 입장으로 돌아서서 싸움이 거의 확실시되는 사람에게 친절한 안내를 부탁할 수는 없는 노릇이다.

그들이 꿀 먹은 벙어리처럼 입을 다물고 있을 때, 사약란이 가려운 데를 긁어주었다.

"하하하! 넌 역시 영악해. 너의 그 한마디가 내 밑천을 드러내게 하는구나. 저 친구는 너무 수가 빤히 보인다고 했지? 발뿐이 아니네. 두 손. 왼손은 아랫배 수도혈(水道穴) 위에, 오른손은 단전에. 전형적인 접연십팔타의 기수식 아니더냐. 흑사편은 말할 것도 없겠지? 하나 더 언질을 주랴?"

"부탁드려요."

"흑선류라는 무공은 바람처럼 구름처럼 펼쳐야 제맛인 게야. 살심도 없고, 싸울 생각도 없고, 몸을 움직인다는 생각까지도 없을 때…… 그저 멍하니 허공을 쳐다보는 허심(虛心). 무초(無招)가 유초(有招)를 이기는 전형적인 무공이 흑선류인데…… 보자, 손에 아집(我執)이 들어가 있고, 눈에 살광이 이글거리니 이제 겨우 오성(五成)이구나. 삼초지적(三招之敵)은 힘들겠어."

"이 사람은요?"

사약란이 불쑥 사색신녀의 등을 떠밀었다.

"훌륭한 미모, 아름다운 몸, 색감 짙은 입술."

동정목부는 점잖은 중년인이 하기에는 조금 남세스러운 말을 서슴없이 했다.

"큰 눈에 물기가 촉촉이 젖어 있고…… 남자를 먼저 알았는지, 유마심안을 먼저 알았는지 궁금하구나."

"헛!"

사색신녀가 깜짝 놀라 뒷걸음질을 쳤다.

그녀는 진기를 일으키지 않았다. 무공을 모르는 사람처럼 전신을 완전히 방송(放鬆)시켰다.

창기를 탐하는 무인들은 경계심이 상당하다.

술 마시다가, 여자를 품다가 암습을 당하는 경우가 많기 때문에 침상에 들어가기 전까지는 경계의 끈을 놓지 않는다. 만취한 듯 보이고 여자에게 이성을 잃은 듯 보여도 쇠붙이가 달

그락거리는 소리만 들려도 눈빛이 달라진다.

그런 사람들 앞에서 무공이 없는 것처럼 지내왔다.

침상에서 육신을 탐해올 때도 진기는 숨죽이며 잠복했다.

그녀는 결정적일 때가 아니면 유마심안을 쓰지 않았다.

모두 속아 넘어갔다. 그녀에게 양기를 빼앗긴 사내들도 어찌 된 영문인지 모를 경우가 태반이었다.

동정목부를 그들과 비교할 수는 없다. 하지만 그토록 숨기고자 했던 유마심안을 단번에 알아챌 줄이야.

"괜찮다, 괜찮아. 유마심안이면 어떻고 천안통(天眼通)이면 어떨까. 아 아이가 널 곁에 두었으니 유마심안에 대한 해답도 가지고 있을 게 아니냐. 너무 겁먹지 않아도 될 게다."

동정목부는 단숨에 세 사람의 무공 내력을 쭉 훑어 내려갔다.

과연 그의 한마디, 한마디는 큰 공부가 되었다.

오목은 간단한 말이었지만 자신을 돌아보는 계기가 되었다.

어제저녁을 계기로 접연십팔타에 대한 긍지를 잃어버렸다. 그래도 배운 것이 그것뿐이라서 항상 하던 대로 싸움 준비를 했다.

혹시나 했는데 역시나였다.

싸움이 벌어졌다면 일초지적도 되지 못했다. 상대는 접연십팔타가 펼쳐질 것을 알고 있는데, 자신은 동정목부가 어떤 무공을 펼쳐 올지 눈치조차 채지 못하고 있다.

싸움 자체가 안 된다.

하면 이대로 끝나는 것일까?

지금은 늦어버렸지만 방법은 있었다. 동정목부의 눈썰미에 읽히지 않는 것이다. 접연십팔타의 기수식을 포기하고, 도약과 동시에 변칙 공격을 가하는 것이다.

그랬다면 혹 일 초를 받아냈을지도 모르지 않나.

자신이 지닌 패를 읽히지 않아야 승률을 높일 수 있다는 간단한 이치를 망각하고 있었다.

오목에 비해 사사표풍은 담담했다.

그녀는 자신의 약점을 알고 있었다. 성취도가 미약하다는 것도 익히 알고 있는 터이다. 동정목부 정도 되는 무인이라면 흑선류를 알아보는 것은 물론이고 성취도까지 읽힌다는 것도 알고 있었다.

새삼스러울 게 없다.

오목과 사사표풍은 같은 말을 들었지만 받아들이는 데는 차이가 많았다.

정통으로 가르침을 받으며 무공을 수련한 사람과 비급 한 권 달랑 들고 속성으로 수련한 사람과의 차이점이다. 다시 말해서 사사표풍은 지금 이 순간에도 차근차근히 계단을 밟아 올라가고 있지만 오목은 고인 물처럼 정체되어 있었다.

사사표풍은 알고 있는 계단을 다시 본 것에 지나지 않지만, 오목은 막힌 물꼬를 툭 터놓았으니 얻는 게 있을 수밖에 없다.

동정목부가 입가에 미소를 그리며 말했다.

"셋 모두…… 이런 말 하면 자존심 상하겠지만 합공(合攻)을 해도 안 될 성싶은데. 그렇군. 계야부냐?"

그의 눈길이 자고 있는 계야부에게 향했다.

"알고 계셨어요?"

"네가 계야부란 자와 혼인한다는 소문만 들었다. 서지단 군사 직을 팽개치고 독심환마 계야부와 행동을 같이한다는 소문도. 흠! 물건은 물건이로고."

"잠시만 기다려 주시겠어요? 잠이 깊이 들어서 깨워야겠네요."

"일다경이면 되겠니? 섬을 절반밖에 안 돌아서 말이다. 이 놈들 먹이 관리를 제대로 하지 않으면 지들끼리 잡아먹는 통에……."

동정목부가 독사 한 마리를 집어서 팔에 감으며 말했다.

계야부가 길게 기지개를 켜며 일어났다.

그는 낯선 사람을 봤다. 그리고 그가 사약란이 말한 삼초천 살임도 알아봤다.

"형님, 동정목부……."

오목이 고개로 중년인을 가리켰다.

빨리 일어나서 싸울 준비를 하라는 뜻이다.

"그래서?"

"예?"

"동정목부가 어쨌다고?"

"동정목부가 왔으니 준비를 하시라고……."

"물 좀 마시자."

"예? 아, 형님도…… 여기 물이 어디 있어요! 저 물이라도 떠 와요?"

"동정호 물은 물이 아니더냐. 시궁창 물도 먹어봤다. 떠와. 자고 일어났더니 입이 텁텁해."

그는 아예 동정목부에게 눈길조차 던지지 않았다.

고의적으로 심기를 건드리는 것은 아니다. 그는 깊은 잠에 취해 있다가 방금 일어났고, 뭐가 뭔지 모르는 상태에서 물을 마시고 싶어할 뿐이다.

그렇다. 그는 정말 아무 의도도 없다. 보통 사람이 평범하게 하루 일과를 시작하듯이 앞으로 다가올 불행을 전혀 예감하지 못한 채 하루를 맞이하고 있다.

"저, 싸우셔야 돼요."

보다 못해 사약란이 말했다.

"그래? 응. 그랬지."

"삼 초만 받으시면 돼요."

"그래? 아! 삼 초! 삼초천살!"

"이제 기억나세요?"

"음. 기억나. 잠을 너무 깊게 자서 어제 일이 꿈 같았지 뭐야. 생시였군. 그나저나 잠 좀 잤어? 눈이 빨갛다. 한숨도 못 잤구나?"

"비궁에 들어가서 쉬면 돼요. 여기서 반 식경 정도면 가거든요."

“금방이네?”

“금방이에요. 자, 그럼 잠꾸러기 낭군님. 그만 일어나서 몸 좀 푸셔야죠?”

“물 좀 마시고. 어제저녁에 먹은 만두가 짰나 봐. 물이 많이 먹히네.”

“호호! 할위막사님께서 왜 짜게 하셨을까? 그게 아니라 가가께서 아주 싱겁게 드시는 거예요. 호호호! 할위막사님이 이 소리를 들으셨다면 굉장히 섭섭하셨을 거예요.”

“맛은 정말 좋았어.”

“그렇죠? 속을 뭘로 빚는지 꼭 알고 싶어요.”

계야부는 오목이 가지고 온 호숫물을 벌컥벌컥 들이켰다.

“시원해요?”

“시원해. 자, 그럼 움직여 볼까? 잠시만 앉아서 기다려. 삼 초면 기다리고 자시고 할 것도 없지만.”

장난이라고 하기에는 너무 태연했다. 진심이라고 하기에는 동정목부의 위상이 너무 크다.

그들은 기가 막힌 말을 태연히 주고받았다.

2

덜그럭, 덜그럭!

수요차 굴러가는 소리가 긴장된 정적을 일깨웠다.

지금의 계야부라면 사사표풍의 적수가 안 된다. 오목도 버겁다. 진파를 얼마나 쓸 수 있을지 몰라도 제 위력을 떨쳐 내지 못한다면 사색신녀의 유마심안조차 막지 못한다.

그는 일행들 중에서 가장 약한 자가 되었다.

"다리가 불편한가?"

"좀 안 좋습니다."

"냉기가 여기까지 느껴지는군. 이처럼 지독한 냉기라면…… 뭐가 있을까?"

"빙령초분이라고, 빙령초의 가루입니다."

"흠! 조심 좀 하지 그랬나."

"글쎄 말입니다."

두 사람의 눈빛이 훈훈한 정을 담고 어울렸다.

그들은 싸우기 위해 마주 선 사람 같지 않다. 삼촌과 조카 정도? 대화 내용뿐만이 아니라 말투까지 정겨운 마음이 흠뻑 묻어난다.

"안됐군. 내가 도울 수 있으면 좋으련만, 빙령초분에는 나도 속수무책이라네."

"고맙습니다."

"푹 쉰 것 같은데…… 체력으로 싸울 심산인가?"

"제 밑천이 뭔지 깨달았을 뿐입니다."

"호오! 그거 재미있는 말이군. 아주 신선한 말이야. 밑천이 뭔지 알았다? 그래, 밑천이 뭐던가?"

"저 자신입니다."

"자신이라…… 위험한 말이군."

동정목부는 이해한다는 듯 고개를 끄덕였다.

두 사람이 마주 섰다.

동정목부는 변한 게 없다. 처음처럼 고요한 신태를 유지하며 서 있다. 달라진 점이 있다면 팔짱을 낀 정도다.

계야부도 일어섰다.

한 손으로는 수요차를 잡고, 다른 한 손에는 검을 들었다.

도저히 상대가 안 되는 싸움이 벌어지고 있다. 다청히 말을 주고받을 때는 혹시 그냥 물러서 주지 않을까 하는 기대도 했지만 어림도 없는 소리였다.

"자네에게 선공을 양보하고 싶네만, 그럴 수 있는 처지가 아닌 것 같군."

"하하! 사정이 이러니, 모쪼록 부탁드립니다."

계야부는 태연히 선공마저 양보했다.

"빨리 끝내는 게 도리일 것 같군. 눈 한 번 질끔 감으면 끝나 있을 걸세."

"부탁드립니다."

계야부가 검을 들어 올렸다.

"뭐 하자는 거야!"

오목의 입에서 웅알거리는 소리가 새어 나왔다.

계야부는 검을 굳게 쥐고 있다. 너무 꽉 움켜잡아서 팔이 잘린다고 해도 검을 놓지 않을 태세다.

바로 적과 대치한 군인들이 취하는 자세다.

곧 생사지경을 넘나들어야 하는 군인은 긴장감이 극에 달해서 침조차 삼키지 못할 지경이 된다.

그때, 그들이 가장 믿을 수 있는 것이 손에 쥔 병기다.

검이 되었든, 창이 되었든, 화살이 되었든…… 병기를 선택하는 건 자유가 아니다. 어느 부대로 배치되느냐에 따라서 주어지는 병기도 달라진다. 하지만 그것이 무엇이든 간에 전장에 서면 자신의 목숨을 부지시켜 줄 유일한 물건이 된다.

꽉 쥘 수밖에 없다. 으스러져라 움켜쥐는 게 당연하다.

계야부의 지금 모습이 그렇다. 검을 쥔 건지, 검을 으스러뜨리려는 건지 모르겠다.

검을 쥔 모습은 문제가 아니다.

계야부는 진기를 이끌지 않는다. 검에 힘은 들어가 있는데, 진기의 흔적은 비치지 않는다. 진기를 끌어올리지 않고 손아귀의 힘으로 쥐고 있다는 뜻이다.

암수를 쓰려는가?

계야부가 선택할 수 있는 건 그것밖에 없어 보인다.

한데 암수를 쓰면 뭐로? 암기를 다룰 줄은 알 것이다. 군인치고 단도 정도 던지지 못하는 사람은 없다. 하지만 그런 어설픈 솜씨로 동정목부에게 대드는 건 계란으로 바위 치기다.

계야부는 어떻게 싸우려는 것인가.

저벅! 저벅!

동정목부가 걸어왔다.

두 팔을 뒤로 돌려 뒷짐을 지고, 동네 산책이라도 하듯 주위를 둘러보면서 여유있게 걸어왔다.

한데 그의 발걸음이 묘하다.

일자 걸음도 아니고, 팔자 걸음도 아니다. 발바닥을 온전히 대기도 하고, 발끝으로 찍는 경우도 있지만 다가오는 속도는 자로 잰 듯 일정하다.

움직일 수 있는 모든 방위를 차단하고 있다.

좌로 가든 우로 가든 그는 자신이 내딛는 만큼 거리를 좁힌다. 자신은 철옹성처럼 단단하게 방어하고, 상대는 억지로라도 허점을 벌려놓는다.

일부러 허점을 드러낼 리는 없지만 그가 다가올 때마다 허점이 노출되는 게 피부로 느껴진다.

저벅!

또 한 걸음 가까이 다가왔다.

계야부는 상체를 옆으로 돌리고 검을 앞으로 내세웠다.

스윽!

검이 위로 추켜 올라간다. 그리고 검 밑의 공간이 환히 노출된다.

실제로는 아무런 행동도 취하지 않았다. 어느 때처럼 전면을 완전히 막을 수 있도록 중단에 검을 놓았다. 한데 동정목부 같으면 검 밑 공간으로 파고들어 옆구리를 칠 것이라는 느낌이 아주 진하게 전달되어 온다.

하면 검을 내려야 한다.

계야부는 자신도 모르게 검을 내렸다.

순간, 위가 빈다. 가슴부터 머리까지 완전 노출 상태다. 밑으로 내려진 검쯤으로 훌쩍 뛰어넘으면 그만이다.

'단 일격에 얼굴이 묵사발된다.'

등줄기에서 식은땀이 솟았다.

동정목부는 신이 아니다. 날개가 달려서 허공을 자유자재로 날아다니는 것도 아니고, 바람 같아서 쥐도 새도 모르게 스며드는 것도 아니다.

그런데 그런 위치에서 무공을 전개하는 모습이 그려진다.

'졌다!'

계야부는 동정목부의 진면목을 뼈저리게 절감했다.

삼초천살이라는 말은 거짓이 아니었다.

단지 보법의 변화만으로 진을 펼친 듯이 상대를 가둬놓을 수 있다는 게 믿어지는가. 믿지 않아도 어쩔 수 없다. 실제로 그런 보법을 구사하는 자가 있는데 어쩌란 말인가.

십교사에게 처참할 정도로 당해봤다. 육교사 만변천자에게는 죽음 직전까지 치몰렸다. 그 밖에도 지옥 문턱까지 갔다가 돌아 나온 적이 한두 번 아니다.

어떤 싸움이든 망가지면 망가질수록 투지만 들끓어올랐다.

이번에는 다르다. 당하지도 않았는데 검을 놓고 싶다. '졌소!' 하고 소리치고 싶다. 그것이 사내로서 패배를 받아들이는 당당한 태도인 것 같다.

계야부는 죽을힘을 다해 검을 붙잡았다.

귀영십삼식은 할위막사에게도 통하지 않았다.

절정에 이른 귀영십삼식이라면 모를까 반편뿐인 귀영십삼식으로는 일검도 받아내지 못한다.

그래서 무공을 버린다.

무림에 와서 배운 모든 것을 버리고, 무림에 들어오기 전의 상태로 돌아간다.

동정목부 앞에 선 사람은 말똥구리 계야부다.

두 다리에 화살을 맞아 꼼짝하지 못한 적이 있다. 그런 상태에서 십여 명이나 되는 용사들에게 둘러싸여 접전을 치렀다.

그들은 자신들의 승리를 믿어 의심치 않았겠지만 결국 이긴 자는 자신이었다.

이겼기에 살아 있고, 졌기에 백골이 진토되어 있다.

그때로 돌아간다.

사약란이 움직이는 것도 불편한 자신을 왜 싸움에 내세웠는지 이유를 알지 못한다.

알고 싶지도 않고, 깊게 생각해 본 적도 없다.

'가가께서 싸울 거예요' 라는 말을 듣는 순간, 자신이 싸워야 한다고 생각한 게 끝이다.

그다음은 자신의 문제다.

어떻게 무슨 수로 동정목부 같은 초강자와 싸울 것인지는 자신이 생각해 내야 한다.

무림에서 얻은 무공으로는 그를 이길 수 없다.

가진 게 그것뿐이니 그것으로 싸우지 않으면 뭘로 싸우냐고 반문할지 모른다.

맞는 말이다.

힘 센 장사가 다른 장사를 만나서 힘을 겨룬다고 치자. 힘에서 밀리는 것을 감지했다고 해서 힘을 포기할 수 있나. 어떻게든 죽을힘을 다해서 젖 먹던 힘까지 쥐어짜는 것이 상리 아닌가.

계야부는 힘을 버렸다.

무모하다고는 생각하지 않는다. 대신 힘을 겨루는 방식을 바꿨으니까. 허리를 붙잡고 힘을 쓰는 게 아니라 주먹으로 치고받는 싸움으로 방식을 바꿨다면 힘에서 밀리더라도 승산이 없다고 할 수 없다.

계야부가 선택한 것은 그것이다.

투지! 투지의 싸움으로 이끈다.

'후후후!'

뱃속에서 웃음이 실실 새어 나왔다.

전장 같으면 그의 방식이 통했을지 모른다. 무림에서도 다른 무인이었다면 어떨지 모르겠다.

동정목부에게는 안 된다. 이런 식으로 움직임조차 차단해 버린 공격을 취해온다면 투지를 불사를 건더기조차 없다.

그래도 악착같이 검을 들고 있는 것은 패할 때 패하더라도 공격이나 한 번 취해보자는 심산에서였다.

쒜엑!

동정목부의 움직임이 매우 빨라졌다.

눈 깜짝할 사이에 지척까지 다가와 한 손으로 검을 쳐내고, 다른 손으로는 목을 찔러왔다.

타앙!

검이 손가락에 튕겨지며 쇳소리를 흘렸다. 수도(手刀) 목을 관통할 듯 쏘아져 왔다.

순간, 계야부의 눈에 살광이 번뜩였다.

손가락에 튕겨진 검이 바깥으로 밀려나지 않고 밑으로 처졌다. 정확하게 말하면 검배(劍背)를 위에서 밑으로 내려쳤다. 바깥으로 밀어낸 것이 아니라 단지 앞을 가로막은 검만 치워냈다.

단 한 번의 공격 기회가 주어졌다.

계야부의 손이 반원을 그리며 쳐올려졌다.

목은 그냥 내주었다. 피한다고 피할 수 있는 수도도 아닐뿐더러 피하고자 몸을 움직이면 검에 날카로움이 실리지 않는다.

쒜엑!

지극히 짧은 검음이 섬뜩하게 울렸다.

이대로 가면 양패동사(兩敗同死)다.

동정목부의 어처구니없는 실수가 완벽한 승리를 양패동사로 이끌었다.

스웃!

동정목부의 신형이 다가올 때만큼이나 빠르게 물러섰다.

공격 기회가 아직도 두 번이나 더 남은 그가 무리할 필요는 없었다.

  '이거…… 였군.'
계야부는 고개를 끄덕였다.
다른 사람은 전혀 알 수도 이해할 수 없는, 오직 자신만 아는 끄덕임이었다.
할위막사는 깜짝 놀랄 만큼 강했다.
교합을 한 번밖에 치르지 않았지만 동정목부의 무공이 결코 할위막사에게 뒤지지 않는다는 건 증명되었다.
이들은 초절정고수다.
이들에 비하면 절대무공을 자랑했던 만변천자는 분명히 하수다.
하면 이상하지 않은가? 하수는 세상을 뒤흔들고, 상수는 동정호에 틀어박혀 세월만 죽이고.
사약란은 그 이유를 알려주고자 계야부에게 싸움을 맡긴 것이다.
이들은 무총 총주에게도 무거운 짐이다.
세상이 어지럽다면 이들을 쓸 곳은 많으리라. 세상에 마(魔)가 들끓는다면 마인을 처단하면서 보람을 찾으리라.
현재는 태평성대다.
마인이 들끓지도 않고, 싸움을 일으키는 문파도 없다. 그만큼 무총의 영향력은 절대적이다.

할위막사나 동정목부 같은 절대고수의 존재는 부담이 될 수밖에 없다.

총주는 이들은 동정호에 틀어넣었다.

하면 천하를 종횡무진해도 모자랄 사람들이 왜 동정호에 틀어박혀 세월을 죽인 것일까?

자만심!

만변천자에게는 자만심이 없다. 다만 세상을 요리하고픈 야망은 가지고 있다.

이들에게는 자만심이 있다.

죽음 앞에 목숨을 던질 사람이 없다? 삼 초면 하늘도 죽인다?

무인에게 그런 말은 필요없다. 싸우면 이겨야 하고, 물러서지 않으면 죽여야 한다.

이들에게 그런 자만심이 없었다면 총주도 이들을 동정호에 배치하지는 않았을 것이다. 그랬다면 동정호 비궁은 그야말로 죽음의 성이 되고 말았을 테니까.

이들을 뚫고 비궁에 들어갈 수 있는 유일한 길은 이들이 지닌 자만심을 이용하는 것이다.

이것이다. 이것이 일인자와 이인자의 차이점이다.

아마도 무총 총주에게서는 자비심을 구할 수 없으리라. 그와 맞서면 삼 초가 아니라 삼백 초가 이어지더라도 죽거나 죽이거나 양단간 택일해야 할 게다.

행동에 제약을 뒀다는 자체가 허점이다. 그리고 이러한 제약은 최강의 무인에서 이인자로 추락하는 계기가 되었을 것이다.

"후웁!"

계야부는 큰 숨을 들이켰다.

동정목부는 공격하지 않았다. 팔짱을 끼고 고개를 숙인 채 뭔가를 깊게 생각했다.

잠시 시간이 흐른 후, 그가 고개를 쳐들었다.

"방금 그 일 초, 전장의 사검 같은데?"

"맞습니다."

"하하하! 하면 앞으로도 계속 사검을 쓰겠구나."

"그럴 예정입니다."

"이번에도 양패구상일 것이라고 생각하느냐?"

"다를 겁니다. 한 번 실수를 하셨으나 두 번 실수를 기대할 수는 없는 법, 이번 공격에서 무너지지 않을까 생각합니다."

"그런데도 검은 들고 있구나."

"검을 들고 있지 않았다면 첫 번째 공격도 막아내지 못했을 겁니다. 그나마 끝까지 들고 있었기에 양패동사의 기회도 생긴 거겠죠."

"맞는 말이야. 준비하지 않은 자는 기회가 와도 잡지 못해. 이번에는…… 이 초와 삼 초를 한꺼번에 쓰겠다. 내 실수를 만회하는 뜻에서 최선을 다할 생각이니 이해해 주기 바란다."

"이해합니다."

쒜액!

칼바람 소리가 들려왔다. 도끼 소리다.

동정목부의 목부는 나뭇꾼을 말한다. 동정호에 사는 나뭇꾼이라는 뜻에서 동정목부로 불리다가 그의 무공이 워낙 절륜한 까닭에 삼초천살이라는 별호 하나를 더 얻었다.

그가 성명병기인 도끼를 꺼내 들었다.

나무를 팰 때 사용하는 도끼이기 때문에 매우 묵직한 중병이다.

동정목부는 두 손으로 사용해야 할 대부(大斧)를 양손에 하나씩 들었다.

빠아아악!

도끼 한 자루가 허공을 찢어내며 달려들었다.

동정목부의 신형보다 한발 앞서서…… 갑자기 팔이 한 자는 쭉 늘어간 것처럼…….

막을 수 없다.

검이 아니라 방패를 들었어도 막아서는 안 된다. 대부에는 엄청난 거력이 실려 있어서 닿는 것은 모조리 두 쪽으로 갈라 버린다.

계야부는 무릎을 굽혀 머리 위로 대부를 흘려보냈다.

빠가가각……!

머리 위로 대부의 무지막지한 기운이 고스란히 느껴진다.

순간, 계야부는 무릎을 쭉 펴며 검을 내질렀다.

두 발이 땅에서 떼어져 허공을 날았다. 검이 앞서고 몸이 뒤따랐다. 어떤 신법을 펼쳤으며, 어떤 검식을 취했는지는 모른다. 첫 번째 대부에 이어 곧바로 심장을 쪼개오는 두 번째 대부를 정면으로 마주쳐 간 것이니, 이 한판으로 승부는 가름된다.

빡! 까아악!

눈앞에서 불똥이 강렬하게 튀겼다.

"이 초에 이어 삼 초라. 훌륭하구나. 불편한 몸으로 잘 견뎌냈어."

동정목부가 망가진 대부를 내던지며 말했다.

계야부의 검은 두 번째 대부와 정면으로 부딪쳤다.

내공이 실리지 않은, 육신의 힘에 의지한 검과 오십 평생 고심참담하며 수련한 무공이 일장 격돌을 일으켰다.

이런 경우, 요행을 바랄 수는 없다.

누구나 예상하듯이 계야부의 육신이 두 쪽으로 갈라져야 정상이다.

결과는 그렇지 않았다. 억세게 운이 좋은지 계야부의 검은 도끼의 옆면을 훑으며 앞으로 나아가 동정목부의 머리를 쳤다.

실낱같은 차이로 정면충돌을 피하고 옆으로 흘려낸 것이다.

"배움이 컸습니다."

계야부가 포권지례를 취했다.

"배움은 무슨…… 졌으니 들어가게. 들어가거라. 허! 망신 망신, 이런 망신이 있을까. 삼초천살이라는 내가 제대로 서 있지도 못하는 사람조차 눕히지 못했다니."

"숙부님, 고마워요."

사약란은 크게 기뻐하지 않았다. 오히려 그녀의 얼굴에는 어두운 그늘이 덮였다.

동정목부는 오목이 끌어올린 배를 타고 떠나갔다.

섬 전체를 사약란에게 내줌으로써 정식으로 비궁을 넘긴 것이다.

"많이 배운 것 같네요?"

사약란이 옆으로 다가와 방긋 웃었다.

"어쩌지? 약란의 머리가 감당되지 않네. 나도 머리 하나는 빠르게 돌아간다고 자부했는데, 약란 앞에 서면 한없이 작아져."

"호호호! 그래요?"

"어제 할위막사의 행동…… 우연이 아니었지?"

"그래요. 할위막사님의 무공이라면 가가께서 몸을 날리기 전에 제 몸을 칠 수 있었어요. 할아버님께 비해서 겨우 한두 수 처지는 것뿐이라고 하셨으니…… 베고도 남았을 거예요."

"동정목부도…… 후후!"

"그렇게 웃지 말아요. 싫어요."

"그러지."

"밝게 웃기?"

"밝게 웃기."

"이제 저 사람들은 무총으로 돌아가나?"

"아뇨. 저분들은 무총 문도가 아녜요. 언약 때문에 여기를 지키고 있었을 뿐이죠. 그러니까 여기가 처음이자 마지막 금제인 셈이에요. 그러지 않았다면 저분들…… 벌써 이름이 나고도 남았죠."

"하하하!"

"왜 웃어요?"

"묘한 생각이 들어서. 이런 말 해도 되나? 어쩐지 약삭빠른 여우와 능구렁이의 야합 같은…… 아! 취소해야겠군."

"방금 뭐라고 했어요! 약삭빠른 뭐요!"

"미안, 미안. 약란은 이들의 갈망을 이용했고, 이 사람들은 자신들의 제약을 핑계 삼아서 중원으로 탈출하고…… 맞지?"

"맞아요."

"그래서 표정이 어두웠군. 초강고수가 무림에 나가서 풍파를 일으킬까 봐."

"할아버님이 계시니 크게 문제는 안 될 거예요. 하지만 아무래도 작은 문제는 일으키겠죠. 우리에게는 비궁을 선택하는 것 외에 다른 길이 없었어요. 할아버님도 이해해 주실 거예요."

사약란이 생긋 웃었다.

콧등에 고양이 주름이 예쁘게 그려졌다.

3

할위막사의 장막이 거둬졌다.

동정목부의 도끼도 땅에 떨어졌다.

군산에서부터 비궁까지 이어지는 일직선이 뚫려졌으니 다른 세 곳의 방비 또한 의미를 잃었다.

동정호 오대고수가 일제히 무림으로 향했다.

비궁을 지키던 방어막이 태양에 밀려난 어둠처럼 싹 걷힌 것이다.

독충들의 존재가 비궁을 방어하는 제일진이 되었다.

사실 독충들이 존재만 해도 웬만한 무인들은 들어설 엄두를 내지 못한다. 진을 만든 사람이 사천당문의 전대 문주인 일수천탈 당소이니만치 독충들이 무서움은 믿어도 좋다.

독충들은 들어오는 길만 막은 게 아니다. 나가는 길도 막았다. 섬을 빙 둘러가며 포진한 독충들의 세계는 아무도 발을 디딜 수 없는 금역이다.

예외는 있다. 동정목부처럼 몸에 피독주(避毒珠)를 지니면 된다.

피독주도 여타의 피독주는 효능이 없다. 오직 일수천탈 당소가 만든 열 개의 피독주만 길을 열 수 있다.

이 열 개의 피독주를 일컬어 십로생주(十路生珠)라고 부르니, 비궁을 드나들 수 있는 유일한 열쇠다.

동정목부가 사약란에게 건네준 유일한 물건이 십로생주였다.

"하! 이거 정말 유용하네."

오목이 십로생주를 꺼내 들고 장난처럼 이리저리 움직였다.

그때마다 독물들은 우왕좌왕하며 급히 길을 열었다.

구슬의 빛보다는 구슬에서 나는 냄새에 반응하는 듯한데…… 사람의 후각에는 아무 냄새도 맡아지지 않으니 알 길은 없었다.

"독충 외에 다른 것도 있나?"

계야부가 주위를 둘러보면서 물었다.

"왜요? 뭐가 느껴져요?"

"사지(死地). 기분 나쁜 느낌. 숲으로 들어가면 안 될 것 같아."

"뭘 본 거예요, 아님 느낌이에요?"

"느낌인데, 뭐가 있나?"

"정말 느낌 한번 동물적이네요. 정말 그런 게 느껴져요?"

"뭐가 있군."

"독물만 풀어놨다면 일수천탈께 부탁할 필요도 없죠. 그분께 부탁한 건 절대고수도 뚫기 힘든 금역을 만들기 위해서였어요. 십로생주를 지녔어도 저 숲에 들어가면 생사를 장담하지 못해요."

사약란이 모두 들으라는 듯 큰 소리로 말했다.

독물들이 깔려 있는 범위는 일직선으로만 삼십여 장에 이르렀다.

섬이 얼마나 큰지 모르겠지만 족히 수십 만 마리가 득실거린다는 뜻이다.

독물이 많은 게 꼭 좋은 것만은 아니다.

다른 면에서 보면 비궁이야말로 독문(毒門)에게는 지상낙원이다. 심마니가 산삼을 찾아 깊은 산골을 헤매듯, 독문 고수들은 강한 독을 찾아서 비궁으로 몰려들 터이다.

한데 비궁은 중원에 알려지지 않았다.

세상 천지 발길 안 닿는 곳이 없다는 독문 고수들도 동정호 한구석에 환히 드러나 있는 섬에는 발길을 들여놓지 못했다는 뜻이다.

하기는 할위막사 같은 사람이 호수를 지키고 있으니 누가 감히 들어서랴.

"독심독의나 괴노독이 보면 꽤나 좋아하겠네."

사색신녀가 빈정거리는 투로 말했다.

딱히 누구를 비웃는다기보다 원래 그녀의 말투가 그랬다. 비꼬는 듯 들릴 때도 있고, 안하무인이지 않나 싶을 만큼 건방진 때도 있다. 한데 기분 나쁘지는 않다. 묘하게 친근감이 우러난다.

"그 사람들한테는 이곳만 한 보물도 없겠지."

오목이 심드렁한 표정으로 말했다.

"이제는 좀 기분이 풀렸나 보네?"

"……."

"또 삐쳤어? 차라리 그거 떼내. 무슨 사내가 툭하면 삐치냐?"

“삐친 게 아냐. 널 어떻게 하면 보호해 줄 수 있나 생각한 거
지.”
“어머! 그러셨어?”
“지금 내 무공으로는 어림도 없다는 것만 알았지. 하지만 노
력할 테니까…… 지켜봐 줄래?”
“그전에 죽고 말지.”
“한마디라도! 좋은 말 좀 해라!”
두 사람은 독물들 틈바구니를 지나면서도 연신 티격태격했
다.

독물들이 숲을 벗어나니 툭 트인 광야가 펼쳐졌다.
일직선으로 족히 이백여 장은 됨직한 너른 들판에 갈대가
무성히 피어 있다.
“저기…… 물인 것 같은데?”
계야부가 들판 너머를 가리켰다.
“물, 맞아요.”
“이게 끝이야?”
벌써 반대편으로 넘어온 건가?
“호수예요. 섬 안의 호수. 독물들이 외성 역할을 하고……
저 호수는 해자라고 보면 돼요.”
“해자라면 호수 안쪽에?”
“우리가 쉴 곳이에요. 참! 저 물은 손도 대지 마세요. 식인
물고기가 득실거리거든요. 원래는 이곳에 사슴도 살고, 멧돼

지도 살고 동물이 많이 살았는데, 모두 저기서 잡아먹혔어요. 물에 들어갔다 하면 나올 생각을 말아야 해요."

"저것도 일수천탈의 솜씨인가?"

"아뇨. 일수천탈이 손댄 건 여기까지고요. 저긴 남만(南蠻) 훈족(壎族) 족장이 만들었어요."

그가 누구인지 모른다. 하나 해자를 보니 솜씨가 무척 비상한 사람이었다는 건 알 것 같다.

식인 물고기는 남만의 강에서 서식한다.

수온이 높은 곳이며, 겨울이라 할지라도 눈 구경을 할 수 없는 곳이다.

식인 물고기를 동정호에 풀려면 서식 환경을 남만과 비슷하게 만들어줘야 한다.

겨울이 되어 얼음이 얼더라도 해자 바닥의 수온은 남만과 비슷하도록 바위며 수초를 절묘하게 배치해야 한다.

생각만 해도 참으로 고난한 작업이다. 아니, 불가능에 가깝다.

사약란이 굳이 이곳으로 오려던 이유를 알 것 같다.

이곳에 틀어박히면 두 다리 쭉 뻗고 잠들 수 있다. 무총이든, 안선이든, 중원무림 누가 되었든 쉽게 쳐들어오지 못할 곳이다.

사색신녀가 해자를 보고 한마디 했다.

"자살하긴 딱이네."

제삼의 방어막은 해자 안에 있는 성이다.

배를 타고 해자를 건너자 또 섬이 나타났다.

큰 섬이 아니라 무인도라고 여겨도 좋을 정도의 작은 섬이다. 하지만 부두에 배를 대고 바위투성이의 돌 언덕을 넘어설 때까지는 섬 안쪽이 보이지 않는다.

돌로 이루어진 언덕이 일종의 성벽 역할을 한다.

"여기에는 난석환류진(亂石還流陣)이 설치되어 있어요. 아무 곳이나 발을 디뎠다가는 고슴도치가 되고 말아요. 믿어도 좋아요. 절대 신법으로 피할 수 없어요."

"이건 누가 만든 겁니까?"

오목이 물었다.

"난석진의 대가인 석문선생(石門先生)과 일수천탈 당 문주님의 합작품이에요."

두 사람의 이름만 듣고도 난석환류진의 무서움이 짐작된다.

보기에는 그저 평범한 바위일 뿐이다. 인위적으로 손댄 흔적은 전혀 없다. 태곳적부터 자연적으로 형성된 돌인 듯 세월의 무상함을 고스란히 지녔다.

이 모든 게 인공적으로 조성한 것이다.

하기는 해자를 본 사람이라면 해자에 바싹 달라붙어 있는 바위들이 심상치 않다는 것쯤은 짐작했을 것이다.

그러나 그것뿐이다.

아무리 주위를 기울여 봐도 바위의 무서움이 읽히지 않는다. 사약란이 괜히 거짓말을 한 게 아닌가 싶은 생각도 든다.

“가가, 시험 좀 해봐도 돼요?”

“웬만하면 하지 말자고. 편히 쉬는 게 좋잖아?”

“가가의 동물적인 감각이 어느 정도인지 알고 싶어졌거든요. 수명판에 이백사십칠 회의 신화적인 기록을 남긴 희대의 시각랑(屎殼郞:말똥구리)이라면 난석환류진을 피할 수 있지 않을까 하는 생각이 드는데, 어때요?”

계야부는 돌무더기를 쓸어보았다.

그는 진을 안다. 무림에서는 쓸모없는 군진(軍陣)과 병진(兵陣)이라서 내세우지 못할 뿐이지 진의 형성 이치나 운용 능력에 대해서는 해밝은 편이다.

그는 침묵했다.

일다경, 이다경…… 시간이 무심히 흘렀다.

계야부는 족히 반 시진을 소모하고 나서야 입을 열었다.

“못 가.”

“그래도 가야 하잖아요.”

“가장 쉬운 방법은 다섯 명쯤 죽이는 거지. 전우가 죽음으로써 길을 열어주면 시신을 밟고 건널 수 있어.”

“틀렸는데요. 여긴 압판(壓版)이 있어서…….”

계야부는 조용히 손을 들어 바위를 가리키기 시작했다.

하나, 둘, 셋, 넷, 다섯.

“압판이 있는 건 맞아. 몇 명쯤 죽어서 건널 수 있다면 철옹성이라고 할 수 없지. 하지만 내가 가리킨 저곳들은 세월의 무게를 이기지 못했어. 용수철이 부식되었을 거야.”

“부… 식요? 여기서 그게 보여요?”

“아니. 내가 본 건 바위와 흙의 접점인데…… 저곳들만은 딱 달라붙어 있어. 뭐랄까? 바위에서 떨어진 돌 부스러기가 굳어 있다고 할까? 틀림없이 압판이 망가져 있을걸?”

“놀랍네요. 그리고요?”

“……?”

“지금 방법은 다섯 명을 죽이는 거고요. 한 명도 죽이지 않고 건널 방도는 없나요?”

“아직은.”

“무슨 말이에요?”

“아직 발견하지 못했는데, 시간만 넉넉하면 찾아낼 수 있을 것 같아. 난석환류진이라는 게…….”

“됐어요. 그럼 눈 감아요.”

“……?”

“우린 지금 들어갈 거예요. 가가는 방법을 찾은 후에 알아서 들어오세요.”

“뭐!”

“가가의 능력을 보여주세요. 보고 싶어요. 알았죠? 호호호!”

사약란은 농으로 말하지 않았다.

그녀는 정말 계야부의 눈을 검은 광목으로 가렸다. 그리고 일행들을 이끌고 배에서 내렸다.

“형님, 이거 미안해서 어쩌나. 가가의 능력을 보여주세요. 이구! 여자들이란. 형님도 그렇지, 그 말에 넘어가서 안대를 가리고 있으면 어쩌자는 겁니까? 다리도 성치 않으면서. 형수님도 그래. 이건 정말 너무하는 것 아닌가?"

"가라."

"빨리 오십쇼. 술이 있으면 따끈하게 데워놓고 있을게요."

오목이 걱정해 주는 척하며 변죽을 울렸다.

계야부도 부하에게 무리한 명령을 내린 적이 있다.

꼭 필요해서 희생을 강요하기도 했지만 충분히 이겨낼 수 있을 것이라 여겨서 일부러 시킨 경우도 있다.

많은 경험이 사람을 크게 만든다.

사약란이 이와 같은 경우다.

동정목부와 결전을 벌일 때도 그랬다.

사실 동정목부와의 결전은 누가 치러도 상관없었다. 동정목부는 싸움을 빌미로 섬을 벗어날 생각이었으니 사약란이 검을 들었어도 교묘하게 승부를 조작했을 게다.

봐주다가 실수, 운이 나빠서 실수······.

그럼에도 사약란은 굳이 계야부에게 검을 들게 했다.

진정한 고수와 싸워보라는 뜻이다.

실전이라면 일 초도 견디지 못할 진정한 거인들과 맞서봐라.

무인에게는 대단한 행운이다. 막말로 기연(奇緣)이라고까지 말할 수 있다. 이런 기회를 잘 이용하면 절정비급을 얻는 것보다 훨씬 더 큰 것을 얻는다.

현 중원에서 무총주와 버금가는 무인과 정면승부를 결해본 무인이 몇 명이나 있을까?

승패는 중요치 않다. 싸워봤다는 것이 중요하다.

그런 기회를 이틀 사이에 두 번이나 얻었다.

그들과의 간격은 쉽게 좁혀지지 않는다. 일이 년의 세월로는 어림도 없고, 밤잠을 자지 않고 부단히 수련해도 십 년 안짝으로는 불가능하지 않을까 싶다. 그것도 자신의 바람일 뿐이고, 어쩌면 평생 따라잡지 못할 수도 있다.

대부분의 무인들이 이렇게 생각한다.

수십 년 세월로 최강자 반열에 오를 수 있다면 수련하지 않을 무인이 어디 있겠나.

어떤 사람은 육십 년, 일갑자(一甲子) 동안 불철주야 수련해도 천재 한 명이 십 년 수련한 것보다 못할 경우가 다반사다.

이게 무림이요, 무공이다.

하지만 그는 그렇게까지 절망적으로 생각하지는 않는다.

자신이 천재라고 생각해 본 적은 없지만 누구에게 뒤진다는 생각도 하지 않았다. 그도 사람이요, 자신도 사람이다. 사람이 해낸 일인데 자신인들 못할까 싶다.

한 가지, 그들과의 싸움을 겪으면서 그동안 잃어버리고 있었던 것을 찾았다.

무공을 믿어서는 안 된다. 자신을 믿어야 한다.

말똥구리 시절에도 싸움을 할 줄 알았고, 전장의 무공이라는 사검을 익혔지만 어떤 경우든지 무공을 앞세우지는 않았다. 철저하게 자신의 능력을 점검한 후에 할 수 있는 일을 찾았다.

무림에 나온 이후에는 모든 것이 달라졌다.

안선(眼線) 십일주(十一紬) 위지패문에게서 사전투광신보라는 비급을 건네받았을 때부터 그랬던 것 같다.

사전투광신보는 마음에 쏙 들었다.

그것만 수련하면 천하에서 가장 빠른 자가 될 수 있다는 기대감에 비급을 들고 있는 손이 바르르 떨렸다.

사전투광신보에 이은 금강반야선공, 그리고 귀영십삼식까지.

무림에서 얻은 절기로 인해 그는 군대에 있을 때보다 능히 두세 배는 강해졌다.

지금 같아서는 이백사십칠 회의 수명판 기록을 자랑스러워하지 않을 것이다. 그런 기록쯤은 얼마든지 갈아치울 자신이 있다. 이 정도 무공을 지니고 군대에 간다면 적진을 종횡무진 유린할 게다.

피해 다닐 필요도 없다. 당당하게, 거침없이 가로막는 자는 모조리 베어버릴 게다.

그만큼 강해졌다.

그래서 무공에 대한 믿음이 더 컸는지도 모른다.

지금에 와서는 누구와 싸울 때 자신을 돌아보는 일이 없다. 어떤 무공을 어떤 식으로 사용할까 하는 생각이 먼저 든다. 상대의 몸을 보기보다 무공을 먼저 본다.

할위막사에게 대들 때가 그랬다.

할위막사의 쌍수도에 대응해서 어떤 식으로 시구각보를 펼치는 게 좋을까, 진파는 어떻게 떨칠까를 떠올렸다.

결과를 놓고 보면 완패(完敗)다.

손에 사정을 담지 않았다면 옷자락 한 올 건드리지 못하고 머리가 두 쪽으로 갈라졌을 것이다.

동정목부와 싸우라고 했을 때는 조금 여유가 있었다. 그래서 무공을 버리고 자신을 돌아봤다.

다리 하나를 잃었다고 치고, 그런 몸으로 무엇을 할 수 있을까?

우선 체력을 최대한으로 보충해야 한다. 그래야 싸움이 벌어졌을 때 최선을 다할 수 있다.

잠을 청했다. 가급적이면 깊은 잠을 잘 수 있도록 일부러 청각을 닫아걸었다.

한 시진 전만 해도, 할위막사와의 경험이 없었다면 폭검신공 쪽을 생각했을 게다. 사전투광신보나 시구각보를 펼쳐서 최대한 가까이 근접한 후, 진파로 검을 터뜨려 일격을 가한다.

현재의 몸으로 가장 강하게 싸울 수 있는 방법이리라.

한데 이번에는 몸을 먼저 살폈다.

목숨에 연연해서는 안 된다. 동정목부와 싸우면서 살 생각을 한다는 것은 정말 배부른 자나 할 소리다.

목숨을 버리기로 하자 더 좋은 방법이 떠올랐다.

진파 대신 사검을 쓴다. 간발의 차이에 목숨을 건다. 가까이

붙기만 하면 양패구상, 하여 같이 죽는다면 자신의 승리다.

그는 조금도 망설이지 않고 그런 싸움을 했다.

동정목부가 사정을 봐주었든, 싸움을 탈출 빌미로 사용했든 상관없다. 자신이 끌어낼 수 있는 모든 힘과 기량과 정신을 아낌없이 쏟아냈다.

그 싸움에 만족한다.

역시 싸움은 무공으로 하는 게 아니다. 무공은 싸움을 도와주는 보조 도구일 뿐이다. 싸움은 몸으로 하는 것이다. 정신과 몸이 혼연일체 되었을 때, 가장 만족스러운 싸움을 할 수 있다.

최강자와 싸워본 경험만큼이나 소중한 것이다.

이번에도 배워야 한다.

사약란은 그의 능력을 보려고 절진 앞에 팽개친 게 아니다.

자신이 쉽게 파악했다시피 난석환류진은 망가진 곳이 많다. 다시 말해서 철옹성 역할을 못하고 있다. 약간이라도 진에 대해서 지식을 갖춘 자가 살피면 금방 찾아낼 수 있는 허실이다.

그 빈틈을 자신이 메워야 한다.

진을 고쳐야 하고, 운용해야 한다.

그런 일을 오목이나 사사표풍에게 시킬 수는 없다.

집주인은 당신이다. 하니 당신이 진을 살피고 고쳐라. 주인이 집을 버리면 폐가가 되는 수밖에 더 있나.

이곳에는 주인이 있었다.

동정목부는 하루에도 수십 번씩 이곳을 넘나들었다.

난석환류진의 망가진 부분은 그의 눈에도 띄었을 것이다.

하나 그는 고치지 않았다.

주인과 손님의 차이다.

난석환류진을 배우는 정도라면 비급이나 해설도 정도로 충분할 것이다.

물론 그런 방법도 뒤따르리라.

난석진을 넘어 안으로 들어서면 따뜻한 술잔 대신 비급이 기다리고 있을지도 모른다.

진을 뚫고 들어오라는 것은 단순한 맛보기다.

'난석환류진과 싸울 필요는 없겠지. 뚫고 들어가는 방법만 찾으면 되는데…….'

그는 눈살을 가늘게 좁혔다.

第三十四章

드러나는 재주

배가 출렁출렁 움직였다.

호수 밑으로 식인 물고기라는 손바닥만 한 물고기들이 살냄새를 맡고 달려왔는지 우글우글거린다.

계야부는 꼬박 하루를 움직이지 못했다.

"휴우!"

오랜 시간이 지났지만 한숨만 새어 나온다.

말 그대로 난석환류진은 천하의 걸작이다.

바위의 종류는 그야말로 다양하다. 흰색, 검은색, 푸른색…… 표면이 마모되어 둥그렇고 매끄러운 돌이 있는가 하면 바닷가나 화산이 생성된 곳에서만 볼 수 있는 구멍이 숭숭 뚫린 돌도 있다.

　분명한 것은 바위 하나하나가 전부 암기 덩어리라는 것이다.

　바윗덩어리만 한 암기가 폭발을 일으킨다고 보면 딱 맞다. 하나가 터졌다고 끝나는 게 아니다. 앞에 있는 게 터지면 속에 있는 바위가 밀고 올라온다.

　도대체 바위 층을 몇 겹이나 쌓아놓은 것일까?

　바위가 비산하는 각도를 보면 전면을 안전히 미보(彌補)한다. 높이로는 땅에서부터 인간이 도약 가능한 최대 높이까지 암기로 촘촘히 메운다.

　유일한 단점이라면 건드리지 않으면 터지지 않는다는 것인데, 일거에 삼십 장을 날아갈 수 있는 방법이 있다면 모를까, 그렇지 않고서는 건드리지 않을 방도가 없다.

　바위는 어느 정도의 자극에 반응할까?

　새나 쥐 같은 작은 동물에 반응해서는 안 될 것이다. 터져 나온 암기가 다른 바위를 칠 수도 있다. 거기에 대한 대책도 구비되어 있어야 한다.

　이런 점까지 완벽하게 고려했다면 난석환류진이야말로 인간이 만들어낸 최대 걸작이다.

　하지만…… 이렇게 고려해야 할 것이 많다는 게 문제다. 허점이 바로 거기에 있다.

　쥐가 밟아도 폭발이 일어나지 않는다?

　이는 다시 말해서 압판을 쥐의 무게로 누를 수 있다면 암기 세례를 받지 않고 통과할 수 있다는 뜻이 된다.

계야부는 방법을 찾지 못했다.

"후우!"

다리에 몰린 빙기가 가만히 있을 리 없다.

몸속에 차디찬 얼음덩이를 넣고 있는 것과 마찬가지인데 아무런 영향이 없다면 거짓말이다.

살이 얼어버렸다.

시간이 지날수록 피부가 검게 변색되더니 이제는 진물까지 흐른다.

전형적인 동상의 징후다.

가급적 빨리 손을 써야 한다. 조금만 더 방치하면 피부가 괴사하기 시작할 것이다. 그리고 그때가 되면 다리를 잘라내는 것 외에는 방법이 없다.

칼을 뽑아 허벅지를 베었다.

주르륵!

검은 피가 흘러내린다.

감각은 전혀 없다. 제법 깊이 살을 베었는데, 남의 살인 듯 아무런 통증도 느껴지지 않는다.

단순히 피 색깔이 어떤 색일까, 고통을 느껴질까 알아보기 위해서 살을 벤 건 아니다.

퍼뜩 어떤 생각이 떠올랐다.

빙령초분은 단지 한기를 띤 가루일 뿐이다. 하지만 자신이 당하고 있는 것처럼 인체에 치명적인 독으로 작용하기도 한다.

빙령초분의 한기를 다리 한쪽에 몰아넣고 있는 지금, 그의 다리는 비궁 외곽을 둘러싼 어떤 독물보다도 강한 극독이다.

존재한다는 것만으로는 독이 될 수 없지만 상처를 내어 피를 쏟는다면, 액체가 기체로 만든다면 독심독의나 괴노독조차도 기겁을 하는 절독이 된다.

바위에 절독을 뿌리면 어떻게 될까?

일반적인 독이라면 아무 영향도 미치지 못할 것이다. 하지만 자신의 피는 극독이 아니라 한기를 머금은 피일 뿐이다. 피는 바위를 얼릴 것이고, 바위 속에 숨겨져 있는 암기도 작동이 중지된다.

발사되는 모든 암기의 근간에는 용수철이 존재한다. 용수철을 딱딱하게 얼려 버리면 발사 기능을 잃게 된다. 압판이 눌려져도 폭발을 일으키지 못하게 되는 것이다.

피를 몇 방울 찍어서 호수에 뿌렸다.

치이이익……!

호수에서 김이 솟는다.

뜨거운 물도 김을 일으키지만 차가운 피가 미지근한 물에 섞여도 김이 솟는다.

곧이어 식인 물고기 몇 마리가 둥실 떠올랐다.

수면 가까이에 있던 놈들이 얼음세례를 맞은 것이고, 급작스러운 수온 변화를 이기지 못해 죽고 말았다.

떠오른 물고기를 건져 올렸다.

묘하게 생겼다. 상아질 이빨이 머리를 빙 둘러 있는데, 톱니처럼 날카롭다.

"암기가 없을 때는 이것만 던져도 되겠군."

빈말이 아니다. 정말 식인 물고기의 이빨은 어느 암기에 못지않을 만큼 날카롭다.

준비는 끝났다.

"가봐야 되는 것 아냐?"

오목이 호수를 바라보며 안절부절, 어쩔 줄 몰라 했다.

하루가 꼬박 지나고 있다.

바위 언덕을 넘으면 경사가 완만한 분지가 나온다.

분지 한가운데는 십여 평 정도 되는 호수가 있다. 동정호 속에 해자가 있고, 해자 속에 또 작은 연못이 있는 셈이다.

연못에 고인 물은 동정호나 해자의 물과는 성격이 다르다.

하늘에서 내린 비가 두터운 바위층을 뚫지 못하고 안으로 흘러서 고였으니 천연 연못이라고 할 수도 있고, 두터운 바위층 자체가 인공으로 만든 것이니 인공 연못이라고 할 수도 있다.

연못은 맛좋은 식수가 되었다.

물이 있는 곳에는 사람이 모여들고, 집이 생긴다.

연못 주위에 잘 지은 전각이 네 채나 있다.

중원 어디에 내놔도 대갓집 저택으로 손색이 없을 만큼 훌륭한 건축미를 자랑한다.

아무 근심 걱정 없이 편히 쉴 곳으로는 아주 그만이다.

일행은 편히 쉬었다.

긴장을 늦추지 못한 채 지난밤을 뜬눈으로 꼬박 지새운 터라 몸이 물먹은 솜처럼 무거웠다.

굳이 침상이 아니라도 좋다. 지붕이 있는 곳이라면 아무 곳이나 좋다. 회랑(回廊)이면 어떻고, 계단이면 어떤가.

편히 앉아서 따뜻한 햇볕을 즐긴다 생각했는데 어느새 깊은 잠에 빠지고 말았다.

그렇게들 편히 쉬었다.

오목이 깊은 잠에서 깨어났을 때는 해가 산에 걸려 아름다운 노을을 뿌려내고 있었다.

잠시 혼동이 일었다.

지금이 몇 시나 되었지? 아침인가, 저녁인가? 얼마나 잔 거지?

"넌 배도 안 고프냐? 돼지처럼 쿨쿨 잘 자대."

사색신녀가 시비를 걸어왔다.

그가 좋아서 걸어오는 시비는 아니다. 관심이 있는 것도 아니다. 그녀를 연모하게 되었지만 그녀가 어떤 눈으로 자신을 쳐다보는지 모를 바보는 아니다.

그녀는 기회만 생기면 날아가리라.

혹 허우대 멀쩡한 사내라면 모를까, 자신처럼 키 작고 볼품없는 사람은 거들떠보지 않는 유형이다.

그런 그녀가 툭하면 그를 물고 늘어진다. 오목밖에 상대할 사람이 없기 때문이다.

계야부는 너무 어렵고, 사약란은 생각하는 방향이나 사물을 보는 눈이 너무 다르다. 더군다나 그 두 사람은 그녀의 목숨을 좌지우지할 수 있는 입장에 있다.

사사표풍은 만만치 않다. 그녀의 얼음장 같은 눈을 대하면 소름이 오싹 끼친다.

하면 입을 닫고 살아야 한다.

한데 그것이 또 쉽지 않다. 항상 사람들과 어울려 살았던 사람이라면 사람 속에서 느끼는 고독이 얼마나 지독한지 너무나도 잘 안다.

결국 그녀는 오목을 조롱하는 쪽으로 심사를 굳혔다.

그녀가 어떤 말을 해도 이해해 주고, 따라주는 사람은 오목밖에 없었다.

"배고파. 밥 있어?"

역시 오목은 그녀의 기대를 저버리지 않았다.

"그런 건 네가 해서 갖다 바쳐야 되는 것 아냐?"

"내일부터."

오목은 머리를 긁적긁적 긁었다.

아직 잠이 덜 깨서 정신이 혼몽하다.

"시간이 얼마나 됐어?"

"얼추 신시(申時)는 됐을걸?"

'저녁!'

갑자기 정신이 퍼뜩 들었다.

"혀, 형님은! 형님은 돌아왔어!"

“아니. 아직 거기 있어. 방법을 못 찾는 게 당연하지, 그게 쉽겠어? 생각해 봐. 석문선생인가 뭔가 하는 사람하고 일수천탈이 머리를 쥐어짜서 만든 게 저거야. ‘천하제일’이라는 이름을 걸고 만들었다고. 그런 게 하룻밤 만에 뚫리겠어?”

“형님, 몸도 안 좋은데…….”

“마누라도 가만히 있는데 피도 안 섞였으면서 왜 나서고 그래? 오지랖도 넓어요.”

오목이 일어섰다.

주먹밥이라도 만들어서 갖다 줄 생각이다.

자신도 잠에 찌들어 있느라 하루종일 쫄쫄 굶었지만 계야부가 먼저 걱정되었다.

그는 계야부의 다리를 봤다.

시커멓게 변색되어 손을 대면 먹물이 묻어날 것 같은 다리.

그는 한시라도 빨리 안으로 불러들여 편히 쉬게 해야 한다. 능력을 본답시고 찬바람 몰아치는 곳에 방치해 두면 안 된다.

그때다!

“저, 저것!”

오목이 벌떡 일어서며 호수를 향해 손가락질했다.

바위 언덕에 한 인영이 기다란 나뭇가지를 지팡이 삼아 절뚝거리며 올라섰다.

“정…… 말 뚫었네!”

사색신녀도 쩍 벌어진 입을 다물지 못했다.

난석환류진은 무적이다.

망가진 부분을 수리할 방도도 찾았다. 빙령초분을 뿌려서 잠시 얼려놓으면 사람이 지나다닐 수 있다.

이제 뿌려진 빙령초분이 자연 상태에서 며칠 만에 녹아내리는지 관찰해야 한다.

영원히 녹지 않거나, 그로 인해 난석환류진이 망가진다면 그가 생각해 낸 방도는 아무런 쓸모도 없다.

동정목부가 손님이기 때문에 수리를 하지 않은 게 아니다. 가공할 무공도 난석환류진 앞에서는 무용지물이다. 머리끝부터 발끝까지 철갑으로 휘감지 않는 한은 버텨낼 수 없다.

그만한 사람이 접근할 수 없었다는 점만 가지고도 난석환류진은 무적이라고 말할 수 있다.

"몰랐어요, 정말 뚫으리라고는. 생각하지 못했어요."

사약란도 몹시 놀란 듯 눈을 동그랗게 떴다.

"저길 통과하는 방법은 의외로 많아."

"그래요?"

"충분한 준비만 갖추면 누구든 통과할 수 있어."

그 자신, 몸소 통과해 보였다. 아무런 준비도 갖추지 않은 상태에서 암기의 폭풍을 헤치고 나왔다.

그의 말이라면 팥으로 메주를 쑨다고 해도 믿어야 할 판이다.

"빙령초분. 맞죠?"

계야부는 고개를 끄덕였다.

“역시…… 빙령초분 같으면 뚫을 수 있지 않을까 생각했어요. 석문선생이나 일수천탈 당 문주가 계실 때는 빙령초분 같은 게 없었거든요. 그분들이 생각할 수 있는 최상의 한기는 설국(雪國)의 얼음이었을 거예요.”

“훗! 역시 알고 있었군. 해결책도 없이 사지로 몰아세울 리 없다고 생각했지.”

“정말 그런 일이 생길지도 몰라요.”

“후후후!”

“동료의 희생으로 길을 뚫는 방법, 하나. 빙령초분을 이용해 얼려서 길을 여는 방법, 둘. 또 있어요?”

계야부는 죽은 식인 물고기를 들어 보였다.

난석환류진을 통과할 때 그는 물고기를 이용했다. 피를 뿌려서 바위를 얼린 다음, 물고기를 던져서 폭발 여부를 알아봤다.

그러다가 한 가지 방법이 떠올랐다.

전장에 나선 군인들에게 가장 공포스러우면서 골치 아픈 존재라면 단연 철갑기마병이다.

철갑기마병은 두터운 철갑에 둘러싸여 있다.

화살은 튕겨내고, 검에 맞아도 베어지지 않는다.

기마병이 공격해 오는 속도는 번개를 무색케 한다. 눈앞에 시커먼 것이 들이닥친다 싶으면 어느새 창을 휘두르고 빠져나간다.

남은 것은 피투성이가 되어 쓰러진 동료뿐이다.

두꺼운 철판이다. 무거우면 무거울수록 좋다.

무거운 철판으로 바위를 내려친다. 가까이에서 내려칠 필요는 없다. 멀리서 던지는 방법을 찾는다면 아무런 피해 없이 난석환류진 위에 철판을 올려놓을 수 있다.

바위는 당연히 폭발을 일으킨다.

철판에 가로막혀 튕겨 나오다 말겠지만, 그래도 폭발은 일어난다.

그다음은 뒤에 숨어 있는 바위가 앞으로 밀려나올 차례다. 그래야 한다. 정해진 순서대로 차곡차곡 진행되어야 한다.

한데 바위는 밀려나오지 못한다. 철판이 꽉 누르고 있기 때문에 꼼짝할 수 없다.

하면 어떤 일이 벌어질까?

기관 고장이다.

거기까지 바랄 필요도 없다. 철판을 올려서 압판을 꾹 눌러놓은 상태를 지속시키는 것만으로도 난석환류진은 파괴된다.

준비할 것은 삼십여 장에 이르는 기다란 철판이다.

사오 장 정도 되는 철판을 준비해서 순차적으로 던지면 될 것이다.

네 번째 방법도 있다.

이번 방법은 전보다 훨씬 쉽다.

피를 뿌리자 바위가 얼어붙었다. 바위 안에 있던 암기도 얼어서 폭발 기능을 상실했다.

얼릴 수 있다면 녹일 수도 있다.

쉿물을 팔팔 끓여서 쏟아부으면 된다.

성벽을 기어오르는 적병에게 시뻘건 쉿물을 쏟아붓듯이 사다리를 타고 높이 올라가서 쏟아부으면 된다.

준비물이 필요해서 그렇지 난석환류진을 통과할 방법은 많다.

"세상에! 그걸 전부 다 하룻밤 사이에 생각해 낸 거유?"

오목이 놀라서 물었다.

"진짜를 이야기해 보세요."

사약란이 의미심장한 미소를 배어 물며 말했다.

"지금까지 말한 건 저 같은 사람이 쓰는 방법이고요, 가가 같으면 어떤 방법을 쓰시겠어요?"

"하하하!"

"뭐야? 딴 방법이 또 있는 거야? 이거 궁금해지네. 형수님 같은 방법은 뭐고, 형님 같은 방법은 뭐요?"

"바보. 몰라서 그래? 머리 좋은 사람과 무식한 사람의 차이를 말하는 거잖아."

"무, 무식!"

계야부가 떨떠름한 표정을 지었다.

"아! 본인이 앞에 있는 걸 깜빡 잊고…… 미안해요. 방금 그 말, 취소할게요."

"끙!"

계야부는 이 앓는 소리를 했다.

시간이 지날수록 사색신녀는 점차 일행과 동화되고 있다.

스스럼없이 말하고, 즐긴다.

떨어져서 혼자 살 수 없다면 이런 방법도 좋으리라.

"정말로 생각하신 건 뭐예요? 많은 준비가 필요없을 거예요. 가가 같으면… 준비물을 구하는 데 하루 정도 쓰겠네요. 하루를 넘기는 방법이라면 쓰지 않을 거예요. 말해봐요. 뭐예요?"

"듣고 싶어?"

"네."

모두 귀를 쫑긋 세웠다.

"화공(火攻), 부교(浮橋), 화전(火箭)."

"화공, 부교, 화전! 화공으로 숲을 불태우고, 부교로 해자를 건너고, 화전으로 폭발을 일으킨다…… 그러면 되겠네요."

"기관의 한계지. 어떤 기관도 완벽한 건 없어. 인간의 발길을 막을 수 있는 기관이란…… 존재치 않아."

사약란이 입술을 뾰로통하게 내밀었다.

"저 같은 사람이 쓰는 방법은 제가 대책을 세울게요. 가가 같은 사람이 쓰는 방법에 대해서는 가가께서 방법을 세워요! 알았죠!"

"뭐, 뭣!"

"가서 씻고 밥 먹어요! 아유 냄새야! 도대체 몇 날 며칠을 안 씻었기에 냄새가 이리 독할까!"

"뭐, 뭐라고!"

사약란은 대꾸할 틈을 주지 않았다. 화가 크게 난 듯 몸을 획 돌려 성큼성큼 걸어갔다.

"형수님, 많이 화난 것 같은데……."

"바보야, 저게 화난 걸로 보여?"

"화난 것 아닌가?"

"물론 난석환류진은 무총에서 만든 천하제일기진이야. 한데 자기 같으면 그런 진을 자기 낭군이 파해했다고 해서 화내겠어?"

"안 내지. 좋아서 펄쩍펄쩍 뛰겠지."

"아직도 몰라? 좋다는 표현을 저렇게 하는 거잖아. 그냥 좋다면 말하는 되는 걸, 사람들이 참 표현하는 방법을 몰라. 좋으면 좋다, 싫으면 싫다고 말하는 게 그렇게 어렵나."

"난 네가 좋아."

"꼴값을 떨어요."

사색신녀가 인상을 찡그리며 걸어갔다.

"형님……."

"목욕이나 하자. 여자들이란…… 피곤하네."

계야부는 머리를 휘휘 내둘렀다.

2

일력광겸은 배를 찾아 호숫가를 뒤졌다.

원래 민가에서 멀리 떨어져 있던 곳이라 일단은 사람 사는 마을 근처로 가야 했다.

만변천자를 어깨에 들쳐 멨다.

탁!

낫으로 땅을 힘껏 내리찍자 육중한 몸이 가벼운 새털이 되어 붕 떠올랐다.

그때, 그의 눈앞으로 뭔가가 언뜻 스쳐 지나갔다.

'뭐야!'

그는 즉각 경계심을 높였다.

안선의 핵심 인물을 혼자 도맡았다.

안선의 공격을 예상해야 되는 상황이다. 누군가가 뒤를 쫓고 있었다면 혼자 떨어진 이유를 알 것이고, 만변천자를 빼낼 수 있는 호기로 이용하리라.

"빼앗길 상황이 되면 죽여요!"

사약란은 모진 명령을 내렸다.

할아버지의 수족으로 분류하여 일정한 거리를 두고 있지만, 그래도 같은 무총 사람인 이상 만변천자에 대한 생각은 같을 수밖에 없다.

안선에 대한 정보를 얻어내야 한다. 그게 불가능하다면 죽여야 한다. 만변천자 같은 사람이 안선으로 되돌려 보내는 것은 호랑이를 산속에 풀어주는 것과 다르지 않다.

일력광겸은 정보를 얻어내는 데는 자신없지만 그를 죽이는 것만큼은 자신있었다.

“끌!”

앞에서 가래 끓는 소리가 들려왔다.

“난 또 누구라고. 영감이었구만. 깜짝 놀랐잖아!”

“흘흘! 일력광겸도 놀랄 때가 있나?”

앞에서 독심독의가 갈멧잎을 헤치며 나타났다.

“고 암코양이는 비궁에 들어갔나?”

“배를 타고 가는 것까지밖에는 못 봤어.”

“듣기로는 비궁에 들어가기가 만만치 않다던데.”

“총주 손녀이니 어련히 알아서 들어갔겠나.”

일력광겸이 시큰둥하게 말했다.

독심독의가 암암리에 뒤따라온다는 것은 알고 있었다. 어떠한 경우든, 어떠한 상황에 처했든 독심독의는 총주의 믿음을 저버리지 않는다.

무혼은 세상에 알려진 것처럼 단순히 총주의 제자가 아니다.

물론 무혼들 중에는 일력광겸처럼 재능을 인정받아 제자가 된 경우도 있다. 하지만 독심독의처럼 필생의 숙원을 위해 잠시 휘하에 들어온 사람도 있다.

무혼이 되는 기준은 무공을 사사받았느냐는 것이 아니라 목숨을 바쳐서 총주를 보필할 수 있느냐이다.

총주를 보필하는 데 나이가 많고 적음은 문제되지 않는다.

그를 만나 그의 인품에 감복한 끝에 그의 사람이 되었다. 그가 추구하는 무림 평화, 만민(萬民) 낙도(樂渡)의 꿈만 이룰 수 있다면 목숨이 두세 개라도 모두 내놓을 각오가 되어 있다.

현재의 무림은 그가 바라는 이상향에 비하면 겨우 절반 정도의 평화를 이루었을 뿐이다.

무혼은 총주의 수족이나 다름없다.

한데 이번 명령은 이상하다. 사약란이 아무리 총주의 손녀라지만 무혼들 중 네 명이나 그녀 곁에 붙이는 것은 도저히 납득이 되지 않았다.

무혼들 중 한 명만 곁에 있어도 그녀의 신변쯤은 보호한다. 독심독의처럼 원로한 사람을, 그것도 당대 제일의 독인을 옆에 붙일 필요는 없었다.

정말 총주의 처사는 이해되지 않았다.

한데 그들로서도 어쩌지 못하는 상황이 벌어졌다. 괴노독이 출현하고, 삼면광자 같은 괴물까지 등장했다.

참 신경질 난다.

하지만 무엇보다도 사명사귀의 일원인 자차검이 덧없이 죽었다는 데는 할 말이 없다.

신경질이 나다 못해 복장이 터지겠다.

상대가 만변천자이니 그럴 수도 있다 싶지만, 죽은 것도 모자라서 얼굴 가죽까지 벗겨진 것을 생각하면 피를 토할 노릇이다.

한편으로는 자신들에게 맡겨진 '호위' 라는 임무가 얼마나 막중한지도 깨달았다.

사약란은 폭풍의 중심이다.

그녀와 계야부는 이리저리 닥치는 대로 좌충우돌하는 것 같다. 한데 그들을 중심으로 미묘한 흐름이 형성된다. 무엇인가 큰 변화가 일어날 것 같다.

사명사귀가 감당할 수 없는 격변이다.

총주는 사명사귀에게 죽음을 명한 것이다. 그들이 감당하지 못할 변화 속에 밀어 넣은 것은 마지막 순간까지 최선을 다해서 손녀를 호위하라는 명령이었던 것이다.

그걸 알면서 그녀의 눈 밖에 났다고, 싫은 소리 좀 들었다고 훌훌 떠날 수는 없다.

독심독의는 암중호위를 택했다.

숨어서, 은밀히 뒤따르며 호위한다.

한데 암중호위를 하다 보니 어쩌면 이게 사약란이 원하는 바가 아닌가 하는 생각이 든다.

그들은 노출되어 있다.

모습을 드러내어 앞을 가로막는 사람은 없지만 은밀히 숨어서 지켜보는 눈은 헤아릴 수 없을 정도로 많다.

사약란도 최후의 한 사람 정도는 준비해 둘 필요가 있지 않았을까? 그래서 웃고 흘려 버릴 수 있는 일을 꼬투리 삼아 내친 것이 아닐까? 무혼이 어떤 사람들이라는 걸 아는 그녀가…… 가라는 말 한마디에 돌아설 사람이 아니라는 것을 알면서…….

사약란이 원하는 것은 뭘까?

일상적인 호법이 아니다. 호위도 아니다. 지켜보고 지켜보다가 모두가 무너졌을 때, 더 이상 가망이 없다고 생각할 때, 그때 나타나 구해달라는 것이다.

숨겨놓은 마지막 한 수다.

사약란은 일력광겸 혼자만 호숫가에 남겨두었다.

그녀가 안선의 공격을 깜빡 망각한 걸까?

독심독의가 암암리에 도울 것을 알고 있기 때문에 안심하고 떨어뜨릴 수 있었던 건 아닐까?

독심독의의 주요 병기는 독이다.

일반 무인들처럼 병기를 들고 직접 쳐나가지 않아도 얼마든지 공격과 방어가 가능하다. 아니, 숨어 있으면 있을수록 그의 무서움은 가중된다.

"가급적 일을 벌이지 않는 게 좋겠지? 저쪽으로 이십여 장만 가면 배들이 몇 개 있더라. 인근 어부들이 사용하는 배인 듯한데…… 알아서 가져가."

"고맙소, 영감."

"고맙기는. 나도 조만간 들어가긴 하겠지만…… 가서 준비 단단히 해야 할 게야. 몰려드는 인간들이 보통 아냐. 소림, 무당, 화산…… 그것도 죄다 장로 급이야."

"소림! 무당! 화산! 장로 급! 뭐야? 무슨 일 있어?"

"그걸 나한테 물으면 어쩌누. 도무지 이해할 수 없단 말이야. 독심환마가 마인인 것까지는 좋은데…… 독심환마가 때려죽일 놈이라고 해도 그래. 소림이나 무당 같은 데서 증거도 없이 고수를 파견할 리는 없고…… 허!"

"확실해? 소림, 무당……."

"내 눈이 침침해지긴 했지만 까까머리 돌중과 돌파리 도사들조차 구분하지 못할 정도는 아니야. 뭐에 단단히 걸려든 것 같아."

"본총이나 안선은?"

"본총 사람은 그림자도 안 비치고, 안선이야 어느 놈이 어느 놈인지 알 수가 있나. 자네가 안선 아냐?"

"미친!"

"내 말이 그 말. 미쳤어. 세상이 단단히 미쳤다고."

"흐흐흐! 사 군사 같으면 그런 소린 안 할걸? 흠! 뭐라고 말할까? 누구냐!"

"누구냐!"

일력광겸과 독심독의는 동시에 같은 말을 했다.

"하하하!"

"낄낄! 조심해서 가게."

독심독의가 신형을 날려 사라졌다.

독심독의가 말한 곳에 배가 묶여 있었다. 예상하지 못한 점이 있다면 배가 한 척밖에 없고, 그나마도 사람이 있다는 점이다. 그것도 사내도 아닌 여인이다.

'뭐야?'

그는 여인의 면면을 한눈에 쓸어내렸다.

꾀죄죄한 몰골, 햇볕에 그을린 피부, 고생깨나 한 주름……

어망을 끌어 올리는 솜씨가 능숙하고…….

'휘우! 자라 보고 놀란 가슴, 솥뚜껑 보고 놀란다더니 내가 그 짝이네. 경계도 정도껏 해야지, 이거야 원…….'

일력광겸은 낫으로 땅을 찍었다.

아낙이 깜짝 놀랄 것은 우려되나, 계속 뭍에 남아 있는 것은 위험을 자초하는 행위다.

쿵! 철썩!

그가 올라타자 배가 출렁거렸다.

"어멋! 누구…… 악!"

여인은 소리조차 변변히 내지르지 못했다.

일력광겸의 황소만 한 덩치는 보는 것만으로도 위압감을 준다. 더욱이 두 발과 한 팔이 없으니 공포심은 극에 달할 것이고, 사나운 두 눈까지 본다면 혼절하는 게 정상이다.

일력광겸은 한 술 더 떠서 날이 시퍼런 낫을 디밀었다.

아낙은 사시나무처럼 바들바들 떨기만 할 뿐 말을 잇지 못했다.

"소리치지 마라. 죽는다."

"예… 예……."

"지금부터 네가 할 일을 말해준다. 알았지?"

"네, 네. 제발 목숨만……."

여인은 새파랗게 질려서 바들바들 떨기만 했다.

"배를 몰아라. 목적지는 사도(死島)."

"거, 거기는…… 제발…… 제발 살려주세요."

여인이 털썩 주저앉으며 두 손이 발이 되도록 빌었다.

그럴 것이다. 인근 주민들에게 사도는 죽음의 땅이다. 가까이 다가가지도 못할 뿐만 아니라 어쩌다 섬에 내리기라도 하면 살아남지 못한다.

사도는 절대 들어서서는 안 되는 금역이다.

동정호 지리에 익숙하다면 배만 뺏으면 된다. 뺏는 게 아니라 값을 후하게 쳐서 사면 된다. 하지만 사도가 어디에 있는지 모른다. 대충 방향은 짐작하지만 아는 사람이 데려다 주는 것이 훨씬 낫다.

처음에는 배에 사람이 있어서 망설였지만 지금은 오히려 뱃길을 아는 사람이 있어서 낫지 싶다.

"사도까지만 가자. 넌 배에서 내릴 필요도 없어. 아주 간단하지? 간단한 일을 제대로 하면 해치지 않는다. 더불어서 이건 배삯이고."

품에서 은자 한 덩이를 꺼내 뱃전에 올려놨다.

공포심에 물들어 있던 아낙의 눈동자에 활기가 돈다.

"사, 사도까지 배만 저어드리면……."

"그래. 간단한 일이니, 해볼까?"

"예."

여인이 노를 젓기 시작했다.

배가 미끄러지기 시작한 지 한식경쯤 흘렀을 때, 몸에 이상 징후가 일어났다.

양물이 꿀떡꿀떡 용트림을 친다.

몸에 있는 열기란 열기는 모두 양물에 모인 듯 몸이 비비 뒤틀리고 입에서는 단내가 폭폭 풍긴다.

'걸렸군.'

그는 눈을 부릅뜨고 아낙을 쳐다봤다.

멀쩡하던 몸이다. 아낙과 단둘이 배를 타고 있지만 음심(淫心)을 품어보지 않았다. 사방이 적인데, 한시도 긴장을 늦출 수 없는 처지에 여인을 생각한다는 건 '나 죽여달라' 하는 것과 다름없다.

그는 천천히, 꼼꼼히 여인을 살폈다.

전에는 보지 못했던 모습들이 보인다.

사내도 버거운 묵직한 노를 아주 가볍게 젓는다. 흔들리는 배에 서 있는데도 두 다리의 요동이 전혀 없다.

여인에게서 무인의 흔적을 찾는 건 어렵지 않았다.

이렇게 쉽게 발견할 수 있는 것을 한식경 전에는 왜 찾아내지 못했을까?

관점의 차이다.

그때는 일반인이라 단정하고 무인의 모습을 찾았다. 지금은 무인이라고 단정한 후에 무인의 흔적을 찾는다. 어떤 모습에 주안점을 뒀느냐가 많은 차이를 불러온다.

시간을 두고 차분히 찾는 것과 빠른 눈썰미를 믿고 쭉 훑어본 것과의 차이일 수도 있다.

"별호가 뭔가?"

일력광겸은 흐르는 물에 시선을 고정시킨 채 차분히 물었다.

욕기(慾氣)를 참아내야 한다. 가능한 마음을 가라앉히고, 여인을 생각하는 대신 고통스러웠던 과거를 떠올리며 양물에 가득 주입된 화기를 다스린다.

"호호호! 역시……."

여인은 굳이 정체를 숨기려고 하지 않았다.

여인이 노를 놨다.

"간단한 일을 시켰을 텐데? 간단한 일을 해라, 멈추지 말고. 하면 해치진 않는다."

여인은 그의 말을 듣지 않았다.

손을 들어 올려 머리에 묶은 광목을 풀어냈다.

출렁!

검고 윤기나는 머리가 쏟아져 내린다.

얼굴을 문질러 인피면구를 벗자 갸름하고 단정한 이목구비가 드러난다.

절색미인, 타고난 요부!

"시킨 일을 해도 죽일 거잖아요. 그렇지 않아요?"

"……."

일력광겸은 대답할 틈이 없었다.

그는 춘약을 안다. 어떠한 징후가 치미는지, 의지로 얼마나 버틸 수 있는지 비교적 소상히 아는 편이다. 사명사귀 중에 독인인 독심독의가 있기에 남보다는 많이 알게 되었다.

한데 그의 몸을 침습한 춘약은 독심독의에게 들었던 춘약보다 훨씬 약성이 강하다.

욕기를 참지 못해 몸이 부들부들 떨리는 경우를 겪어봤나? 비린내 나는 옷을 입은 여인이, 사향(麝香)을 지닌 여인만큼이나 고혹적으로 보일 때가 있었나?

그는 떨리는 손으로 낫을 들었다.

여인은 서둘지 않았다. 인피면구를 벗고, 목과 손에서 엷은 피부도 벗겨냈다.

옷도 벗었다.

비린내가 물씬 풍기던 저고리와 치마가 뱃전 한구석에 던져졌다.

"그러지…… 마라."

일력광겸은 평소 같으면 죽어도 하지 않을 말을 했다.

여인은 춘약을 썼다. 옷을 벗고 그를 유혹하려고 한다. 애초의 목적이 그것인데, 하지 말라고 안 하겠는가. 자신이 그런 말을 할수록 더욱 고혹적인 자태를 드러내지 않겠나.

하지 마라는 말은 더 빨리 하라는 말처럼 들렸으리라.

달빛 아래 드러난 여인의 몸은 완벽했다.

백옥으로 빚었나? 매끄러운 피부에 윤기가 자르르 흐른다. 흠잡을 곳이 전혀 없는 완벽한 나신이다.

"저항하지 마요. 그럼 더 괴로워요."

"지독…… 하군. 보통은 아니고…… 누구냐!"

"남들은 화향호리라고 부르더군요. 그걸 묻는 거예요?"

“훗! 된통 걸렸군.”

일력광겸은 낫을 놓아버렸다.

여인이 화향호리라면 그의 저항은 무의미하다.

화향호리쯤 되면 나아갈 때와 물러설 때를 잘 안다. 잡을 때
와 놓아줄 때도 알고, 일의 성패 여부도 한눈에 꿰뚫는다.

그녀가 펼쳐 놓은 안배에 걸려들었으니 이미 끝난 것이다.

“전 다른 말로 절 소개하고 싶어요. 사명사귀에게 몰살당한
사사귀의 유일한 생존자. 어때요?”

“복…… 수인가?”

‘망할 영감탱이!’

괜히 독심독의에게 분노의 화살이 쏘아졌다.

배가 있는 곳을 알려준 것까지는 좋았는데, 그럴 거였으면
주위에 누가 있는지도 파악했어야 하지 않는가.

그는 나름대로 파악했을 게다.

화향호라는 그가 훑고 지나간 자리에 들어섰다. 독심독의의
눈길이 지나간 자리에 섰다.

독심독의는 그녀의 존재를 모른다. 반면에 그녀는 독심독의
의 존재를 알 뿐만 아니라 어디서 무엇을 하는지까지 안다.

무공의 차이가 아니라 감시의 차이다.

화향호리는 독심독의가 사약란에게서 떨어져 나오기 전부
터 감시하고 있었던 것이다.

“너무 긴장하지 마세요. 당신을 죽일 생각은 없어요.”

화향호리가 살짝 몸을 움직였다.

아! 눈앞에 아찔한 환상이 펼쳐진다. 출렁이는 가슴, 은밀한
방초가 두 눈을 현혹한다.

"끄윽!"

일력광겸은 입술을 잘끈 깨물었다.

"호호호! 호호호호!"

화향호리는 안심하고 웃어댔다.

일력광겸의 의지는 동정호의 물결에 휩쓸려 내려가고 없었
다.

'빌어먹을! 빌어먹을! 빌어먹을!'

일력광겸은 이를 악물고 주먹으로 땅을 쾅쾅 쳤다.

지축이 뒤흔들렸다. 하늘과 호수가 비틀거렸다. 분노를 실
은 권력(拳力)은 세상을 부숴 버릴 듯 사나웠다.

눈을 뜨니 밝은 세상이다. 푸른 하늘이 보인다. 시원한 바람
이 전신을 휩쓸고 지나간다.

굳이 상황 파악을 하지 않아도 어떤 일이 벌어졌는지 알 수
있다.

혹시나 하고 주위를 돌아봤지만 역시 만변천자가 없다.

화향호리에게 빼앗기고 말았다.

그뿐만이 아니다. 자신은 알몸으로 어딘지도 모를 곳에 던
져졌다.

그나마 죽이지 않은 것만도 다행으로 여겨야 하나?

"끄응!"

몸을 일으켜 세웠다.

호수, 푸른 하늘, 흑갈색의 땅…… 어김없이 알몸.

'화양호리, 너!'

이를 부드득 갈았지만 이미 당한 것을 어쩌랴.

그는 손으로 머리를 짚고 지난밤을 떠올렸다.

그녀와 정사를 나눴나? 기억나지 않는다. 욕정을 느끼면서 몸부림친 것까지는 기억나는데, 그 후의 일은 깨끗이 지워졌다.

머리를 흔들어보았다.

아프지 않다. 독심독의의 말을 빌리면 춘약에 당하면 족히 하루 정도는 두통에 시달릴 거라고 했다.

아무런 통증도 없다.

'계집이 춘약은 좋은 걸 쓰는군.'

그러나저러나 이곳은 어디일까? 당장 어디 가서 옷이나 훔쳐 입어야 되겠는데…….

다행히도 일력광겸의 고민은 오래 지속되지 않았다.

저벅! 저벅!

등 뒤에서 발걸음 소리가 들려왔다.

낭패다! 알몸으로 호숫가에 뒹굴고 있으니 뭐라고 생각할까? 틀림없이 변태나 미친놈 취급을 할 게다. 다가오는 사람이 혹시 여인이면? 망신, 망신 이런 망신이 있나!

그는 급히 고개를 돌려 다가오는 사람을 쳐다봤다.

"엇!"

"엇은 뭐가 엇입니까! 이거나 입어요."
다가온 사람은 오목이었다.
그가 보자기나 다름없는 큰 천을 내밀었다.

사약란은 일력광겸을 쳐다보지도 않았다.
"사람 하나 지키지 못하면서 어떻게 절 지킨다는 거죠? 보기 흉해요. 가서 옷이나 제대로 지어 입어요!"
일력광겸은 꿀 먹은 벙어리가 되어 물러설 수밖에 없었다.
만변천자를 잃어버렸다.
이것보다 면목없는 일이 어디 있겠는가.
그가 물러나자 사약란은 지통에게서 날아온 전서(傳書)를 다시 펼쳐 들었다.

화향호리, 괴노독과 합류. 상면광자 때문에 접근은 불가(不可).
괴노독, 소림 무상(無想) 대사(大師)와 접촉.
만변천자, 기동(起動). 이지(理智) 망실(忘失)로 추측됨. 화향호리에게 비기(秘技) 전수(傳受).

안선의 움직임이 비교적 소상하게 손에 잡혔다.
화향호리는 왜 만변천자의 비기가 필요한 것일까? 두말할 필요도 없이 역용(易容)이다.
한 사람을 풀어줌으로써 열 명의 꼬리를 낚아챘다.

일력광겸은 자신이 실수한 줄로 안다.

그가 그렇게 생각하는 좋다. 그래야 빚진 것이 있다는 생각에 한 번쯤은 제대로 말을 들을 것이다.

화향호리는 어떤 식으로든 다가왔다.

이왕 다가올 것, 자신이 길을 열어주는 게 낫다. 그래야 다가오는 모습을 환히 볼 수 있으니까. 선택권을 그녀에게 주면 뒤통수를 맞지 않기 위해 항상 조심해야 하는데, 그것보다는 낫지 않은가.

생각대로라면 화향호리는 반드시 비궁에 들어선다. 계야부에게 접근할 것이고, 서인을 탈취할 것이다.

그녀의 움직임을 주축으로 몇 개의 연결선이 그려졌다.

괴노독, 삼면광자가 한 축이고, 소림의 무상 대사가 또 한 축이 되어 그녀를 돕고 있다.

'다른 움직임도 있을 거야. 이번에는 뭐로 유혹한다……'

미끼를 던질 곳은 생각해 두었다. 마땅한 미끼가 무엇인지 생각나지 않을 뿐이다.

3

"아미타불! 아미타불! 아미타불! 절경이구나, 절경이야!"

"염불에는 관심없고 잿밥에만 관심있다는 건가?"

"아름다운 경치를 즐기고 탄성 좀 토해냈다고 잿밥 운운할 건 무엔가? 그럼 자네 마음에는 이 경치를 받아들일 공간이 없다는 겐가? 허어! 불쌍한 중생이로고."

"좌우지간 그놈의 세 치 혀는……."

살수왕 류청지는 혀를 끌끌 찼다.

"허! 또 오는군. 요전번에는 자네가 힘썼으니 이젠 내 차롄가."

"살심 좀 키우라고."

"중놈에게 하는 소리하고는. 아미타불!"

홍법 대사가 염주를 돌리며 불호를 외웠다.

두 사람 앞으로 한 무리의 무인들이 다가왔다.

"둘은 살기, 셋은 호승심인가? 좋게 끝나지 않을 싸움 같은데, 자네가 하면 안 될까?"

"약속대로."

류청지는 길게 기지개를 켜더니 팔베개를 하고 뒤로 누워버렸다.

"홍법, 내기 하나 하지. 저놈들 기세로 보아서 살계를 열지 않을 수 없겠는데…… 살수를 쓰겠나?"

"허어! 중놈에게 할 소리가 아니라니까."

"살수를 쓰게 될 거야. 이게 내기야. 자네가 지면 오늘 저녁에 개고기 먹기, 어때?"

"정말 몹쓸 중생이로고."

"대신 내가 지면 자네에게 예쁜 여자 한 명 붙여주지. 공평해?"

"허어! 아미타불! 내가 왜 이런 중생과 동행을 했던고. 량준,

붕비, 석지…… 많고 많은데 하필이면…… 아미타불!"

그들이 티격태격하는 사이에 한 무리의 무인들이 두 사람 앞으로 다가왔다.

그들 중 세 사람은 정중히 포권지례를 취했다.

"망산(邙山)의 절검삼협(絶劍三俠)이오이다. 이렇게 만나 뵙게 되어 영광입니다."

다른 두 사람은 예를 갖추지 않았다. 팔짱을 끼고 활활 타오르는 눈으로 노려보며 말했다.

"칼 위에서 사는 인생, 이름은 남겨서 뭐 할까? 베면 웃는 거고, 베이면 죽는 거지."

홍법 대사가 합장을 하며 말했다.

"아! 절검삼협, 말씀 많이 들었소이다. 이분들은 천뢰쌍도(天雷雙刀)이신 듯한데…… 그런데 소승에게 볼일이 있으신지?"

절검삼협 중 맏형이 말했다.

"무총 십일영자의 무공은 천하무적이라고 들었소이다. 부디 안계를 넓혀주시구려."

그때다, 누워 있던 류청지가 한마디 툭 던졌다.

"진정 안계를 넓힐 요량이면 무총으로 직접 찾아가. 도전해 오는 자에게는 한 수 지도를. 무총의 호호(呼號) 아냐. 멀쩡한 곳을 놔두고 왜 엄한 사람한테 와서 지랄이야."

홍법 대사의 얼굴이 발개졌다.

이래서야 살수를 쓰지 않을 도리가 있나!

십일영자 중 동나를 제외한 십영자가 일제히 오방(五方)을 향해 길을 나섰다.

두 명이 한 조로 짝을 이루어 심신 수양차 산천을 유랑했다.

한데 이상한 소문이 나돌았다.

무공으로 십일영자를 감탄시키면 사일도의 권한으로 높은 직위를 내린다는 소문이다.

어떤 직위인지 상세하게 전해지지는 않는다. 단지 한 지역을 쥐락펴락하는 패주와 비교해도 손색이 없을 것이라고만 한다.

모호한 소문, 헛소문이다.

하지만 무림이란 곳은 종종 터무니없을 만큼 허황된 소문에도 숨 가쁘게 움직인다.

무인들이 십영자를 향해 병기를 들었다.

정중하게 청해오는 자도 있지만 살심을 품고 오로지 죽이겠다는 일념으로 다가서는 자도 있다.

무공으로 감탄시키면 된다는 모호한 소문 탓이다.

그 말은 수단 방법 가리지 않고 죽이기만 하면 된다는 소문으로 와전되었다.

십영자는 전 무림의 표적이 되었다.

그래도 그들은 산천 유랑을 멈추지 않았다. 원래 계획대로 명승지다 싶은 곳은 어김없이 들렀다.

퍼억! 빠악!

금강산수(金剛散手)가 천뢰쌍도의 이마에 떨어졌다. 백보신권(百步神拳)이 또 다른 자의 가슴을 가격했다.

일신이기(一身二技)의 비기가 아주 손쉽게 펼쳐졌다.

한 몸에 두 가지 진기를 돌려서 한 손으로는 수공을 펼쳤고, 다른 한 손으로는 권법을 썼다.

쳐내는 각도와 방향이 다른데 정확하게 목표한 부위를 가격했다.

"크윽!"

"컥!"

천뢰쌍도는 단말마를 토해내며 무너졌다.

백보신권을 맞은 자는 화살에라도 꿰인 듯 뒤로 펄쩍 날아가 떨어졌다.

즉사다.

금강산수에 머리를 맞은 자도 무사하지 못했다.

먼저 코에서 두 줄기 코피가 주르륵 흘러내렸다. 곧이어 두 눈에서 붉은 핏줄기가 눈물처럼 흘렀고, 양쪽 귀에서도 핏줄기가 주르륵 쏟아졌다.

눈동자가 위로 쳐들려 흰자위를 드러내며 쓰러진 것은 그 후다.

"허! 저, 정말 노, 놀라운 무공……."

"아, 안계를 충분히……."

절검삼협은 물러서려고 했다.

그때, 류청지가 또 한마디 쏟아냈다.

“꼬리 말고 싶으면 빨리 말아. 뭘 이러쿵저러쿵이야. 무림
에는 왜 이렇게 쓸개 빠진 인간들이 많은지.”
“아미타불!”
홍법 대사는 염불을 읊음으로써 부글부글 끓어오르는 부아
를 참았다.
스르릉!
절검삼협이 검을 뽑았다.

第三十五章
재편성(再編成)

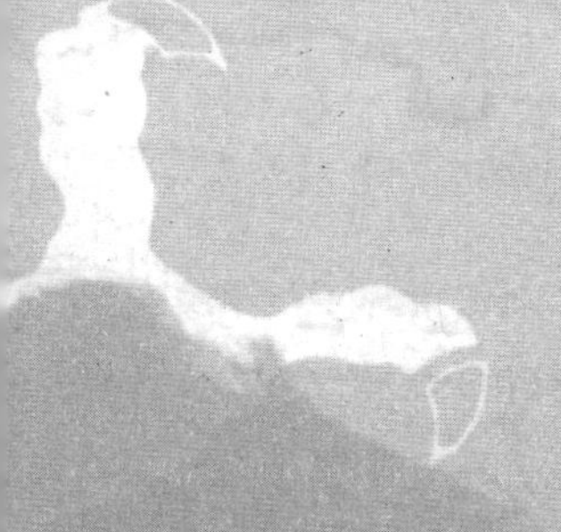
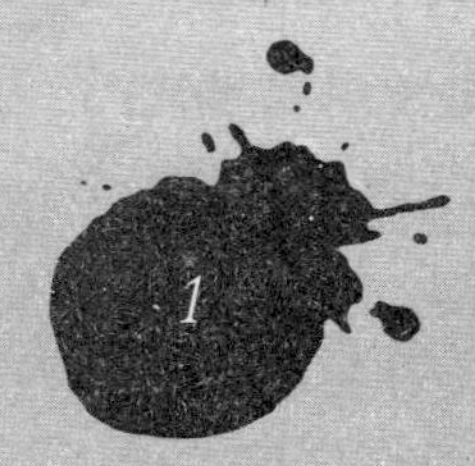

사약란은 연공실(練功室)에 틀어박혀 두문불출, 나올 생각을 하지 않았다.

음식은 벽곡단(辟穀丹)으로 해결했다.

남은 사람에게는 그저 푹 쉬고 있으라는 말만 했다.

무공을 수련할 수 있는 방법이라도 찾은 것인가. 그래서 무공을 수련하나?

계야부와 오목은 새벽부터 밤늦도록 막노동에 매진했다.

웃통을 벗어 던지고 암기투성이인 바위를 드러낸 후, 압판을 손질하는 것이 하루의 주요 일과다.

일력광겸은 몸이 너무 큰 탓에 제외되었다.

그가 낫을 찍어대도 멀쩡할 만큼 바위를 얼리려면 무척 많은 피가 필요하다.

차라리 하지 않는 것만 못하다.

대신 그는 두 눈을 감고 계속 입술을 달싹거렸다.

누군가에게 전음을 보내는 것인데, 대상자가 사사표풍은 아니었다.

그녀는 흑선류를 수련하는 데 온 정신을 쏟아부었다.

결국 제각각 혼자만의 시간을 보내고 있는 셈이다.

비궁에 들어온 지 닷새가 되는 날, 계야부와 오목은 섬을 한 바퀴 돌았다.

"다 끝난 겁니까?"

"끝났어. 가서 쉬어."

"쉬는 건 정작 형님이 쉬어야겠는데요. 얼굴이 핼쑥해요."

"괜찮아. 운공조식 취하게 자리 좀 비켜줘."

"그러죠 뭐."

오목이 걱정스러운 얼굴로 쳐다보다가 자리를 피했다.

난석환류진을 모두 손질했다. 손질할 곳이 보일 때마다 피를 한 줌씩 뿌려댔다.

지난 닷새간 계야부가 흘린 피는 동이를 넘어선다.

얼굴에 핏기가 사라진 것은 당연하다.

계야부는 멀어져 가는 오목을 지켜보다가 준비해 뒀던 작은 침을 꺼내 뒷허벅지를 찔렀다.

은문혈(殷門穴), 부극혈(浮郄穴), 위양혈(委陽穴).

삼각형 형태를 취하고 있는 삼 점을 꾹꾹 두 푼씩 찔렀다.

오른쪽 다리를 먼저 취하고, 왼쪽 다리를 취했다.

순간, 그는 두 다리가 마비되어 털썩 주저앉았다.

그의 기행은 거기서 그치지 않았다.

침을 오른손에 쥐고 왼쪽 팔에 침을 놨다.

심포경(心包經)이 시작되는 천지혈(天池穴), 심포경의 두 번째 혈인 천천혈(天泉穴), 심경(心經)의 시작점인 극천혈(極泉穴)을 단칼에 베어내듯 재빨리 찔렀다.

그러자 왼팔마저 힘을 잃고 축 늘어졌다.

'임독맥(任督脈)을 일주하여 정제된 진기를 운문혈(雲門穴)에 집중시키고……'

타앙!

손바닥으로 힘껏 땅을 쳤다.

순간, 그의 신형이 허공으로 쑥 솟아올랐다.

내려설 곳은 솟구치기 전에 이미 정해두었다. 평평한 땅 위가 아니라 울퉁불퉁한 바위 위다.

타앙!

손이 바위를 쳤다.

바위가 부서지며 석편을 튀겨냈다. 반면에 계야부는 치는 탄력을 이용해 다시 솟구쳤다.

계야부의 공격은 위에서 시작하여 아래에서 결실을 맺는다.

일격에 전신의 모든 공력이 집중될 뿐만 아니라 위에서 아래로 내리꽂히는 기세까지 가미되어 가공할 파괴력을 선보인다.

"좋은 무공이군."

계야부는 일단 만족했다.

남은 숙제가 있다. 먼저 왼팔의 금제를 풀어야 한다. 그리고 종국에는 두 다리의 금제도 푼 상태에서 지금 펼친 무공과 똑같은 무공을 펼칠 줄 알아야 한다.

왼팔의 혈도를 풀면 진기가 흩어진다.

운문혈이 오른쪽에 하나, 왼쪽에 하나 있기 때문에 한쪽으로만 집중시킬 수 없다.

한데 모든 진기를 일격에 모으려면 다른 곳으로 흩어지게 해서는 안 된다.

이 부분만큼은 일력광겸도 해결하지 못한다.

그는 두 다리와 한 팔이 없기 때문에 고민할 필요도 없다.

계야부는 다르다. 불편하기는 하지만 두 다리가 있다. 두 팔도 있다. 무공을 펼치면서 상대에게 잠깐만 기다리라고 하고 침을 꽂을 수는 없지 않은가.

이 숙제를 풀어야 한다.

'독비신공(獨臂神功). 잘 쓰겠소.'

계야부는 일력광겸의 앉아 있던 곳을 쳐다봤다.

일력광겸이 막 일어서고 있었다.

계야부가 두 다리와 한 팔을 마비시킨 채 정확하게 독비신공을 펼치는 모습을 보고 할 일을 다했다고 생각한 모양이다.

한쪽 다리를 절룩거리니 불쌍해서 신공을 전수해 준 건가? 아니면 만변천자를 잃은 보상이라도 하겠다는 건가.

일력광겸이 무슨 심정에서 독문 무공을 전수해 주었는지 모르겠지만 분명히 큰 도움이 되는 것은 사실이다.

우선 당장 움직일 수 있다.

일력광겸은 팔을 이용했지만 그는 멀쩡한 다리를 쓸 생각이다.

모든 진기를 왼 다리에 몰아넣은 후, 타격을 가한다. 하면 신형이 뜰 것이고, 떨어지는 곳에 또 타격을 가하면…… 외발로도 쾌속한 이동이 가능해진다.

그러기 위해서는 진기 분산을 막아야 한다.

진파를 이용할 수는 없을까? 진파는 단전에서 일어나 혈도를 직격(直擊)한다. 임맥과 독맥을 휘돌 필요가 없으니 육안으로 식별할 만큼 확연한 차이는 아니지만 그래도 조금은 더 빨라질 것이다.

이 모든 걸 스스로 해내야 한다.

이제부터는 습득이 아니라 창안이다.

'새로운 걸 만들어내야 된다는 건데…… 후후!'

계야부는 자신있었다. 토노번인의 시구각보를 자신에게 맞도록 재구성한 경험이 있다.

있는 것을 변형시키는 건 그리 어렵지 않다.

군인들은 암호를 사용한다. 무림에서 사용하는 밀마(密碼)와는 완전히 다른 암호 체계다. 효율면에서는 월등하고, 보안면에서는 다소 취약하다.

사약란은 계야부가 남긴 암호를 해독했다.

하나부터 열까지 자신이 어디를 어떻게 가고 있다는 내용이다.

수신자는 부사영이기 때문에 지울 수도 없다.

처치 곤란한 암호다.

정보 쪽 일을 맡고 있는 무인이라면 계야부의 암호 정도는 쉽게 해독할 수 있다.

다시 말해서 자신들의 일거수일투족이 안선이나 무총의 귀에 고스란히 들어가고 있다는 것이다. 그뿐만이 아니다. 하오문이나 개방 고수들도 계야부의 진로를 손바닥 들여다보듯이 안다.

이런 까닭에 무림의 밀마는 효율보다는 보안에 치중한다.

수신자에게 건네지지 않아도 다른 자가 해독하는 일만은 없게끔 만든다.

군인은 다르다.

그들이 사용하는 암호, 특히 말똥구리들이 사용하는 암호는 하루나 이틀 정도 지나면 소용 가치가 없어진다. 즉시 해독하고 즉시 움직여야 하는 것이다.

서로 사용하는 용도가 다른데, 계야부는 통상적으로 암호를 쓰고 있다.

그에게 밀마를 가르쳐 줄 수도 없다.

부사영이 밀마를 모르니 가르쳐 준들 쓸 방도가 없다.

결국 부사영이 돌아올 때까지는 뾰족한 수가 없는 것이다.

안선이 움직이지 않는다.

무총이 움직이지 않는다.

무림인들이 꼴을 보이지 않는다.

당연하지 않은가. 모든 면면을 속속들이 들여다보고 있는데 일부러 나서서 충동질할 필요가 어디 있는가.

그들은 상호 간 역학관계를 고려하고 있다.

계야부와 사약란을 이용하여 자신이 원하는 바를 최대한 얻어들은 생각이다. 눈에 보이지는 않지만 암중에서는 치열한 두뇌싸움이 전개되고 있는 것이다.

긴장해야 된다.

누가 어떤 공격을 시도하던 일단 움직이기 시작하면 그때부터는 정신없이 휘몰아칠 것이다.

사약란이 만사 제쳐 놓고 비궁부터 가고자 했던 연유다.

중원 무인들과의 싸움이 문제가 아니다. 이제부터 시작될 싸움은 누가 누구인지, 이 사람이 왜 공격을 가해오는지 모를 경우가 태반일 것이다.

다 이유가 있는 공격이지만 당하는 입장에서는 정말 귀신이 곡한다는 생각이 들 게다.

정신 바짝 차려야 한다. 한순간이라도 방심하면 흐름을 잃는다.

한데 계야부는 태연하게 자신의 흔적을 그려놓고 있다.

그녀는 밀실을 벗어나 난석환류진을 통과했다. 해자를 건넜고, 독충들의 숲을 지나갔다.

그리고 배를 탔다.

"독심독의."

사약란은 아무도 없는 빈 들판에 대고 속삭였다.

"지금부터 날 보호해요. 누가 되었든 삼 장 안으로 들어서는 자는 모두 죽여요."

"……."

대답이 없다.

싸늘한 바람이 분다. 빈 들판을 휩쓸고 지나가는 바람은 황량하기만 하다.

사약란은 두 번 말하지 않았다.

그녀가 들판을 걸어갔다.

'흘흘! 성질머리가 꼭 총주님을 빼다 박았어. 계야부 그놈, 지금은 좋겠지만 나중에는 고생깨나 할 거야. 바람이라도 피는 날에는…… 큭큭! 눈에 보인다, 보여.'

독심독의는 마음이 따뜻해졌다.

자신의 생각이 맞았다.

사약란이 사람을 부리는 방법은 독특하다. 그녀는 절대로 이래라저래라 말하지 않는다. 설혹, 무엇을 해달라고 말해도 그게 전부가 아니다.

그녀는 알아서 움직이게끔 만든다.

한쪽으로 움직일 수밖에 없는 상황을 만들어놓고 '자, 갈림

길이에요. 마음대로 가세요' 라고 말한다.

그녀의 그런 용병술에 모두들 길들여져 가고 있다.

계야부는 진작 길들여졌다. 예상치 못한 상황이 벌어져도 사약란이 하는 일이니까 하면서 덤덤히 넘어간다. 꼬치꼬치 따지거나 기분 나쁜 표정은 절대 짓지 않는다.

다른 사람은 말할 것도 없다.

일력광겸은 자신이 무슨 짓을 당했는지 아직도 모르는 듯하다.

호숫가에는 분명히 배가 열 척쯤 묶여 있었다. 한데 일력광겸이 본 것은 배 한 척뿐이다.

나머지 아홉 척은 누군가에 의해 물속에 가라앉았다.

일력광겸에게 남은 배를 탈 수밖에 없도록 조처를 취한 것이다.

여인이 어망을 거둬들인다?

미친놈! 그런 배를 왜 타!

어부들이 미쳤나? 오밤중에 어망을 거둬들이게. 그것도 여자가 홀몸으로.

평상시 같으면 절대 타지 않았겠지만, 만변천자가 수중에 쥐여지면 탈 수밖에 없었을 게다.

자신도 장담하지 못한다.

뒤에서 지켜본 입장이니 '미친놈' 운운하지만 정작 자신에게 그런 일이 벌어지면 꼼짝없이 배를 탈 수밖에 없지 않을까?

사약란이 자신을 내쫓았다는 생각은 까마득히 지워졌다.

그녀의 본심이 아니다. 보이지 않는 눈을 의식한 안배다.

그녀는 자신을 속였을 뿐만 아니라 계야부도 속였다. 일행들 모두를 속였다.

안선을 속이려면 자신부터 속여야 한다.

'삼 장이라…… 삼 장 안에 들어선 놈을 죽이려면 뭐가 좋을꼬? '쥐도 새도 모르게' 라면 무색, 무취는 필수 요소일 게고…… 단숨에 절명시켜야 하면 독성은 아주 강해야 하는데, 무차별 살포는 곤란하니 선별력이 있어야겠고…….'

독심독의는 머리를 갸우뚱거리다가 독단 한 개를 꺼내 들었다.

'네놈으로 하자. 만들어놓고 쓸 일은 없을 것이라 생각했는데…… 불행하게도 쓰이게 되었구나.'

그가 꺼내 든 독단은 백설향(白雪香)이라고 불렸다.

빙령초분이나 독혈마의처럼 치명적이지는 않지만 죽일 사람만 쏙쏙 골라 죽이는 데는 이만한 것도 없다.

백설향은 신경독(神經毒)이다.

손톱만큼만 떼어내어 지공(指功)으로 쏘아낸다.

당하는 사람은 아무 느낌도 받지 못한다. 독이 피부를 통해 침습하여 혈관을 휘돌 때도 이상을 못 느낀다.

백설향이 피부에 닿는 순간부터 심장에 침투할 때까지 걸리는 시간은 그야말로 촌각이다.

삼 장 안에 들어선 자가 한 발을 더 떼어놓기 전에 심장 침투가 이루어진다.

그리고는 절명이다.

전신의 모든 신경이 일시에 마비되면서 심장 작동이 멈춘다.

혼절이 절명까지 이어지는 데는 시간이 약간 더 걸리지만 당사자는 알지 못한다. 하니 땅에 쓰러지는 순간을 이 세상과의 작별 순간이라고 보면 틀림없다.

독단에 백설향이라는 이름이 붙은 것은 백설향에 죽은 사람이 나타내는 특징 때문이다.

코밑에 하얀 서리가 맺힌다.

혼절 중에 체온이 급격하게 식는다. 사망 진단을 내릴 수는 없지만 육신은 이미 사망 상태다. 살아 있으나 죽은 상태는 체온이 하강하지만 호흡하는 상태로 이어진다.

내뿜는 호흡은 차디차다. 들이마시는 공기는 따뜻하다. 이러한 차이가 코밑에 서리를 맺히게 한다.

이 서리를 긁어내어 냄새를 맡아보면 담백한 향기가 난다.

눈밭을 뒹굴 때 맡을 수 있는 눈 냄새라고나 할까?

독심독의는 백설향을 아주 좋아한다. 자신이 만든 독 중에 가장 마음에 든다.

'이놈에게 죽는 놈들은 축복받은 게야! 흐흐흐!'

그는 만족한 웃음을 흘리며 앞서 가는 사약란을 뒤쫓았다.

사람은 누구나 죽는다. 언제, 어디서, 어떻게 죽느냐의 차이가 있을 뿐, 반드시 죽는다.

백설향은 죽음을 의식하지 못하게 한다.

아주 잠깐 머릿속이 핑 돈다 싶으면 끝이다. 어지럼증과 동시에 죽음이 찾아온다.

아주 편안한 죽음이다.

백설향이 내리는 축복이다.

"흐흐흐!"

독심독의의 웃음소리가 잔잔하게 울렸다.

2

사약란은 주점(酒店)으로 들어섰다.

허름한 곳이다. 오가는 길손들이 푼돈 몇 푼으로 안주 없이 독한 화주(火酒)를 들이켜 몸을 녹이는 곳이다.

그녀는 익숙하게 걸어가 가장 구석진 탁자에 앉았다.

"어서 오십쇼. 뭐로 올릴깝쇼?"

점소이가 한달음에 달려와 주문을 받았다.

주점 어디를 둘러봐도 젊은 여인은 없다. 모두 먼 길을 걸어온 여행객이거나 화주밖에 마실 수 없는 막일꾼이 대부분이다.

더군다나 사약란의 미모는 뭇 여인들 속에 섞여놔도 한눈에 쏙 들어온다.

아름답다. 청초하다. 예쁘다……

어떤 말을 갖다 붙여도 표현이 어색할 만큼 뛰어난 미녀다.

당연히 모든 사람들의 눈길이 그녀에게 쏟아졌다.

"술은 못하고…… 차 한잔 주실래요?"

"네? 저…… 차는 저희가 마시는 것밖에……."

"그거면 돼요. 민폐를 끼치면 안 되니까."

사약란이 은덩이를 꺼내 탁자 위에 올려놨다.

순간, 사방에서 탐욕의 눈길이 번뜩였다.

절색의 미녀가 돈까지 많다. 돈이 없어도 욕심이 턱 끝까지 치미는데 점소이가 마시는 찬 한잔 마시자며 은덩이를 내놓는다.

"흐흐흐! 오늘 내 눈이 호강하는군."

어김없이 음흉한 웃음이 터지며 기골 장대한 거한이 일어섰다.

순간, 그는 잠시 멈칫했다. 술기운이 도는지 손을 들어 올려 머리를 짚었다.

그것으로 끝이다.

쿵!

장한은 탁자 위에 널브러져 꼼짝하지 않았다.

"응? 이 친구 왜 이래? 몇 잔 마시지도 않았잖아?"

"그러게. 헉! 모, 몸이 차가워."

"뭐! 그럼 죽은 거 아냐!"

"그, 그런 것 같은데. 급, 급살이닷!"

장한 한 명이 순식간에 죽어나갔다.

소란은 곧 멈췄다.

취객들의 눈길은 여전히 사약란에게 틀어박혀서 떨어지지 않았다.

처음에는 곁눈질로 흘깃거리더니 조금 시간이 지나자 노골적으로 쳐다보기 시작했다. 더러는 눈길을 마주칠 때마다 수작을 부려오기도 했다.

사약란은 차를 마셨다.

기품있는 몸짓, 단아한 태도.

그녀의 일거수일투족은 뭇 사내들의 욕망을 자극했다.

마음 한구석에서는 자신과 어울리지 않는 여인이라는 소리가 울린다. 저런 여자를 품에 안은 사내는 어떤 자일까 하는 질투도 생긴다. 그렇지만 운이 좋으면 자신도 저런 여자의 짝이 될 수 있다는 희망을 품는다.

사람 마음이란 모르는 것이다.

미녀를 차지한 자는 거의 대부분 추남이다.

용기, 용기다! 용기있는 자만이 미녀를 얻는다!

또 한 명이 일어섰다. 그는 사약란에게 다가가기 위해 자신은 마시지도 않는 죽엽청(竹葉靑)을 시켰다.

그가 죽엽청을 들고 일어섰을 때, 어지럼증이 찾아왔다.

쿵!

그는 탁자를 짚으려다가 옆으로 미끄러져서 바닥에 나뒹굴었다.

그가 들고 있던 죽엽청이 바닥에 떨어져 산산조각 났다.

강한 독주의 향기가 주점을 맴돌았다.

두 명이나 이상한 죽음을 겪었건만 취객들은 이상한 기미를 알아채지 못했다.

그들 코밑에 하얀 서리가 맺혔다는 따위는 알아볼 사람도 없었다.

오늘은 재수없는 자들이 많구나, 심장마비로 뒈지는 자가 많구나 하고 생각할 따름이다.

그때, 유난히 길어서 한눈에 확 들어오는 장검을 부자연스럽게 등에 멘 자가 들어섰다.

그는 주점 안을 두리번거리다가 사약란을 발견하고는 밝게 웃으며 다가섰다.

그는 어지럼증을 느끼지 않았다.

"제수 아닙니까! 제수씨가 여긴 어쩐 일이에요?"

"형수 아닌가요?"

"잘못 아셔도 크게 잘못 아셨네. 제수라니까요. 그놈, 저보다 생일이 느려요."

"호호호!"

사약란이 밝게 웃었다.

가지런하고 백옥같이 맑은 치아가 예쁘게 드러났다.

부사영이 나타나는 순간부터 취객들은 눈길을 돌렸다. 흘깃거리는 건 여전했지만 감히 정면에서 쳐다보지는 못했다.

부사영이 내뿜는 기운 때문이다.

그는 죽음의 기운을 풍긴다. 피냄새가 너무 진하게 배어 있는 탓에 숨을 쉴 수가 없다.

무인들에게는 통하지 않는 죽음의 냄새였지만 범인들에게
는 무인보다 더 두려운 느낌으로 다가섰다.

"보는 눈이 많네요. 나가야겠어요."

"그놈은 어디 있어요?"

"우선 나가요."

사약란이 먼저 일어섰다.

그녀는 죽음의 형제들을 만났다.

부사영이 데려온 말똥구리는 겨우 여덟 명밖에 안 된다.

각기 수명판에 열 번 이상 이름을 새겨놓은 자들이라고 자
랑스럽게 말하지만 큰 의미는 없다.

무림에서 말똥구리는 그저 사나운 늑대일 뿐이다.

사약란은 그들을 일일이 쳐다봤다.

하나같이 사납다. 죽음을 몸에 달고 살았다. 팔 하나쯤 날아
가도 눈 한 번 깜짝하지 않을 독종들이다.

무공은 볼 것 없다. 형편없다. 계야부와 부사영의 무공을 보
면 이들의 무공이 짐작된다.

사람은 마음에 들고, 무공은 어떻게든 높여야 한다.

이들의 눈에서 호기심이 일렁거린다. 자신을 보는 눈에 경
외심이 깃들어 있다.

부사영이 계야부의 여인이라고 언질을 주었기 때문일 게
다.

놀라운 자제력이다.

그녀가 독심독의를 시켜서 삼 장 안에 들어선 자는 모조리 죽이라는 명령을 내린 이유가 있다.

그녀는 예쁘게 단장했다. 어떤 사내든 빠져들지 않을 수 없을 만큼 곱게 차려입었다.

사내의 심기를 측정하는 데는 이보다 좋은 게 없다.

그녀는 부사영을 보며 또렷이 말했다.

"가가는 오지 않았어요. 제가 암호를 가로챘거든요. 이분들, 제가 먼저 만나보고 싶어서요."

"……!"

부사영이 눈살을 찌푸렸다.

내색하지 않으려고 조심했지만 저절로 찌푸려지는 것은 어쩌지 못했다.

그는 감정을 숨길 줄 모르는 사람이다.

"기분 나쁘셔도 어쩔 수 없어요. 어떤 사람들인지 알지 못하면 받아들일 수 없어요."

그녀는 단호하게 말했다.

"예쁘장한 소저, 뭔가 착각하는 것 같은데…… 우린 형님 보고 달려왔지, 소저 보고 온 게 아니오. 소저가 뭔데 감 놔라 배 놔라 하는 거야? 퉤엣!"

말똥구리 중에 한 명이 거칠게 말하며 침을 뱉었다.

비록 바닥에 뱉은 침이지만 사약란을 향한 침이라는 건 익히 짐작된다.

사약란의 눈빛이 반짝였다.

이들은 긴장하고 있다. 여인의 미색을 감상할 틈조차 없다. 무림이란 곳이 낯설기도 하려니와 모든 관심사가 오직 한 곳, 생존을 향해 치닫고 있다.

말똥구리들을 데리고 온다고 해서 별로 기대하지 않았는데, 잘하면 정말 좋은 인재들을 얻을 수 있을 것 같다.

사약란이 말했다.

"누굴 보고 달려왔든 상관하지 않아요. 여러분을 쓸 사람은 저예요. 제 입맛에 맞지 않으면 쓰지 못해요. 돌아갈 사람은 지금 돌아가요. 딱 한마디만 할게요. 계야부라는 사람에게 마음의 빚이 있다고 생각되는 사람만 남아요. 그 빚을 갚으려면…… 목숨을 던져야 될 거예요. 여기 있는 사람 중에 한 사람만 살아남아도 아주 잘한 거예요. 이건 진심이에요."

또박또박, 한마디 한마디에 진심이 섞였다.

거칠기 이를 데 없는 말똥구리들도 잠자코 듣기만 했다.

사약란의 말에서 급박한 상황이 감지되었기 때문이다.

그녀의 말을 듣다 보니 오직 한 가지 생각밖에 나지 않는다.

계야부가 위험하다!

"제수씨, 만나보니 어때요? 마음에 들어요?"

부사영이 피식 웃어 보였다.

3

"지금 시간이 자시 초(子時初), 자시 정(子時正)까지 모조리 죽인다. 지금부터 준비물을 점검한다. 화약(火藥) 오탄(五彈)!"

"화약 오탄!"

속삭이는 듯한 명령이 떨어지자 일제히 소지품을 점검했다. 그리고 같은 말을 복창했다.

"단검 네 자루."

"단검 네 자루!"

"혼주(魂珠) 셋!"

"혼주 셋!"

"좋다. 마지막으로 자멸폭(自滅爆) 하나."

"자멸폭 하나!"

"이상없나!"

"없습니다!"

소지품 점검이 끝났다.

그들은 장병기를 소지하지 않았다. 무인들이 흔히 쓰는 검조차 패용하지 않았다.

옷도 특이하다. 몸에 착 달라붙어 근육의 섬세한 굴곡까지 확연히 드러나 보이는 가죽옷을 입었다. 머리에는 같은 가죽으로 만든 복면을 썼고, 손과 발에도 같은 재질의 수투(手套)와 신발을 꼈다.

"부처님의 눈길이 닿기를."

마지막으로 모두의 안위를 기원했다.

스스스슷!

복면인들이 잠입하는 모습을 보고 있자면 감탄이 절로 나온다.

빠르다. 은밀하다.

살수들이라면 모두가 알고 있을 잠입 요건이지만 이들처럼 능숙하게 펼치기는 쉽지 않았다.

복면인들은 잠입 요소를 철저히 체득한 전문 침투꾼이다.

그들은 독충이 우글거리는 숲을 무인지경으로 빠져나왔다. 그리고 대기되어 있던 통나무배에 사뿐히 승선했다.

커다란 통나무를 베어내어 속을 파낸 것뿐이지만 해자를 건너기에는 충분했다.

'이제 곧 난석환류진!'

복면인들의 눈동자는 계야부가 완벽하게 다듬어 놓은 난석환류진에 꽂혔다.

파파파팟!

통나무배를 벗어난 그들은 빠른 속도로 난석환류진을 뚫었다.

쇳물을 붓는다거나 철판을 까는 것과 같이 요란한 행동은 필요없었다. 그들은 난석환류진의 생로(生路)를 알고 있었다.

가장 편하게 진을 뚫는 방법이다.

독충들의 숲에서부터 시작하여 난석환류진을 돌파(突破)하기까지 걸린 시간은 겨우 일각(一刻)에 불과했다.

"후우!"

"후우!"

복면인들은 한자리에 모여 호흡을 가다듬었다.

앞장선 복면인이 손을 들어 좌측을 가리켰다.

츠츠츠춧!

세 명의 복면인이 좌측을 향해 치달렸다.

그러나 그들의 단체 행동은 오래가지 않았다. 십여 장 정도 달려간 그들은 뿔뿔이 흩어졌다.

복면인이 손을 들어 우측을 가리켰다.

이번에도 같은 행동이 이어졌다.

세 명이 우측으로 몸을 날렸고, 십여 장쯤 나아간 후에는 각기 다른 방향을 향해 신형을 날렸다.

벌써 여섯 명이 쏘아져 갔다. 하나 발자국 소리는커녕 옷자락 펄럭이는 소리, 바람을 가르는 소리조차 들리지 않았다.

그들의 행동은 완전한 침묵 속에서 이루어졌다.

복면인이 다시 손을 들어 올리더니 전면을 가리켰다.

스슷! 스스슷!

등 뒤에 있던 복면인들이 그를 제치고 앞으로 튀어나갔다.

모두가 갔다.

명령을 내리던 복면인은 움직이지 않았다. 앉아 있던 자리에서 모래시계를 꺼내 확 뒤집었다.

'남은 시각은 삼각(三刻)!'

그는 차분한 눈길로 모래시계를 쳐다봤다.

스스슷! 탁!

앞으로 질주하던 복면인의 발끝에 무언가가 걸렸다.

복면인이 멈칫 멈춰 섰다. 순간!

파파파팟……!

전후좌우, 네 방향에서 작은 돌덩이가 우박처럼 쏟아졌다.

'제길!'

그는 급하게 신형을 띄웠다.

어둠 속이라서 쏘아진 암기가 무엇인지 알아내지 못했다. 다만 노방에 걸렸다는 것만 확실히 인식한다.

잠입이 들켰으니 죽는다. 백 중 백, 발각된 자의 종말은 죽음으로 끝난다. 그렇기에 미련이 없다. 목숨에 연연할 것 같으면 침입도 하지 않았다.

허공에서 운룡번신(雲龍翻身)의 한 수로 몸을 뒤집었다.

촤아악……!

저 높은 곳, 올곧이 쭉쭉 자란 잣나무 위에서 무언가가 떨어져 내린다.

무엇? 안다. 확인할 필요도 없다. 그물이다.

그는 자신이 가진 것을 떠올렸다.
'자멸폭!'

분지 안에 연못이 동전처럼 동그랗게 생성되어 있다.
복면이의 발길은 연못으로 향했다.
그의 발길을 가로막는 자는 없었다. 노방이나 암기 같은 것
도 날아들지 않았다.
연못에 비친 보름달이 복스러운 여인의 얼굴처럼 동그랗
다.
참으로 아름다운 풍경이다. 투명하리만치 깨끗한 물이었
다.
복면인은 손을 들어 연못에 집어넣었다. 그 순간,
쒜엑!
영활한 영사(靈蛇)가 날아와 그의 손목에 둘둘 감겼다.
'엇!'
그는 깜짝 놀랐지만 소리를 지르지는 않았다.
그 정도로 미숙하지는 않다. 죽을 때 죽더라도 자신이 맡은
명은 이행한다.
그는 손바닥을 활짝 폈다.
그의 손에서 하얀 분가루가 피어나더니 수면에 살포시 얹어
졌다.
'끝났어!'
그는 남은 손으로 자멸폭을 꺼냈다.

"후우!"

모래시계를 쳐다보던 복면인은 마지막 모래가 떨어지자 깊은 한숨을 토해내며 일어섰다.

돌아온 자는 한 명도 없다.

여덟 명이 침투하여 모조리 실종이다.

남은 건 몇 명이나 목적을 달성했느냐 하는 점이다.

죽일 사람이 다섯이다.

계야부, 오목, 사색신녀, 사사표풍, 일력광겸.

그중에 셋은 제외한다. 계야부와 사사표풍과 일력광겸은 그들이 상대하기에는 너무 큰 거목이다. 비록 기습 공격을 취하지만 성공 가능성이 낮다.

해서 이번 공격에는 두 명만 죽인다. 오목과 사색신녀.

그들에게 각기 두 명씩 네 명을 배당했다.

그들은 각기 다른 방향에서 자신의 판단에 따라 공격한다. 서로 협의하지 않은 상태이기 때문에 누가 먼저 공격할지, 시간차는 얼마나 둘지 모두 미정이다.

제일 먼저 단검 네 자루를 쓰고, 그것으로 안 되겠다 싶으면 혼주와 자멸폭을 쓴다.

죽이고 빠져나올 수는 없겠지만 동사(同死)는 가능하다.

다른 네 명은 폭파 임무를 맡았다.

전각 세 채에 화약 오탄을 심는다.

이들은 빠져나올 공산이 크다.

다른 한 명은 더 쉽다. 연못까지 기어가서 독약을 풀면 된다.

물이 없는 곳에는 사람이 살지 못한다. 해자 물은 고인 물이라서 썩은 물이나 다름없다. 그렇다고 해자를 건너고 독충들의 숲을 지나서 물을 길러올 수는 없다.

연못의 물만 오염시키면 이곳은 끝난다.

폭발은 일어나지 않았다. 한 군데서도 폭음이 울리지 않았다.

임무가 실패했을 뿐만 아니라 모두 사로잡혔다.

복면인이 복면을 벗으며 말했다.

“계야부, 솜씨가 많이 늘었구나!”

부사영이었다.

모두 깜짝 놀란 얼굴로 사약란을 쳐다봤다.

사람들은 그녀가 밀실에 틀어박혀 있다고 생각했다. 무공을 수련한다는 생각은 하지 않았고, 무엇인가 심각한 고민거리가 있을 것이라고 생각했다.

한데 밀실과는 전혀 다른 곳, 동정호를 통해서 나타났다.

밀실에 누구도 알지 못하는 비밀 통로가 있다는 뜻이다.

“인상 깊네요. 잘 봤어요.”

사약란은 제일 먼저 부사영에게 눈인사를 보냈다.

그다음, 사로잡힌 사람들을 봤다.

연못에 투입한 자는 성공했다. 상황대로라면 비록 목숨은 잃었지만 임무는 달성한다.

다른 일곱 명은 성공하지 못했다.

그들은 역습을 당했다. 노방에 이은 그물 공격으로 시선을 분산시킨 후, 밑에서 쳐올려진 공격에 혈도를 제압당했다.

자멸폭을 터뜨릴 여유가 없었다.

여덟 명을 사로잡는 데는 네 명만 움직였다. 계야부는 움직이지 않았다. 그러고도 침입자를 모두 생포했다.

그래도 연못이 뚫린 것은 말똥구리들의 급습이 워낙 신속했고, 지키는 사람의 숫자가 너무 적었기 때문이다. 독충들의 숲과 해자를 무사히 통과할 수 있는 자가 생기리라고 생각했겠나. 말끔히 고쳐 놓은 난석환류진이 무용지물이 될 줄은 하늘도 몰랐다.

아는 자의 배반은 이래서 무서운 게다.

다행히 사람으로 이뤄진 방어막이 체면 유지를 시켜주었다.

이건 사약란도 알지 못했던 매복이다.

"기습을 어떻게 알았어요?"

사사표풍에게 물었다.

"알지 못했어요. 언제나처럼 주의하고 있었을 뿐이에요."

"언제나처럼?"

"계야부가 잠입 침투를 예상하고 노방을 준비했어요. 발에 줄이 걸리면 풍경이 울려요. 적이 침입했다는 소리죠."

"아!"

그녀는 고개를 끄덕였다.

오는 동안 보았던 거미줄처럼 얽힌 줄들이 모두 경계를 위한 것이었다.

그녀가 밖에 나가 있던 사이에 계야부는 사람을 이용한 방어막을 한 겹 더 둘러쳤다.

사약란은 부사영을 보며 말했다.

"이분들, 이대로는 안 돼요. 아시죠?"

"본격적으로 사전투광신보부터 전수할 생각이에요. 계야부와 상의해야 되겠지만…… 응? 근데 이놈은 형님이 왔는데 쳐다보지도 않네? 야! 형님 왔다!"

부사영이 고함을 버럭 질렀다.

그러자 오목이 부사영 앞으로 다가서며 말했다.

"형님."

"응. 잘 있었냐? 이놈 어디 있어? 왜 코빼기도 안 비치는 거야?"

그때다. 갑자기 사약란의 안색이 하얗게 탈색되며 말했다.

"설마!"

계야부는 침상에 누워 있었다.

그가 움직이지 못한다.

익숙한 풍경은 아니다. 다리를 움직이지 못하는 정도가 아니라 의식을 잃어버렸다는 게 더 익숙하지 않다.

독비신공을 수련한 것이 위험을 증가시켰다.

허벅지의 혈도를 자극하자 억제되었던 빙기가 요동치기 시작했고, 기어이 봉쇄된 혈도를 뚫고 위로 상승했다.

혼절한 계야부만 알고 있는 사정이다.

다른 사람들은 어떤 요인으로 봉쇄된 빙기가 치솟았다는 정도밖에 알지 못한다.

계야부는 얼굴부터 발끝까지 칠흑처럼 검었다.

전신에 심한 동상을 입은 상태와 똑같다. 검게 물든 손톱과 발톱은 언제 빠질지 모른다.

"사사표풍, 배 묶어놨던 데 기억해요?"

"어렴풋이……."

"그곳에 가면 독심독의가 있어요."

"독심독의가! 알았어요. 바로 데려올게요."

사사표풍이 즉시 움직이려고 했다.

"아뇨. 데려올 필요 없어요. 독심독의는 가가를 치료하지 못해요. 원인이 빙령초분이라서 잠시 생명을 연장시키는 것조차 못해요. 이걸 해독할 수 있는 사람은……."

"괴노독!"

"그래요. 독심독의와 함께 괴노독을 생포해 오세요. 길어야 내일 저녁까지…… 가가가 버틸 수 있는 최대한의 시간인 것 같네요."

계야부를 쳐다보는 그녀의 두 눈에 눈물이 그렁거렸다.

"괴노독은 군산(君山) 사사평(査査坪) 오림곡(五痲谷)에 있어요. 화향호리, 삼면광자와 함께 있을 거예요."

다른 때 같으면 세세한 계획까지 일러줬을 게다.

이번에는 그러지 못했다. 계야부의 두 손을 잡아 볼에 댔다.

"이겨내야 해요, 꼭……."

『패군』 6권에 계속…

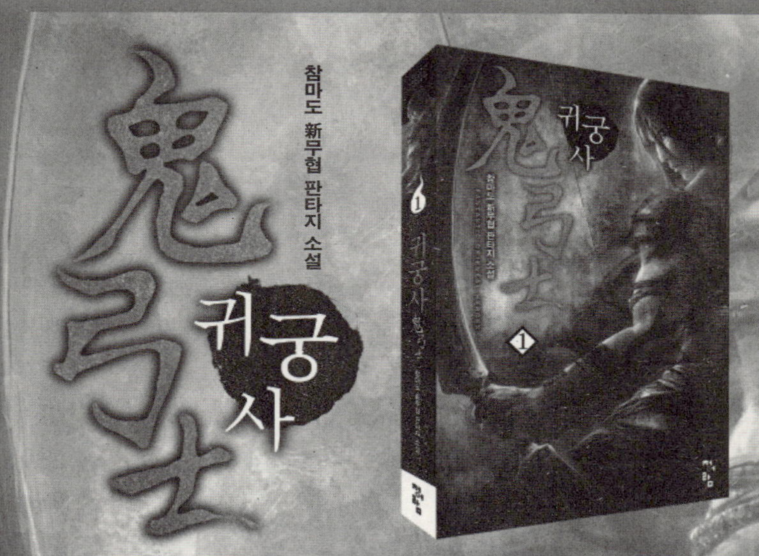

참마도 작가!! 그가 『무사 곽우』에 이어
다섯 번째 강호 이야기를 새롭게 풀어내다!!

"길의 중앙에서 멋지게 서서 당당히 걸어가래.
사람으로 태어난 이상 그 누구도 당당하게 살아갈 권리는 있다고 말이야."

단야의 오른손이 꽉 쥐어졌다. 별것도 아닌 말이다.
하나 이토록 마음에 남는 소리는 없었다.
사람으로 태어나서……

요물, 괴물.
나이를 먹지 않는 월홍과 얼굴이 징그럽게 망가진 단야.
그들 앞에 펼쳐진 강호란……!

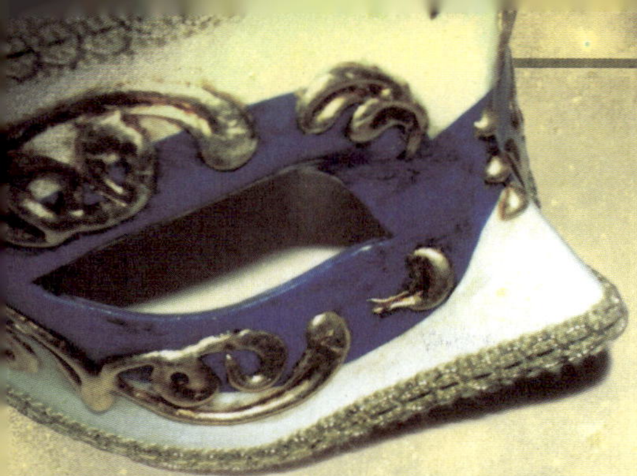

눈매 퓨전 판타지 소설

가면의 레온

중원을 공포로 떨게 만든 희대의 악마, 혈마존.
그의 영혼이 기억을 잃은 채 차원 이동을 한다.

한 소년과 몸이 바뀐 후 깨어난 혈마존.
기억은 지워지고 싸가지없는 본성만 남았다!
욱할 때마다 튀어나오는 살벌한 말투와 그의 독자 무공.

'아, 나는 왜 이렇게 성격이 더러운가?
어째서 이리도 잔인한 기술을 알고 있는 것인가? 착하게 살고 싶다.'

살인광이었던 그가 전혀 어울리지 않는 대신관이 되기로 결심한다.
하지만 그 본성이 어디 가나······.

"이런 빌어 처먹을 놈들, 신전에서 봉사 활동 안 할래?"

유행이 아닌 자유추구 -
WWW. chungeoram.com
Book Publishing CHUNGEORAM

정봉준 新무협 판타지 소설

『철산전기』의 작가 정봉준!!!
팔선문을 통해 또 다른 유쾌함을 선사한다!!

뛰어난 자질을 갖춘 팔선문의 대제자 유검호,
그의 치명적인 단점은 게으름과 의지박약!

천하제일마두의 기행에 재수없이 동참하게 된 의지박약아.
갖은 고생 끝에 가까스로 고향으로 돌아오다.

"무림? 그딴 건 개나 주라 그래. 나만 안 건드리면 돼!"

시간을 가르는 그의 행보에 무림이 뒤집어진다!!!

워메이지

김재한 퓨전 판타지 소설

사람들이 인식하는 상식의 세계 이면,
짙은 어둠이 드리워진 그곳에 사는 괴물들이 있다.

문명이 드리운 그림자 속에서, 전투기계들과
인간의 사념으로부터 태어난 마물들이 격돌한다.
마법과 주술이 난무하는 초현실적인 전장,
소년은 그곳에 서는 대가로 인생을 잃었다.
운명의 노예가 되어 가족과 인성을 잃어버린 소년, 진유현.

총염(銃炎)과 검광(劍光)이 뒤얽히는
어둠의 거리에서, 운명의 족쇄를 끊고 나온
소년의 눈이 살의를 발한다.

유행이 아닌 자유추구 -
WWW.chungeoram.com
Book Publishing CHUNGEORAM